「先生の秩序の遺志、私が受け継ぎます」
最強の海賊狩り
シャルロッテ
島に取り残されて10年、外では俺が剣聖らしい
世界最強の剣士と愛弟子たちの、異世界島めぐり

元剣術師範
オウル
船員姉妹の姉・元気印
セツ
船員姉妹の妹・クール
ナツ

「出航よ！」
七海を制覇した海賊
ラトリス
船を司るゴーレム
ニンフム

巨大な怪物、光石鷲獅子《コウセキグリフォン》の力をも利用した――
理合の剣

島に取り残されて10年、外では俺が剣聖らしい

～世界最強の剣士と愛弟子たちの、異世界島めぐり～

ムサシノ・F・エナガ

Illustration KeG

口絵・本文イラスト
KeG

装丁
AFTERGLOW

Contents

目次

プロローグ
呪われた島
005

第一章
秘島の剣聖
008

第二章
コウセキ島
065

第三章
レモール島
128

幕間
世界最強の剣士
210

第四章
ホワイトコースト
218

あとがき
332

I've been stranded on an island for 10 years,
and it seems
like I'm a swordsman outside.

Character

人物紹介

オウル・アイボリー

転生者の中年で、元剣術師範。呪われた島――ブラックカース島に10年閉じ込められていたが、弟子により救出された。理合の剣の使い手。

弟子たち

ラトリス

七海を制覇した海賊。魔法の船・リバースカース号に乗って先生を助けに来た、狐人族の少女。

クウォン

救国の英雄。剣術学院を首席で卒業し、大陸で先生が剣聖であるという噂を語っている、狼人族の少女。

シャルロッテ

最強の海賊狩り。海の治安を守るレバルデス世界貿易会社の若き執行官。師匠の思い出を胸に、秩序を求めるエルフの少女。

船員

ニンフム

リバースカース号の管理者であるゴーレム。

メリッサ

リバースカース号の管理をする、ニンフムの妹ゴーレム。

セツ

狐人族の少女。ナツの姉。カメラで写真を撮ることが好き。

ナツ

狐人族の少女。セツの妹。素直クールな性格。

ゼロ

謎の少女。リバースカース号に助けを求める。

本書は二〇二四年にカクヨムで実施された「第9回カクヨムWeb小説コンテスト　カクヨムプロ作家部門」で特別賞を受賞した「秘島育ちのおっさんなんだが、外の世界に出たら最強英雄の師匠にされていた」を改題、加筆修正したものです。

プロローグ　呪われた島

　魔族から伝わった航海技術はいまや全盛を迎えた。孤立した世界は繋《つな》がり合い、新しいものが生まれ、古きものが失われる。——世は大航海時代。繁栄と混乱の時代である。

「先月の殉職者は11名でした」

　少女が低い声でそう告げた。世界を股《また》にかけて躍進するレバルデス世界貿易会社——そのとある支社の、会議室内には沈鬱《ちんうつ》さが満ちていた。白い制服に身を包んだ者たちは、机を囲み、手元の資料に目を落とし、亡くなった者たちの名が並んだ名簿をいつものように流し見ている。

「海賊どもの勢いは衰えを知りませんな」

「それもこれも全部呪いのせいだ。無法者どもが力を持ちすぎている」

　この会議室では現在、レバルデス世界貿易会社治安維持部執行課——通称『海賊狩り』による管轄エリアの島々に関する脅威度《リスク》評価がおこなわれている最中だった。

　世界貿易会社の最大の使命は世界を繋ぐことにある。貿易を維持し、相互発展を保証する。そのためには航路を安全に保つことが必要不可欠だ。

　けれど、貿易会社には敵が多い。怪物、呪い、荒波、海賊。海に散らばる危険な要素を集積し、航路や島などの脅威を評価する——それが現在おこなわれている定例会議の重要な意義である。

「殉職者が増えたことは残念です。けれど、悲しいことばかりではありません。前回から評価済みの島は30も増えました。貿易会社は海をまたひとつ知見した。これは嬉《うれ》しいニュースです」

「すべて執行官殿の敏腕のおかげです。あなたが来てから支部の空気も引き締まっていますし」

誰かがそう言って、皆が同意するように頷《うなず》いた。会議室内の男衆から羨望《せんぼう》と信頼を一身に集めるのは、先ほどから会議の進行をおこなっている少女だ。

黄金の長髪を誇る麗しい少女である。彼女は長耳をピクピクさせ、サファイアの瞳《ひとみ》でじーっと資料に視線を落とす。おべっかは聞き飽きているのか、称賛の言葉には反応すら返さない。

「危惧《きぐ》すべきは管轄内の島々、海域、怪物、海賊の脅威度が上昇傾向にあることでしょう」

「上昇傾向……やっぱりあの島のせいです、か」

少女の隣、短い金髪と丸眼鏡《めがね》。見上げるほどの大男は静かにつぶやいた。

「いかにも。アンブラ海の癌《がん》『ブラックカース島』は依然として、脅威度：巨大蛸《クラーケン》を保っています。この海の呪いの源となっているのでしょう。対処は困難を極めます。ゆえに引き続き近海域には決して近づかず、航路は迂回《うかい》するルートを使うようにお願いします」

脅威度は海に存在する怪物、現象、島、航路、海域などにつけられる指標である。多くの要素を総合的に評価されるこの指標は、下から、亀《タートル》、鮫《シャーク》、鯨《ホエール》、海蛇《シーサーペント》、巨大蛸と区分けされている。

脅威度：巨大蛸というのは、海上における最大の危険だ。船をまるごと海に引きずりこむ神話の怪物に等しいとされる脅威度であり――基本的には『対処不可能』を意味する。

「はは、脅威度：巨大蛸の呪われた島になんて、命令されたって近づきませんよ」

「あの海域に特別な資源があるわけでもないしな～」

「というより危険すぎて誰も調査できていないだけだが……」

男たちは顔を見合わせ「違いねえ」と呪われた島への認識を同じくする。

「おしゃべりがすぎるようです」

少女は厳粛な声でそう言った。男たちはしんと静まりかえり、居住まいを正す。

「ですが、間違っていません。あの島には何もない。資源もなければ人間も住んでいない。あそこはただただ、危険で近づくべきではない……それだけの場所です」

沈黙が場を支配する。これ以上、かの島に関して言及することはない。

「新しい連絡事項がいくつかあります。勢力を強めるウブラー海賊。それと暗黒の秘宝を所持し逃亡する少女について。それぞれ共有しておきましょう」

少女はそう言い、会議を次の議題へ進行させた。

第一章　秘島の剣聖

「オウル先生！　見ててください、先日教えてもらった技を、修得できました！」

「先生、こっちこっち！　見ててください、これが新技の火炎斬りですっ！」

「新鮮なお肉だ！　オウル先生のつくるご飯はやっぱり最高‼」

「将来はオウル先生と結婚する！」

「オウル先生と結婚できるのは一番弟子だけなんだよ‼」

「独占は汚い‼　先生共有財産党として許すことはできない……‼」

幾重にもかさなる子どもたちの騒がしい声。最初は3歩ほどの間合いで始まった熱き討論は、いつのまにか鼻先がくっつきそうになるほど顔が近づき、やがて取っ組み合いの戦いに発展するのだ。

本人たちは真面目《まじめ》も真面目だが、俺からすれば可愛《かわい》い喧嘩《けんか》に見えてしまう。

けれど、俺の弟子たちはみんな、剣をとても上手《じょうず》に使えるので、あんまりヒートアップすると危ないな。だいぶ感情的になっている。そろそろ止めないと一大事になりそうだ。

そんなに暴れたら危ないぞ。俺は子どもたちに手を伸ばそうとし――身体《からだ》が鎖で縛られていることに気づいた。俺は……そうだった、もう俺は一歩とて動く権利を失っていたのだった。

微振動を繰りかえす瞼《まぶた》を認識する。乾いた肌に温かい雫《しずく》がつたっていた。

手で雫をぬぐい去り、横たえていた身体を起こす。周囲を見やる。床には空の酒瓶が埃《ほこり》を被《かぶ》って転がっている。耳を澄ます。瞼を閉じる。もう子どもたちの賑《にぎ》やかな声は聞こえてこない。

「……そりゃあ、夢に決まってるよな」

ありし日の記憶。懐かしき顔ぶれ。道場で弟子たちと過ごした幸せな日々。

この呪われた島――ブラックカース島に残ることを選んだせいで失ったものたち。

ベッドから起きて、傷だらけの壁の前へ。短剣で傷をまたひとつ増やす。

これら壁一面の傷は過ぎ去った時間を記録している。部屋の壁四面はすでに傷で埋め尽くされている。そろそろ天井への刻印を考えだす必要があるだろうか。

傷をつけた後は、窓の外を見る。誰もいなくなった街と港がよく見えた。

――物事の始まりを語るには、俺の前世の話もしなければいけないだろう。

俺は生まれた時から前世の記憶があった。前世の死後から意識の連続性は保たれていたのだ。神の奇跡。そう言うほかない。どこにでもある平凡な人生を送ったことに後悔していた俺にとっては、絶好のやり直しのチャンスだった。期待を胸に二度目の生をすぐにスタートさせた。

俺は自分に特殊能力があると思っていた。語り方で察せられる通り、そんなものはなかった。

神の奇跡は『やり直し』オンリーだ。まぁ、贅沢《ぜいたく》は言えないよな。人生をやり直すチャンスをくれ、チート能力もくれ。それはちょっと欲張りってやつだ。

そういうわけで俺は、二度目の人生でも地味な人生を歩んでいた。竜と戦うこともないし、冒険者として名を馳《は》せもしなかったし、魔術を極めることもない。貴族という連中と話したことすらないし、聖女、お姫様、令嬢――そういう人たちとのロマンスも一度もなかった。

ネガティブな印象を与えすぎてしまっただろうか？　ここでひとつ誤解を解いておこうと思う。

俺は後悔しているわけではない。せっかく与えられた二度目の人生なのだから、もっとはっちゃければよかったぁ‼　とか、まぁ、多少は思うところはあるとしても……ね。

俺の島での生活は食堂の切り盛りと、義父の剣術道場の手伝い。そして、島に流れ着いたモフモフな孤児たちのお世話をすること。自分の時間なんてさしてない。十全十美、あの生活すべてに満足していたわけじゃない。でも、確かに幸せな時間だった。

そんな完璧《かんぺき》なキャリアを歩んできた異世界転生者の俺が、なぜいま無人島で孤独なサバイバルをしているのか。どこで人生に転機が訪れたのか。

すべてが変わったのは十年前だ。あの時、ブラックカース島は未曾有《みぞう》の危機に襲われた。

怪物たちが凶暴化し、瘴気《しょうき》が溢《あふ》れ、この島は急速に人が住める環境ではなくなっていった。

島民は寄港していた商船に乗りこみ、ほとんどが避難しようとしていた。

——あの時、島民の避難はスムーズにはいかなかった。

それは商人たちが島民の乗船を渋ったせいである。「こんな人数乗せられるか‼」「無理だ、沈む、食料も水も足らん‼」彼らにも言い分はあったのだろう。意地悪だったわけじゃあない。でも、だからといって「わかった、怪物に喰《く》われます」と島民たちも譲るわけにはいかない。俺たちは島を出るためには商船に乗せてもらわないといけなかった。

怪物の群れがそこまで迫っていた。怪物どもを食い止めるため、誰かが時間を稼がないといけなかった。島で怪物と戦える存在は限られており、そのひとりが俺だった。

あの時の光景をよく覚えている。最後の船がブラックカース島から遠ざかるのを、俺は茫然《ぼうぜん》と見つめていた。たくさんの怪物の遺骸《いがい》の真ん中で。返り血で汚れきった顔をぬぐいながら。

「オウル先生！　必ず、必ず戻ってきます‼　必ず助けに戻ってきます‼　必ずです、だから戻ってきた時には、わたしを必ずや一番弟子に――――」

瞼を閉じれば、赤毛の少女の姿が浮かぶ。弟子のひとり。俺によく懐いていた獣人の子だ。よく悪さをする手のかかるあの子狐《こぎつね》は、俺をこの島から助けだすと約束をしてくれた。

あれから十年が経《た》った。約束はまだ果たされずにいる。

最初の数カ月は希望を胸にサバイバル生活を送れた。まず飲み水を確保するため、井戸が生きているかを確かめ、瘴気で毒されていることがわかった後は、雨水を溜《た》めるために装置をこしらえた。街に残っている酒をかき集めて……まぁ、精力的に生存しようと励んだものだ。

いまはわからない。生存願望はあの頃に比べて希薄になったように思う。寝ている間に怪物に食べられてしまったのなら、まぁ、それも運命なのだろうと受け入れるくらいには寛容になっている。

もちろん、希望を捨てきってはいないと思うけど。じゃないととっくに死んでいるはずだ。

あの子を恨んでいるわけじゃない。助けに来ないからって逆ギレはしない。娘をもつ父親が「将来はパパと結婚する」と黄色い声で言われて、それをマジにすることはない。それと同じだ。

鏡の前に立つ。覇気のないおっさんが映しだされた。目を背けたくなる事態だ。

俺ももう若くない。変わらぬ日々が過ぎるなかで、確実に歳《とし》をとっている。

「時とはなんて残酷なのだ。かつての美青年がこんなに……」

俺は両手で頬を挟みこむように押さえた。待ち受ける更なる老化に震えが止まらない。

「はぁ、このままこんな辺鄙《へんぴ》な島で生涯を終えることになるのか」

ため息をひとつつき、水瓶《みずがめ》に残っている冷たい水をすくって、顔をパシャパシャと洗う。

荒れ果てた道場に降りてきた。実家の1階部分だ。まだ島に人がいた頃、ここで義父とともに教え子を指導していた。あの頃は賑やかだった。

島での過ごし方はいろいろだ。朝練と昼錬、夜錬。道場が営業していた頃と変わらず、俺はここで剣を振ることが多い。何の意味もないことだとわかっている。荒れ果てた道場に新しい門弟がくることはない。今更、俺の剣技が上達するわけでもない。俺には才能がないのだから。

道場の外には仕事がたくさんある。例えば、食料を森や海に獲りに行くことだったり、雨水集積装置を見に行ったり、怪物たちが街に入れないように設置したバリケードを点検しに行ったりな。

この島には俺以外いないため、すべてを自分の力だけでおこなう。

もっとも数日前に水・食料調達はしたので今日の仕事はほとんどない。

ゆえに暇。俺は刀を手に取る。若い頃からずっと使っているものだ。二十年は使っている。

何度も研ぎ直し、薄くなった刃の重みに、くたびれた己の身体を重ねる。

俺たちはよく似ている。この刃が研がれるように、俺も希薄になっていく。

刀の重さを確かめ、全身を連動させてゆっくり振りおろす。

修めた剣術のひとつひとつを確認していく。

この剣術は俺をここまで生かした。だが、本当に救ってくれているのかはわからない。

なぜなら怪物の牙《きば》と爪よりも、孤独と絶望のほうがずっと恐ろしいのだから。

「はぁ……、はぁ、あぁぁ！　はぁ、はぁ」

外が真っ暗になるまで剣を振りまわし、俺は疲労から崩れ落ちた。

冷たい夜の空気を吸いこみ、道場の天井を見上げる。

「……いかんな、ネガティブなことを考えるべきじゃない。希望はある。いつだって」

俺は起き上がり、本日の鍛錬を終えることにした。

夕食にする。メニューは昨晩焼いたパンとベーコンと目玉焼き。ちなみにベーコンと言っているが魔猪《まちょ》の燻製《くんせい》肉だ。目玉焼きに使うのも怪物の卵である。ニワトリ型の怪物の巣を見に行って盗んでくるのだ。この島で唯一よかった体験は、怪物は食べると美味《うま》い、と気づけたことだ。

「また1日生き延びちゃったかぁ」

浜辺で火をおこし、流木に腰かけて、夜空を見上げる。パンで皿についた油と黄身を拭《ふ》いて口に放りこむ。聞こえてくるのは波と薪が爆《は》ぜる音のみ。

無意味な命を繋《つな》ぎながら、やがて俺は老いて死ぬ。

悲観に包まれる夜、寝る前に机に向かう。紙面にペンを走らせる。

いつかこの島に誰かがたどり着いた日のため、俺は日記を書き残す。

俺の名はオウル・アイボリー。ブラックカース島の最後の島民だ。

1

翌朝、俺はいつものように起床し、壁に傷をつける。

またサバイバル生活最長記録更新だ。やったぜ。

「さーてと、今日は誰か迎えに来ているかな！」

チャレンジのお時間だ。窓の外を見るまでは、束の間の希望が俺を期待させてくれる。

どうだろうか。おやおや、向こうから船が一隻やってきますね。

なかなか立派な船ですな。マストが3本もありますわ。赤茶けた船体で——はえ？

「……え？　まじか、まじか！　ちょ、待て待て待て！　うおぁあああ！」

未曾有。それは未曾有と言うほかない。この時を待っていた‼　どれほど望んだことだろうか‼

船である‼　十年間、誰もやってこなかったブラックカース島についに船が来たのだ‼

幻か、夢か、はたまた死に際の妄想か。何度、目をこすっても、俺の目は港に接近する船影を失うことはなかった。これは現実だ。この島にリアルに、本物の船はやってきたのだ。

まるで期待していなかった。だってそうだろう。十年だぞ。誰も来なかった。ただ惰性で眺めるだけになっていた朝の港に、どうして船がやってくるだなんて思える。

短剣を研いで、伸びきった髭《ひげ》を剃《そ》って、多少なりとも身なりを整えた。

クソ汚《きた》ねえおっさんめ、悪《わ》りぃけど、汚ねえから船には乗せらんねえ——的な展開になったら優しさに定評がある俺も、何をするかわからない。命の恩人を斬り殺して船を奪うことになってしまうだろう。食べるため以外に殺生はしない主義ゆえ、人はなるべく斬りたくない。

「助けてくれえ‼　ここに島に取り残された可哀想《かわいそう》な美少女がいるんだ‼」

船が停泊するまで油断はできないので、少しでも魅力的な情報をふっかける。すぐバレる嘘だろうといいのだ。あの船に飛び乗ることさえできればそれでいい。

心臓をバクバクさせ、埠頭《ふとう》でぴょんぴょん跳ねてアピールする。一応、プランBを遂行するための愛刀も携帯している。いや、もちろん積極的に使うつもりはないのだが、念のためな。

帆船がずいーっと港に近づいてくる。遠目で見た通り、マストが3本の軽量級の帆船。船体は赤茶けた色合いで温かみがある。慈悲深い人間が乗っているのと期待できるのではないだろうか。

おや、船から身を乗り出し、誰かが手を振ってくる。

俺は目を凝らして手を振りかえす。ここだ。ここにいるぞ‼

手を振っていた人影が船首に移動した。何をするつもりか、刮目《かつもく》していると、なんと尖《とが》った先端を駆けて跳躍してきた。俺はギョッとし、空を舞う影を唖然《あぜん》として見つめる。

とんでもない跳躍力を見せた人影は、俺の目前に着地した。俺は腰の刀に手を伸ばす。

向こうは俺のことをまじまじと見つめてくる。足の先から、頭のてっぺんまで、品定めするかのように、あるいは何かを確かめるかのように。

「間違いない……うぅ、オウル先生、オウル先生だ！　やっぱり生きてたんですね……っ」

その少女は赤い髪をしていた。モフモフの耳を頭からはやし、モフモフの尻尾《しっぽ》も備えていた。腰には幅広な両刃剣。しゃがんだ姿勢からすでに鋭い剣気を感じる。高度な鍛錬を積んでいる剣士だ。油断がない。俺が無意識に武器に手を伸ばしたのは、目の前の少女が実力者だからか。

んん？　待てよ、この赤毛、モフモフした耳と尻尾、見覚えがあるぞ。

あの時の光景を想起する。島を離れる最後の船。その舷側《げんそく》から手を振る赤毛の子狐。

まさか、そんな、この子はあの時、俺を助けると約束した――、

「……ラトリスなのか？」

「ふふ、先生、覚えててくれましたか‼」

少女は驚いたように目を丸くし、耳をピンと立てた。尻尾は嬉《うれ》しそうに激しく振り回される。

そうだ。間違いない。かつて道場に通っていた俺の弟子、狐人族《きつねびと》の少女。

名をラトリス。俺によく懐き、俺のことを島から救出すると言ってくれた希望。

この恐るべきモフモフ具合はラトリス以外にはありえない。

この子と出会ったのは、俺がまだ十代の頃だった。ブラックカース島には何の因果かいろいろなものが流れ着く。人間が流れ着くことも珍しくなかった。文字通り浜辺に流れ着くという意味でも、寄港した船の奴隷が逃げだしたとかそういう意味でもだ。

ラトリスはそういう漂流者のひとりだった。商船に奴隷として乗せられていた彼女は、鎖に繋がれて檻《おり》のなかにいた。俺には奴隷を買う趣味も資金力もなかった。檻のなかの狐の少女と目を合わせても「俺には何もできないよ」と、その時は憐《あわ》れむだけだった。

商人から逃げてきたラトリスを道場にかくまったのは、ある種の罪悪感からだったのかもしれない。商人に怯《おび》えるちいさな少女は、涙目で訴えかけてきたのだ。救済を。

そうして俺と義父はちいさなラトリスを育てることにした。

「あの時だって、商船が島から避難する時だって、オウル先生はわたしを助けてくれました」

ラトリスは涙を指でぬぐいながら、嗚咽《おえつ》混じりに言った。

「約束を果たしに来ました。ずいぶん時間はかかってしまいましたが」

恩返しだというのか。いい子すぎるのだが。あぁ、俺も嗚咽が。とまらん。涙が。感動に涙が溢れそうになる。いかん。こんないい歳したおっさんがギャン泣きするわけにはいかない。

「あの時のことを覚えていてくれたなんて、俺のことをまだ……うぅ、なんてことだ、ぐすん」

突然ラトリスはガバッと抱きついてきた。

「十年間、先生のことを忘れた日はなかったです、当たり前じゃないですか‼」

ラトリスはおでこをこすりつけてきて、ぴょこぴょこ動くふわふわのお耳で俺の顎《あご》のあたりを攻撃してくる。昔もこれをよくやられていた。懐かしい。

モフモフした巨大な尻尾も左右に激しく揺れる。モフモフ揺れる景色も非常になつい。道場には漂流者の獣人族がやたら多かったのだが、なかでも狐人族であるラトリスの尻尾は、特別モフモフ値が高かった。アイボリー道場モフモフ選手権の連覇者は伊達《だて》ではない。

「尻尾は相変わらず。身長もおおきくなったなラトリス。あの頃はこんなにちいさかったのに」

「先生、流石《さすが》に指でつまめそうなほどちいさくはなかったと思いますよ？」

ひとしきり泣くと、ケラケラとした笑みを見せてくれた。愛らしくみんなの人気者だった笑顔だ。いかん。すべてが懐かしすぎて涙が足りない。

涙腺《るいせん》の修復作業に手こずっていると彼女が力強く抱擁していることが気になり始める。

ずっとホールドされているうえ、鼻先を俺の胸骨に刺しそうなくらいぐりぐりしている。

「ラトリス？　何しているんだ？」

ラトリスは俺の胸におでこをこすりつけながら首を横に振る。返事になっていない。

正直、俺、もうおっさんなんだ。認めたくないが、たぶん臭いと思う。お願いだから離れてほしい。十年前の爽《さわ》やか美青年だった師範代のイメージを崩したくない。いや、いまさら何を格好つけるのだって話だけどさ。愛すべき弟子に失望されたくないと思うのは仕方ないだろう。

「……濃度１００％の先生の香り」

ラトリスは鼻息を荒くし、モフモフの尻尾をことさらに激しく揺らした。

「なんだなんだ、どうした？」

「先生の匂い、落ち着きます」

「そうか？　故郷の香り的な話か。……いや、臭いだろ」

「いえ、精神が落ち着くいい香りです。吸うたびに瞼《まぶた》が重たくなって意識が朦朧《もうろう》とします」

それはほとんど麻酔の類《たぐい》なのでは。

「フガフガフガ」

「ん？　ラトリス、落ち着いているんじゃなかったのか？」

「フガフガッ‼　フーッ‼　フーッ‼」

「麻酔が裏返って興奮に⁉　ラトリス、落ち着け、落ち着くんだ‼　うああ‼」

様子がおかしくなったラトリスに押し倒されてしまった。ぐへっ。

鼻息を荒くし、我が弟子が俺の身体《からだ》の隅々までクンクン。モフモフの尻尾は嵐を生みだす勢いで乱舞する。このまま空でも飛びそうだ。

待てよ、そうかそうか、思いだしたぞ、獣人の子はこういう感じだった。

獣人たちは自分の身体の匂いを柱とか壁とかにつけて縄張りの主張をしたりするのだ。

獣人系の感情表現は人間族よりずっと激しい。怒りは噴火する火山のように表すし、悲しむ時は滝のように涙を流す。そして、嬉しさを表す時は大興奮して手がつけられない。

「ラトリス、落ち着け、落ち着くんだ！」

「きゅぇえ、先生先生先生先生先生先生、せんせ、オウル先生っ、この日をどれだけ――‼」

「ええい、こうなったら……っ」

俺はモフモフの尻尾をむぎゅっと握った。これぞかつて興奮状態になった獣人弟子たちを制圧するために編みだした対処法、アイボリー流『尻尾掴《つか》み』である。モフモフの毛束をぎゅっとすると、ラトリスはビクンッと身体を跳ねさせ動きをこわばらせた。

「ふひぇぇぇ⁉　ちょ、ちょっと、オウル先生、尻尾掴みだなんて……⁉」

ラトリスは顔を真っ赤にして、己の尻尾を握る俺の手をテシテシと叩《たた》いてくる。狐人族《きつねびと》だけでなく、獣人の多くは尻尾を掴まれることに抵抗があると経験から判明している。

十分、正気に戻ったのを確かめてから手を放してやる。彼女は佇まいを正して、改まったように咳払《せきばら》いをする。相変わらず俺のうえに跨《また》がっているが冷静さを取り戻してくれたようだ。

「オウル先生といえど、女の子の尻尾をそういう風に掴むのはいかがなものかと‼」

「すまない、それは謝るよ。無粋だったな」

「まったくもう……反省してくださればそれでいいです」

ラトリスは名残惜しそうに立ち上がり、俺の手を引っ張って立たせてくれた。

彼女は眉尻《まゆじり》をさげ、耳をしおれさせると、こちらを窺《うかが》うように見てくる。

「……そりゃあ、少し取り乱したことは悪いと思っていますけれど」

「別に怒っていないよ、ラトリス。びっくりしただけだ」

「本当ですか？　では、オウル先生、頭を撫《な》でてくれてもいいですよ、先生を救出しに来た優秀な弟子には罰則よりもご褒美をあげるべきだと思うのです」

キラキラした目で期待される。俺は柔らかい赤毛に手を乗せた。なんという手触り。流石はアイボリー剣術道場モフモフ選手権の連覇者。十年経《た》っても健在とは恐れ入る。

「ふふふ、オウル先生にこうして撫でていただくのも久しぶりです」

「そういえば昔もよくこうしていたか」

獣人系の子は撫でられ好きだ。なかでもラトリスは特別に要求回数が多かったように思う。

「ひとまずオウル先生、わたしが一番弟子ということでいいですか？」

「撫でられながら何を言いだすんだ？　一番弟子？」

「約束したじゃないですか‼　船の上から。わたしを一番弟子にしてくれると‼」

そういえばそんなこと言っていたような気がする。

「オウル先生を見事に救出してみせたわたしには、名誉が与えられてしかるべきだと思います」

「なるほど。うん、それじゃあ、それでいいぞ。ラトリスが一番弟子だ。可哀想で孤独で見捨てられた師を見事に救いだした。弟子としてこの上ない働きといえるだろう」

俺は演技がかった声でそう言って、赤毛をわしゃわしゃと勢いよく撫でくりまわした。

ラトリスは「ついにわたしが先生の一番に、くふふ」と嬉しそうに破顔する。

俺はラトリスの背後、ゆっくり埠頭に近づいてくる船を見やった。

「山積みの身の上話をする前に、ココが十年前の平和な頃とは違うことをラトリスに教えないといけない。知ってるとは思うが、怪物と瘴気《しょうき》が深刻だ。俺たちがいまいる埠頭でさえ安全じゃない。バリケードを越えてきた怪物がうろついてることがあるくらいで……ん？」

俺の視界の隅、埠頭と陸地をつなぐ入り口に怪物の姿が見えた。

「おっと。言ってるそばからお出ましか。下がってるんだ、ラトリス。危ないぞ」

八つの脚をもった蜘蛛《くも》みたいなやつ。体長は８ｍ超え。胴体前面がぱかーっと開くクソデカい口になっており、突撃して丸のみしてくる危ないやつだ。糸を飛ばしたり、酸を吐きだしたりするし、魔法を使ってるところも見たことがある。それなりに遭遇する怪物だ。

刀に手を伸ばすと、ラトリスが制止してきた。自信満々の笑みを向けてくる。

「オウル先生の手を煩わせることはありません。とくとご覧ください。一番弟子の実力を」

キリッとした顔で宣言した。ふむ。やる気満々か。では、少し任せてみるとしようか。

2

ソレが視界に映った時、彼女の肌にビリッとした刺激が走った。長きにわたり剣術を鍛え、練りあげた実力者だからこそ、ソレの危険性を察することができる。否《いな》、彼女でなくとも、ソレの危険性など見ればわかるだろう。雄弁なほど凶悪で邪悪な面構えをしているのだから。

「あれは危ないやつだぞ。気をつけろよ、ラトリス。俺はやつをビッグマウスと呼んでいてだな、見た目はアレだが、水炊きにすると最高に美味で――」

ラトリスは深呼吸をして高い集中状態に突入する。オウルの声が遠くなる。自分だけの世界。

赤獣の目はおおきく見開かれ、視線は恐るべき怪物に注がれている。

（無限を喰らう蜘蛛……。冒険者ギルドでは蛇王等級《バジリスクランク》に分類される危険な怪物。高い魔力を感じる。これほどの怪物が平然と闊歩《かっぽ》しているなんて……覚悟はしていたけどこの島、やばすぎる）

無限を喰らう蜘蛛は極めて危険な怪物である。

古い遺跡や、戦場跡に生息するこの怪物は、十分な情報収集と討伐計画、人数と装備を整えて挑むべき相手だ。人口数千人の都市がこの怪物４匹により滅ぼされた悲劇はいまも語り継がれている。

ラトリスは一歩進みでて抜剣、モフモフの耳をヒコーキみたいに後方へひきしぼる。

（悪いタイミングだけど、いいタイミングだわ。無限を喰らう蜘蛛なら四年前に単独討伐したことがあるし。それも相手の巣で。討伐計画を練ったうえでの死闘だったけど。ここはやつの巣でもないし、わたしはあの時よりずっと強い。倒したらオウル先生にたくさん褒めてもらえるはず）

ラトリスはオウルにたくさん頭を撫でてもらう想像をし、ニヒヒと内心で取らぬ狸《たぬき》の皮算用、愛剣のブロードソードを張りきって構えた。長年連れ添った相棒の鋭刃がギラリと輝く。

不気味に八脚を動かす怪物は、埠頭《ふとう》にしかれたバリケードをなぎ倒して駆けだした。土砂崩れのような激しさで、巨大な質量が一気に迫ってくるさまは圧巻だ。

ラトリスは真正面から迎え討つ。地を蹴《け》った。彼女の脚力に耐えかねた埠頭に亀裂が広がる。常人を逸脱したバネと筋力で弾《はじ》かれた身体は、瞬《まばた》きのうちに怪物に接近、両手で握りしめた剣は、埠頭をバターのように裂きながら下段から斬りあげられた。

鋼刃のアッパーカット。下顎をカチあげられ、巨口を閉じざるを得ない蜘蛛。それどころか巨躯《きょく》そのものがふわっと浮いた。それはこの狐少女が人間を超えた力を有している証左である。

弟子が繰りだした重撃の剣技。師は羨望《せんぼう》とともに見入っていた。

（なんて力だ……まさしく英雄の剣。あの時より遥《はる》かに強くなっているな）

覚醒《かくせい》した魔力から繰りだされる人間を超えた力。魔力を剣に託し、解き放つ。英雄にだけ許された戦い方。それはオウルの剣とはまったく違うやり方であった。

砕ける地面、散る火花。怪物の突進が止まった。ブロードソードが構え直される。

ラトリスは手に伝わる痺《しび》れをねじふせる。この程度、なんでもないと言い聞かせるように。

（コイツ……めちゃくちゃ硬い。前戦った個体よりずっと。想定外だけど、大丈夫大丈夫）

彼女の周囲に赤い揺らめきがポワッと現れた。それは燃ゆるオーラだ。

覚醒者が有する魔力と、剣技を練りあげた先に修得できる剣気。剣気が魔力を得た時、剣士は唯一無二の属性を解放する。すなわちラトリスのソレは、激情の炎の剣気であった。

ラトリスの赤い髪が燃えあがる。荒ぶる火の魔力は、肉髄を内から焦がし尽くさんとする。血液は沸騰し、少女の運動能力は向上、火が入って輝く赤い瞳《ひとみ》は、砕くべき黒い甲殻を睨《にら》む。

狙いは定めた。燃える魔力が剣に纏《まと》わりつく。

放つはラトリスの第二の刃《やいば》。幼き日、覚醒がもたらした彼女だけの必殺剣、その名を――

「――『赤熱の刃痕《レッドライン》』」

それは灼熱《しやくねつ》の一太刀《ひとたち》。空間に刻まれた一筆書きの十文字。強大な剣気とともに放たれた輝く斬撃痕は、その通り道にあった一切合切を、無慈悲に、不条理に、容赦なく断ち斬った。

英雄の必殺技だ。まともに喰らえばあらがえる生物はいない。――常ならば。

火の粉が舞うなか、汚い牙《きば》の生えそろった口がパカッと開いた。この島は、尋常にあらず。

下顎と上顎はいましがたの燃える斬撃で破損しているが、そんなものお構いなしとでも言うように、おおきく縦に開かれていた。無限を喰らう蜘蛛、捕食能力、いまだ問題なし。攻撃を続行。

汚い涎《よだれ》をしたたらせる凶悪な口。それを眼前にし、ラトリスは己の浅慮を悔いる。

（あぁ、何してるんだろう、わたしは。見た目が同じだからって、前倒せたからって、敵を見誤った。この蜘蛛……火を怖がらないし、いまの攻撃で怯《ひる》まない。わたしが戦ったやつよりずっと生命力が強い。わたしの知ってる無限を喰らう蜘蛛じゃない、この島の特異個体――失敗しちゃった）

張りきっていたこと。倒した経験があったこと。熟達の剣士としての自信。対処できない敵などもうずいぶんと遭遇していなかったことによる慢心。いくつかの理由が突然の死を招いた。

ラトリスは死神の冷たい吐息を首筋に感じた。皮と骨だけの枯れた手先が、白く細い喉元《のどもと》に手をかける。身体に満ちていた熱が冷めていく。ロウソクの灯《ともしび》を吹き消すかのように。

意識が薄く引き伸ばされていく。訪れる一秒先が永遠にやってこない。不思議な感覚。己の死を前にした、ラトリスの脳裏によぎっていたのはありし日の景色であった。

ラトリスは商船に乗せられブラックカース島に流れ着いた。冷たい檻《おり》に入れられて、ひどい空腹に苦しみ、たまに思いだしたように水と食事を与えられ、かろうじて命を繋《つな》ぐ……そんな航海だった。

必死の思いで商船から逃げだしたことを誰も責めることはできないはずだ。

子狐《こぎつね》の心臓はバクバクと鳴っていた。死に物狂いで知らない町を駆けた。すぐ後ろには商人たちが迫っている。怒声をあげて。ガリガリに痩《や》せた子狐が逃げられる可能性は低かった。

細い足ではすぐに走れなくなった。絶体絶命の時、彼女の前にひとりの青年が現れた。

当時の格好を覚えている。よく鍛えられた二の腕が半袖《はんそで》のシャツにピチピチで、もっとおおきい服を着たほうがいいと場違いな感想を抱いたのだ。酒瓶を片手に、帯刀する美青年は、ラトリスに気づくなり「お前……」と声を漏らした。とても驚いているようだった。

「た、たすけで……っ」困惑する青年へ、ラトリスは嗚咽《おえつ》を漏らすように言葉をかけた。

それが精一杯だった。息も絶え絶えで、いまにも倒れそうだ。救済を願う最後の叫びだった。

「ようやく追いついたぞ、すばしこいガキめ……‼」

「おい、お前《め》え!!　うちの奴隷になにしてる!!」「商品を返してもらおうか!!」

商人たちは傲慢《ごうまん》だ。銃は簡単に抜かれる。銃口をいくつも向けられようと、青年はチラッと視線をやるだけで気にした風もない。商人たちなど気にもとめず、彼は膝《ひざ》を折り、やせ細った子狐に目線の高さを合わせ、ちいさな頭を優しく撫でた。

「決めた。おっさんども、悪いがこのモフモフは俺がもらうことにしたぜ」

「なんだと!?　馬鹿なこと言うんじゃねえ!!　どういう了見だ、それは俺たちの商品だぞ!?」

「この獣娘はべつに俺が檻から脱走させたわけじゃあない。ここにいるのはてめえらの管理不足のせいだ。だのに、なんで俺に銃を向ける。ムカついちまった。だからこのチビは俺がいただく」

「めちゃくちゃだ……!!　そんなの通るか!!　後悔したくなきゃ、さっさとガキをよこせ!!」

「話のわからねえじじいだ」

青年は苛立《いらだ》ちを隠さず、酒瓶を放り捨てた。パリンと割れる音。腰の刀に手を伸ばす。

「はは、なんだ？　まさかやろうってのか？　剣で？　馬鹿が、これだから田舎者《いなかもの》は!!」

「時代遅れの棒遊びを披露するつもりか!!　けけけ、火薬の力を知らないと見えるな!!」

商人たちの忍耐力は強くなかった。すぐに撃鉄が落ち、近代科学の咆哮《ほうこう》があがった。火薬は旧時代の武器を時代遅れの産物にした。銃は剣よりも強し。赤子でもわかる道理である。

しかし、時に例外があることはあまり知られていない。

ガギン。甲高い金属音。火花が散ったあと、青年は直立不動のままそこにいた。彼は親指で鍔《つば》を押し、鞘《さや》からわずかに刃を露わにし、顔をのぞかせた数センチの白刃で、弾丸の軌道を逸《そ》らした。

「……は？」「こ、こいつは……ッ」「剣で弾を、はじきやがった……!?」

驚愕《きようがく》に目を見開く者たち。特に引き金をひいた者は、顔色を悪くさせ、銃口を力なくさげる。

ただ一度のやりとり。それだけで彼我の闘争者としての差は明白だった。

青年はひとつため息をつくと、刀を完全に抜いた。途端、商人たちはバタバタと駆けだした。我先にと互いに押し合いながら「うあぁあぁぁぁぁ‼」と叫び声をあげた。無様である。

一連の騒動を、ラトリスは茫然《ぼうぜん》と眺めていた。

「大丈夫か、ぼうーっとしてるけど」

青年はいつの間にか刀を鞘におさめ、しゃがんで目線の高さを合わせてくれていた。

「小汚いな。すごく痩せてるし。これじゃあせっかくの可愛《かわい》い顔が台無しだぞ」

そう言って幼いラトリスを撫でる青年。当のラトリスは頬を染め、顔を深く伏せてしまった。

それがすべての始まりだった。黄金のように輝く日々の最初の記憶だ。

脳裏に浮かんだ甘酸っぱい思い出と打って変わって、現在のラトリスは眼前に迫った暗い死に呑《の》まれそうになっていた。せっかくふけっていたのに、もったいない、とラトリスは思った。

(走馬灯ってやつかな。懐かしいや。あの時、オウル先生が助けてくれなかったらわたしはとっくに……大丈夫、船は持ってきた、わたしが死んでもオウル先生はきっとこの島を脱出できる)

最後の瞬間、ラトリスは己が使命を果たしたことに誇らしさを感じていた。

(わたしの使命はオウル先生を島から救いだすこと。先生にもらった大恩に比べれば、あまりにちいさい恩返し。もっと恩返しする予定でしたが、力及びませんでした……さよなら、先生)

薄く引き伸ばされた意識にも終わりはくる。時間が加速しだす。覚悟は決めた。

ラトリスは無念の結末を受け入れようとし——ヌルッと視界に入ってきた背中に目を見張った。

怪物と狐の間に割りこんできたのは、オウル・アイボリーだった。

背中でラトリスを押しだしつつ、オウルは素早く抜刀、剣先で蜘蛛の突進を迎撃する。巨大な体躯を押さえるには細く薄すぎる刀をつっかえ棒のようにした。

――突進力を制止せず、力の流れを変化させる。

彼はひき殺される運命にあったラトリスから、土砂崩れのような攻撃を逸らし、勢いそのままに埠頭《ふとう》の海側へと案内した。暴れ牛の突進をいなすような、一見して理解しにくい力の誘導だ。

「こらこら、うちの一番弟子を食べないでくれるか？」

そうこぼすオウル。ラトリスは目を見張り、息を呑み、ぴたりと固まった。

全幅の信頼。最大の安心。ラトリスの口元が優しく緩んだ。

（あぁ……先生は、まだわたしを助けてくれるんだ……）

力を誘導された怪物は、埠頭をゴロゴロと横転しつつ、すぐに姿勢を立て直そうとする。再び突っこんで、持て余す野生の暴力で、非力な人間どもをすり潰《つぶ》すそうと。

しかし、おかしい。どういうことだこれは。暴虐の蜘蛛は思うように姿勢が整わない。8本もある足で、地を掴《つか》み、空を蹴り、それでも上手《うま》く身体《からだ》を制御できない。

それもそのはずだ。無限を喰らう蜘蛛は、すでに〝右側面の脚4本〟を失っていたのだから。

オウルは短く息を吐き、軽やかな足取りで地を蹴りサッと怪物に近づいた。

噴射される糸。硬質で粘性の強い糸は、同時に毒性を有する。予備動作なく放たれる致命的な攻撃を、しかし、オウルは飛翔《ひしょう》する凶糸に刀を横からあてがい軌道を変化させ、自分にあたらないようにして凌《しの》ぐと、火斬で切開された傷口へ刀を深く刺しこんだ。

ラトリスの攻撃が傷をつけた箇所へ、裂傷をえぐるように深々刺さった刀は、奥深くに到達し、蜘蛛《くも》の心臓を的確に穿《うが》つ。蜘蛛はピクリと震えたのち動かなくなった。オウルは刃をひねり、グッ！　グッ！　と押しこんでしっかりと怪物が死んだことを確認する。

「ふむ」納得したようにうなずき、オウルは刀を抜いた。

そこまでしてようやく埠頭を包んでいた緊張感は薄らいだ。

すっかり固まっていたラトリスは忘れていた呼吸をとりもどし、深く空気を吸いこんだ。

（先生の、理合の剣……健在どころか、以前よりもさらに練度が増している……）

ありしの日の憧《あこが》れた師、長い時間が過ぎようと、そのすべてが確かに、いまだここにあった。

ラトリスは涙ぐみ、身体の内側から湧き上がる熱さを、深く吐きだした。

3

危ない危ない。うちの弟子がパクッといかれるところだった。

ラトリスが駆けてくる。「オウル先生、流石《さすが》です‼」と、感激したように目を輝かせて。

「突進を受け、その力の方向を変えて、跳ね返し脚を斬ったのですね！　まさしく神業‼」

嬉《うれ》しそうに弟子ははしゃぎだす。いましがた使った技のことだ。相手の突進力を受け流して、力のベクトルを変えて、カウンター攻撃を成立させる。誰でも使える剣術だ。

こういうのが俺の得意技。相手の力を使う。『英雄の剣』に対して『理合の剣』と呼んでいる。

「パリィで足を４本も破壊するなんて‼　７つの海を見渡しても先生ほどの剣士はいません‼」

「持ち上げすぎだよ。ラトリスだって使える技だろうに。道場の必須《ひっす》科目なんだし」

「わたしが？　いや、それほどの練度でできるわけが――」

「というか、この討伐の功績は、ラトリスのものでもあるんだぞ」

「それこそ大袈裟《おおげさ》です。わたしなんてただ無様に食べられそうになった狐《きつね》にすぎません」

「いや、すごかった。硬い甲羅を砕いてくれたおかげで肉質を貫けた。俺の剣ではできないことだ」

「それは嫌味ですか、先生？」

「いやいや、まさか。どうしてそう思うんだ？」

「だって蜘蛛を倒したの、先生ですし、わたしなんて先生の足元にも……」

しおれるモフ耳。ラトリスは喜んでいいのかわからない微妙そうな表情を浮かべる。

「いまだって先生のお手を煩わせただけ。わたしは今もあの時みたいに助けられただけです」

「そんなことないって。自信を持つんだ、ラトリス。君は最高の剣士になれる。俺とは違う」

俺はラトリスの頭を撫《な》でた。わしゃわしゃと勢いよく。これでもかというくらい。

この子は俺とは違う。――かつて俺は魔力に次々覚醒していく弟子たちを見て悟った。

この世界では魔力に覚醒することが、武で立身出世する最低条件であると。魔力の覚醒者とそれ以外では、身体能力の差が大きすぎるためだ。彼らはあらゆる動作を魔力で補正することができる。地を風のように駆け、熊と相撲をとり、ココナッツを投げて海鳥を撃ち落とす。

アイボリー剣術道場の子どもたちは、十年前の時点で、純粋な身体能力で俺を超えていた。

俺にはとても彼女たちのマネはできない。剣技をもちいれば、競い合いを制することはできるかもしれない……しかし、それは武芸者として魔力の覚醒者と俺が同等という意味ではない。

技ならば魔力の覚醒者でも使える。その逆は成立しない。俺がもっているものは、結局のところ誰にでも扱えるものだけ。そのことに気づいた時、野望はついえた。俺は英雄になれないのだ。

「先生？　どうして先生が暗い顔を？」

「あぁ気にしないでくれ。ちょっと昔のこと思いだしてただけだ。そんなことよりだ。ラトリスよ、ちょうど食材も手に入ったし、どうだ、再会の宴《うたげ》を開くというのはさ」

「宴‼　オウル先生のご飯‼　ふふふ、十年ぶりですね。昔は道場のみんなでオウル先生のつくる料理の数々に夢中になったものでした。む、でも、先生、食材なんてどこにあるんです？」

ラトリスは尻尾《しっぽ》を振りながら周囲を見渡し、何かに気づいたように尻尾をピタリと止めた。

「……ちょっと待ってください。まさか、オウル先生、あれのことですか？」

ラトリスは恐る恐るたずねてくる。その視線はビッグマウスに注がれている。

「正解だ、ラトリス」

「嘘だと言ってください⁉　怪物を食べる気ですか⁉」

「すっごく美味《おい》しいんだぞ。引き締まった筋肉はやや筋っぽいが、時間をかけて茹《ゆ》であげることで、ホロホロと崩れ、口当たりがよくなる。島で五本の指に入る美味食材なんだ」

「へ、へえ、そうなんですねえ……オウル先生が言うのなら、そうなのでしょうけど……うわっ、ぐちゅって言いましたよ⁉　なんか糸を引いてませんか⁉　うわぁあ‼」

十年間で何度も調理した食材を、こうして弟子に振舞うことができる。今日ばかりは料理スキルに磨きをかけてきてよかったと、島での孤独なサバイバル生活を肯定してやれる。

「ん、あれは」

船がいよいよ埠頭《ふとう》に接岸した。舷側《げんそく》よりタラップが掛けられ、埠頭と繋がる。

船員と思《おぼ》しき2名の少女がスタタターッと駆け降りてきた。よく似た顔立ちだ。ふたりとも豊かな毛並みの耳と尻尾がある。姉妹のそれはラトリスのふっくら具合とよく似ている。

「オウル先生、ご紹介します。この子狐たちはリバースカース号の乗組員です。こっちの桃色で元気な子がセツです。はい、セツ、ちゃんと挨拶《あいさつ》するのよ」

「はい、元気ですっ！　私はリバースカース号の甲板員ですっ‼　趣味はお昼寝とお掃除、カメラでいろんなものを撮ることなのですっ！　よろしくお願いします‼」

桃髪の獣人少女――セツは元気に手をあげ自己紹介してくれた。愛嬌《あいきょう》のある子だ。

「おじちゃんがオウル・アイボリーですかー？」

俺のことだよな、おじちゃん……そうだよね、もう俺おじちゃんだよね。

「そうだね、俺がオウルであっているよ」

「船長からお噂《うわさ》はかねがねっ！　世界最強の剣士に会えて感激なのですっ！」

ラトリスから誇張されすぎて伝わっているようだ。

「そして、こっちの緑色の毛並みで大人しい子がナツです」

緑髪の獣人少女――ナツは尊大に腰に手をあてて胸を張った。クールな子だ。

「ナツ、だよ。あなたのことは船長から聞いてる、よ」

「へえ、なんて？」

「おじいちゃんは世界最強の剣士」

やはり誤情報が……って、待てい、おじいちゃんだと⁉　それは言いすぎでは……？

「乗組員は3名か。いいだろう。みんなお腹《なか》いっぱいにしてやる。このおじちゃんが、な」

おじちゃん、という部分にしっかりアクセントを置いて、俺は胸をドンッと叩《たた》いた。

すべての調理工程を終える頃には、日は落ち、空には星々が輝いていた。

朝からじーっくり時間をかけて、ようやくビッグマウスの調理が完了した。

みんなを呼んで、火を囲んで流木に腰かける。薪《まき》の爆《は》ぜる音がおおきく聞こえた。燃ゆる炎と夜の潮風さえ耳につく。時間が止まった世界で、俺は沈黙を破る勇気をみせた。

「『ビッグマウスの活力鍋《なべ》』だ。十年研究を重ねた信頼と実績の飯。鳥ブイヨンを切らしているから、蜘蛛の旨味《うまみ》だけだが……こいつは最高に美味しいぞ。いや、本当に」

俺は鍋から節足の第一関節をとってやった。「先生、ありがとうございます……」ラトリスの震える手が足を受け取った。彼女はぷりぷりした肉を凝視する。しばらく見つめ、生唾《なまつば》を飲みこむと、目をつむってかじりついた。もぐもぐし、彼女はハッとした顔になった。

「美味しい……？　こ、これは、これすごく美味しいです、オウル先生‼」

ラトリスは尻尾をパタパタさせ、耳をピクピク動かす。お気に召したようだ。俺はホッと胸を撫でおろす。双子のほうも見やる。ちいさな口でホカホカの蜘蛛の足にかじりついている。

「これすっごい美味しいよ⁉　ナツも食べて‼」

「お姉ちゃん、私はすでに3本の足を確保済み、だよ」

「あー‼　先に確保を済ませるとは意地汚い、独占はダメって船長に教わってるのに‼」

大事そうに蜘蛛足を抱える緑髪と、それを奪おうとする桃髪。争いを生むほどの美味《うま》さと。

「たくさんあるから慌てなくていいぞ。さあさあ、今度はこの蜘蛛みそで食べるといい」

ほどなくしてみんなの腹は膨れた。愉快な食事が落ち着き、焚火《たきび》をはさんで向こう側、桃髪のセツがいびきをかいて居眠りし始める。ナツのほうも眠そうだが、膝上《ひざうえ》で眠りこけている姉を、砂上に落とさないように睡魔と戦っているようだ。こくりこくりと船を漕《こ》ぎ続けている。

眠たいのは子どもたちだけではない。大量の食材を処理するのに、朝から作業していたので、俺も流石に疲れた。いますぐベッドに身を投げだしたい気分だ。しかし、ラトリスといくらでも話をしたいので、俺もあのちいさな少女に習って、いましばらく眠気にあらがってみよう。

「もうお腹いっぱいか？　まだ蜘蛛の足はあるぞ？　たくさん食べていいんだぞ？」

「大満足です、これ以上は、ちょっと、食べられないです」

ラトリスは苦笑いしながら、逃げ道を探すように周囲に視線を走らせた。彼女の顔は浜辺より内陸側、広がる瘴気《しょうき》にまみれた街で視線がとまった。

「なんだか昔に戻ったみたいですね。この島の景色はすっかり変わっちゃいましたけど、でも、オウル先生のご飯のおかげであの頃を思いだせました」

俺にとっては監獄の壁のようなものだが、帰郷者にとっては違うようだ。俺は焚火に手をかざしながら「それはよかった」と、相槌《あいづち》を打った。

火が弱くなってきたので、ちいさな薪を追加する。ふとラトリスがおおきなバッグをまさぐっていることに気づく。昼間、俺の料理中にこの子が船から降ろしたデカい荷物だ。

「あったあった！　はい、先生、どうぞこれを。好きでしたよね！」

彼女が取りだした酒瓶に俺はテンションがぶちあがる。

「ん？　おお‼　酒か‼　それにこれは……葡萄酒《ぶどうしゅ》じゃないか‼」

俺の記憶が正しければ大陸で有名な葡萄園で作られた酒だ。かつて商船がブラックカース島に寄った時は、この島の特産品とこうした大陸名産の美酒を交換していたのを覚えている。

「素晴らしい、ラトリス、お前は最高だ、疑いようがなく一番弟子だ‼」

「ふふふ！　では、いっぱい撫でてください！」

モフモフ耳が左右に揺れる頭がズイッと出された。望み通りに頭を撫でくりまわしておく。髪の毛も耳も大変に触り心地がよい。「よーしよしよし、お前は最高だ、偉い子だ」

「あぁ、まさか酒が飲めるなんて、酒なんてもう十年も飲めてない。手が震えてきた」

俺は酒瓶の底を、座している漂流木に叩きつける。衝撃が伝播《でんぱ》してコルク栓が浮きあがる。一発だとあがってこないのでコンコンと何度も叩きつける。程よくコルクが顔を出したら噛《か》んでひっぱればよろしい。栓が抜けると香りが溢《あふ》れだし、細胞の隅々まで染み渡った。10歳は若返ったかな。

「ありがたく」俺は酒瓶を軽くかかげ、注ぎ口にかぶりついて瓶底をひっくりかえす。

「ぷはぁ、たまらないな‼　なんて幸せなんだ‼」

「先生、わたしにも飲ませてください！」

「え？　ラトリスは……あぁ、そうか、もう大人なのか」

「ふふ、そうなんです、わたしはもう立派なレディなんです。先生が大好きだったお酒の良さを知るために、エールもラムも、葡萄酒も蒸留酒も、世界中でいろんなお酒を飲んだんですから」

ラトリスは俺の手から酒瓶をひったくってあおり飲んだ。

豪快に飲んだあと、何かに気づいた様子で酒瓶を見つめていた。

「あれ……？　これは先生との間接キスなのでは……？」

「どうしたんだ？」

「いえ……何でもないです。我ながらいい葡萄酒を持ってきたな、って」

「そういうことか。ん、そいや、この子たちに船長って呼ばれていたが、船はお前のものか？」

ラトリスは耳をピコンと垂直に立て、我が意を得たりと笑みを浮かべる。

「いかにもあれはわたしの船です。リバースカース号。先生を助けるための船です」

「俺を助けるための船、ね」

「外の世界では、ブラックカース島は脅威度《リスク》：巨大蛸《クラーケン》という等級をあてられている超危険な島とされてるんです。危険性は島に上陸する前からありまして、まず普通の船で島に近づこうとすると、激しい嵐に呑《の》みこまれてしまって……そうなった船の運命はひとつだけ。海の藻屑《もくず》です」

正直、たくさんいた弟子のうちひとりくらい助けに来てくれてもいいんじゃないかと十年間思ってはいたのだが、なるほど、助けに来られない理由があったというわけか。

「だからリバースカース号が必要でした。あの船は世にも貴重な魔法の船なのです。呪いの影響を受けない唯一の手段。先生を助けだすためにあるような船ですね」

「すごいな。魔法の船だなんて……よくそんなものが手に入ったな」

かつてこの島を訪れる商船は外の世界のものを見せてくれた。なかでも不思議な力を持つ、魔法のアイテムはとても高価だった。魔法の船なんて言ったら……その価値は計り知れないはずだ。

「すごく大変でしたよ。あの船を手に入れるために十年かかったんですし。でも、追い求めていればいつかは手に入るものです。最後には海賊ギルドの知り合いのツテを使って買い取りました」

「苦労をかけたな。……ちなみにその海賊ギルドってなんだ？　聞き覚えがないが」

「海賊ギルドは自由と冒険を愛する者たちの組合です。冒険を続けるうえで必要なものがそろっていて、価値のある資源を持っていけば、買い取ってもらえます。一攫千金《いっかくせんきん》も夢じゃないんです」

「海賊、夢があるな。そういや、ラトリスは昔から海賊に憧《あこが》れていたっけ？」

「覚えていたんですか？　えへへ、わたしもいまでは立派な海賊ですよ、先生」

ラトリスは火を見つめ、頬を少し染め、誇らしげにつぶやいた。

「わたしの夢は海を冒険し尽くすことです。まだ見ぬ土地、まだ見ぬ魔法生物、宝に資源に、国に人。海の先には無数の世界がある。ちいさな島のなかにいては知りえなかったことです」

そう語るラトリスの瞳《ひとみ》は希望に満ちていた。いい輝きだ。俺にはすこしまぶしすぎる。

「素晴らしい夢を抱いてる。俺もデカい夢を持っていた。剣一本で生きていく。この剣で金を稼ぎ、困難をしりぞけ、名を馳《は》せる。カッコいいだろ？　カッコよく生きたかったんだ……」

言い終わって、らしくないことを語ったと気づいた。久々の酒で酔っているせいか。

自由と冒険。一攫千金や成り上がり。それらはついぞ手に入れられなかった。

かつてオウル少年は、大志を抱いた。辺鄙《へんぴ》なブラックカース島を出て、広い世界で己の剣だけで立身出世しようとした。冒険者でも、海賊でも、傭兵《ようへい》でも、騎士でも、なんでもよかった。このちいさな島から出ることができれば。俺の野心を満たすことができれば。英雄になれるのならば。

知っての通り、少年は島を出なかった。

「オウル先生、なにしんみりしてるんですか。ここから始めればいいじゃないですか」

ラトリスはニコリと笑みを浮かべてつぶやいた。

若き才能、冒険家にして剣の達人、俺にはまぶしすぎる弟子の言葉には魔力があった。その魔力は焚火の暖かさのように俺のなかに入りこみ、冷めた芯《しん》に熱をいれてくる。

もしかしたら、俺の夢はまだついえていないか？

「その通りだ。その通りだよな、ラトリス」

「ええ、そうですとも。そして7つの海に、大陸の国家に、世のあらゆる猛者《もさ》たちに知らしめましょう、ブラックカース島のオウル・アイボリーが世界最強の剣士であると‼」

流石《さすが》に夢がデカすぎんか？　ラトリスは昔から俺のことを過大評価しがちだ。……彼女だけでもなかったが。俺は魔力を扱えない凡人だ。年齢的に体力のピークだって過ぎているのだ。

……でも、まぁ、それは自分を試さない理由にはならないか。

「オウル先生、つきましては明日、さっそく島を出ようと思います」

「それは賛成だ。こんな呪われた島、さっさとおさらばしよう」

「では、先生、今晩はリバースカースで休まれてください。お部屋に案内します」

ラトリスに通された個室には十分なサイズのベッドが用意されていた。まさかの個室だ。

ベッドに入るなり、俺はスーッと深い眠りに落ちた。

4

俺は身体《からだ》のうえに重みと息苦しさを感じて目覚めることになった。

「おじちゃん、動くなぁあっ‼」

寝ぼけまなこを開けた。俺のうえの重量。その正体は桃髪の子狐《こぎつね》だった。確か甲板員のセツだったか。俺に馬乗りになって、短銃の銃口を鼻先につきつけてきている。ベッド脇を見やれば、緑髪の子狐もいた。双子の妹ナツだ。こっちはクールな無表情のまま、「これではんごろしにします」と言いたげに、木製バットのようなものを手のうえで跳ねさせている。

テロリストにより寝室をジャックされたらしい。ひとまず両手を頭のうえにあげておく。

「わかった、降伏だ」

俺がそう言うと、セツは破顔して嬉《うれ》しそうにし、ナツはしたり顔で口角をちょっとあげた。

明確な油断。いまだ。俺は手で銃口を弾《はじ》き、武装解除させ、セツの襟元を掴《つか》み、グイッと引きよせた。マウントポジション――馬乗り状態は振りほどくことが難しい。だが、乗っている者との身体の距離を近くすることで、少ない腕力でも、振りほどくことが可能になる。

銃をポイッと放り捨てて、セツを下に、俺が上に、位置を入れかえる。

「ふわあ⁉　おじちゃん降伏したって言ったのに⁉」

「大人は嘘つきなんだよ、悪いな」

「おじいちゃん、もう容赦しない、だよ」

クールなナツがバットで襲いかかってきた。加速する凶悪な先端を回避。ナツの手首を掴み引っ張り、かけ布団へつっこませ「わぁぁ⁉」という悲鳴を無視、巻き寿司をつくるように、2匹の子狐を具材にふかふかの布団で簀《す》巻《ま》きにし、上からのしかかって押さえつけた。

「うわぁーん‼　完全に有利だったのにどうして私たちは捕まってるのですかぁー‼」

「お姉ちゃん、これは完全敗北、だよ。私たちは死ぬみたい」

泣きじゃくる姉、諦観《ていかん》の妹。勝ちを確信し、内心嬉しい中年。

ガチャ。扉が開いた。ラトリスが身なりの整った格好で入ってきた。

「何を騒いでいるのです、か……って。……あの、本当に何をしているので？」

俺は巻き寿司が暴れださないようにしながら、ラトリスに何があったかを話した。

「こらぁー‼　オウル先生になんて無礼なことを‼」「ひっく」「うぅ」

セツはポロポロ涙をこぼし、ナツは不貞腐《ふてくさ》れたように床を見つめる。

「すみません。ふたりには先生を普通に起こすように伝えたのですが……どうやら寝起きを襲えば、世界最強の剣士を負かすことができると考えたようです」

廊下でバケツを持たされて立たされている子狐たちを横目に、俺は昨晩ベッドで一緒に寝た酒瓶をあおり飲みながら「うーん‼（訳：なるほど）」と相槌を打つ。

「オウル先生が7つの海で最強の剣士だとずっと言い聞かせてきたものですから。最強に挑みたかったみたいです。本人たちも反省しているので許してあげてはくれませんか？」

「もちろん。まったく怒ってない」

殺意は感じなかったので、いたずらだとわかっていたし。

「ひっく、でも、降参って言ったのにぃ……」

意気消沈するセツの頭にポンッと手を置く。

「その通りだな。ルール違反だ。俺は一回負けを認めた。お前たちの勝ちだ」

「わーい‼　聞いた？　ナツ、私たちの勝利だってっ‼」

「お姉ちゃん、これが完全な格付け、だね」

ぴょんぴょん跳ねる子狐たち。バケツの海水がピチャピチャと揺れて廊下が水浸しになる。やばいと悟った子狐たちは「拭《ふ》きます、船長……」と、駆け足でモップを取りに行った。

「先生、あの子たちをあんまり調子に乗らせないでください」

「多少はいいだろう。昔のラトリスを見てるみたいで可愛《かわい》いじゃないか」

「わたしはあんなにいたずらっ子じゃなかったですよ。可愛いことは認めますけど」

「いいや、昔のお前たちはヤバかった。それだけは忘れない」

かつてのラトリスもいたずら好きな子だった。やんちゃな弟子たちはどうにか俺に勝ったという既成事実をつくろうとあれやこれや手段を講じてきたのを覚えている。

「自信が付き始めてきた頃、3カ月間くらい寝込みや、お風呂《ふろ》を襲ってきた時期あっただろうが」

「言われてみればありましたね……で、でも、あれはわたしが主導したわけじゃなくて……」

ラトリスは気まずそうに遠くのほうを見つめる。

ふと「そういえば」と、思いだしたように耳をピンと立てた。

「そ、そうだ、勝負続きで申し訳ないのですが、先生に挑んでほしい相手がいまして」

「挑んでほしい相手？」

「先生をして手強《てごわ》い相手だと思われますので、十分に準備をしていただきたく存じます」

不穏な請願である。謎の相手を匂わせられてから数時間後――。

出港のために水や食料の補給が必要だというので、俺のアジトに隠してあった食料やら、備蓄していた雨水やら物資を回収してまわり、埠頭《ふとう》に集積した。

あとは埠頭に集めた物資を船に積みこめばひとまず出港準備は完了とのことだ。

「ラトリス、そろそろ今朝言ってた、手強い相手とやらを教えてくれてもいいんじゃないか？」

「確かにそろそろいい頃合いですね。彼女も起きていると思います。会いに行きますか」

連れられてやってきたのは船底だった。貨物室というやつだ。

室内に満ちるのは暗く湿った空気。低い天井には心許《こころもと》なく固定されたランプが、錆《さ》びた金具がキーキー悲鳴をあげながら揺れて、上甲板からは子狐たちの足音が落ちてきている。

俺は貨物室の奥をじっと見つめた。天井の灯《あか》りが揺れて、たまに照らされる椅子に座っているソイツ。精巧な装いの少女だ。白髪に白肌。ガラス細工のような碧眼《へきがん》は開かれたまま動かない。

俺は綺麗《きれい》な死体をしばし観察し、「死んでるのか？」と死人にするべきではない質問をした。

心臓がビクッと跳ね上がったのは「確かめてみますか」と綺麗な死体が喋《しゃべ》ったせいだ。椅子に座っていた彼女はそのまま俺の首元へ手を伸ばしてきた。

球体関節をともなった優美な手先が目の前で止まる。舞踏会でダンスパートナーからの返答を待つかのように。眼前に差し出されたまま。

俺は人形の手をとった。硬く冷たい肌質。引きあげる勢いのままに立たせた。

「どうも、ミスター。あなたは新しい乗組員ですか」

「オウル・アイボリーだ。あんたがミス・ニンフム？」

「いかにも。わたくしがゴーレム・ニンフム。リバースカース号の管理者をしています」

ミス・ニンフムはそう言うと、優雅な身のこなしでスカートの端をちょこんとつまみ、カーテシーを披露してくれた。弟子たちが遊びでやっているのを見たことがあるが、本物は初めてだ。

「えっと、ラトリス船長にあんたを倒すように言われて来たんだが」

俺は鞘《さや》におさめられた剣を持ちあげた。船底に降りるまでに多少、説明は受けている。

「リバースカースに秘められた魔法の力は、単に呪いへの抵抗力を持つだけにとどまりません。その力は本来ならば無限大。船を思いのままに進化させることができる……はずなんです」

「思いのままに？　どういう意味だ」

「例えば船体をもっとおおきくしたり、部屋を増やしたり、航行速度をあげたり、とかです」

「それマジで言ってるのか？　すごいな。魔法の船って」

「ええ、すごいんです。でも、ミス・ニンフムの意地悪のせいでその機能を使わせてもらえません。なのでわたしたちはその意地悪なゴーレムを倒す必要があるんです」

俺はミス・ニンフムのほうへ向き直る。ガラス玉の碧眼は俺とラトリスの中間あたりの空間を見つめたまま。口だけがやたら滑らかに動いた。顔のまわりは皮膚っぽさがある。

「わたくしはリバースカース号の管理者として、厳格な規則をもって、それを遵守しているにすぎません。わたくしは人ならざる者。行動基準は情ではなく、理のみ」

キリッとした顔でゴーレム少女は言うと、手のひらを船底に向けた。球体関節からなる五指が空気を握りこむ。カタカタカタと駆動音を立てて。

その時、船全体が軋《きし》んだ。巨大な力が船底全体を包む。船床がめくれあがり、割れて、一振りの長い剣が飛びだした。ミス・ニンフムは剣をしかと受け止めると、身体のまえに持ってくる。

「リバースカースの本来の力を託せるのは、わたくしが認めた者のみです」

そういう感じか。そういう感じだ。俺はラトリスへ素早く視線を向けた。

「えっと、わたし、この船を手に入れた時に挑んで、油断してて負けちゃって……」

「なるほど。見えた。つまりはミス・ニンフムを倒した者だけが船の真の所有者になれると」

「それは条件のひとつ。わたくしより強いのは当たり前です。大事なのはもうひとつの条件」

「もうひとつの条件？　そりゃあ一体……」

「――船長は渋めの殿方であること。これに尽きます。モフモフで軟派な生娘ではだめです」

ミス・ニンフムは含みのある眼差しでラトリスをチラッと見やる。

「ええ⁉　あんたの好みのせいでわたしは真の船長とやらになれてなかったの⁉」

可哀想《かわいそう》なラトリス。モフモフでもいいじゃんな。

貨物室に緊張感が湧きだした。それはあっという間に足首までひたし、頭の上まで水位をあげ、呼吸を窮屈にさせる。やる気だな、ミス・ニンフム。

俺はブーツの底で湿った木床をこするように微妙に立ち位置を調整する。

「参ります」

床を蹴《け》って迫ってくるミス・ニンフム。一気に突き出されるのは槍《やり》のごとき大刺剣。勢いのある刺突を利用して、少女人形を突き方向へ受け流し、バランスを崩させ、華奢《きゃしゃ》な首に組み付き、すぐそばの支柱に鯉口――刀をおさめる長方形の鞘口――で押しつけ、鞘から滑り出てくる冷たい刃《やいば》を細い首筋にそっとあてた。あとは引けば斬れる。すなわち王手だ。

「流石は先生‼　なんという鮮やかさ‼　ふふん、ミス・ニンフム、手も足もでなかったわね」

得意げなラトリス。ミス・ニンフムは不満げなジト目で一瞥《いちべつ》する。

「……驚きました。これほどですか。あなたはミス・ラトリスの剣の師ですね」

「いかにも。モフモフで軟派な剣士は俺の教え子だ」

「同じ術理を感じるわけですね。お見事。あなたの勝ちです。ミスター・オウル」

俺はミス・ニンフムを解放してやった。彼女はトボトボと4歩ほど後ずさると、剣を召喚した時のように船底に手を向けた。ベキベキと再び船底が割れて、一冊の古びた本が飛びだした。

「これはガイドブック。リバースカース号の真の船長になった者に渡すようにと」

「ガイドブック？」眉《まゆ》をひそめながらたずねても、それ以上の説明はなさそうだった。

俺はラトリスと顔を見合わせ、全2ページしかなさそうなハードカバーの本を開いた。

リバースカース号
レベル：0　魔力：5
【船舶設備】個室（小）×4　貨物室（小）×1

薄汚れた羊皮紙に熱した炭みたいな赤々とした文字が刻まれている。

「これは一体……」

「リバースカース号は魔法の船。魔力を使えば、船長の望むままに姿を変えるでしょう」

「望むままに、か。この魔力5でどんなことができるんだ」

「ちいさめの大砲程度なら、いますぐに設置することができるかと」

ミス・ニンフムがどのように大砲を設置するのか確かめるため俺たちは上甲板に出た。

俺とラトリス、セツとナツが見守るなか、ミス・ニンフムは両手を身体の前に出し、天へ捧《ささ》げものでもするかのように儀式的な趣でゆっくりあげた。

再びリバースカース号は唸《うな》り始め、軋み始める。

甲板の下から黒鉄《くろがね》の大砲が湧きだした。すべてがおさまったあと、大砲は春を待ちわびて芽を出した草花のごとく、ちんまりと甲板に落ち着き、舷側《げんそく》から大海原へとたそがれた。

ガイドブックに変化が現れた。

リバースカース号
レベル：0　魔力：0
【船舶設備】個室（小）×4　貨物室（小）×1
【武装】半カノン砲

【武装】に半カノン砲が追加されている。これが設置するという意味か。

「わぁあっ‼　すごいのです‼　こんな立派な大砲がついにリバースカースにもっ‼」

桃髪の子狐《こぎつね》セッツは大変嬉しそうに半カノン砲に抱きついた。頬をすりすり、お耳をヒコーキに、モフモフ尻尾《しっぽ》をフリフリと揺らす。物騒なものが好きなのかな。

「先生、ガイドブックにもう1ページあるみたいですよ？」

めくるとレストランのメニュー表みたいなのが出てきた。


【増築プラン】
・ゴーレム　　魔力30

・個室（小）　魔力30
・半カノン砲　魔力5

「そちらに現在可能な増築項目を記させていただきました」

「これは親切にどうも、ミス・ニンフム。いやはやすごい魔法をこの目で見られて感動だよ」

俺はそう言って、ガイドブックをラトリスへ手渡した。

しかし、彼女は受け取らず首をかしげるだけ。

「それはオウル先生がもっていたほうがいいのでは？」

「どうして？　大事なものだ。船長が管理するべきだろう」

「ええ、ですのでオウル先生が管理したほうがよいかと」

おかしなことを言っている気がする。ミス・ニンフムのほうを見やる。

「わたくしはミスター・オウルを船長として認めました。ミス・ラトリスは、そうですね、お情けで副船長として認めてあげましょう」

「なんかムカつく言い回しっ！」

ううぅうっと歯がみするラトリスに対し、どこ吹く風のミス・ニンフム。

なんだか蚊帳《かや》の外にされてしまったが……あれ？　これ俺が船長になる流れか？

5

昼下がり、物資を積み終わり、リバースカース号は港を出発することになった。

ナツはタラップを船にひきあげ、セツは「ギガントデストロイヤー砲、ピカピカにしてあげるのです♪」と、先ほどミス・ニンフムの魔法により召喚された黒筒を大事に磨いている。

呑気《のんき》な空気感のなか、そもそも船ってこんな少人数で動かせるのかな、と素人《しろうと》ながらに思っていると、近くの索具――マストを支える紐《ひも》類――がひとりでに動きだした。誰かが引っ張っているのかと思ったが、セツもナツも別の場所で作業していて、それらしい動きは見えない。

周囲を見渡す。右舷《うげん》左舷船首船尾あらゆる方向からマストに伸びる索具が張ったり、緩んだりしている。たたまれた帆は意思ある索具たちに解放され、風を掴《つか》もうとする。

船の後方、一段高くなっている後部甲板を見やる。舵《かじ》を取るミス・ニンフムはあちこちに気を配っている。おそらく船全体で起こっているポルターガイスト現象は彼女の能力の一部だろう。

索具たちが落ち着きを取り戻すと、ミス・ニンフムが俺のもとにやってきた。

「ミスター・オウル、舵をどうぞ」

「俺が舵を動かせと？」

「はい。船長ですので」

スキルポイントはもう剣と料理にすべて振り切っているのだ。当然だが俺に操舵《そうだ》などできるはずもない。まぁ何事もチャレンジではあるのだが……適任者はほかにいる気がする。

「ラトリス……」頼れる一番弟子へ、困った顔を向けると、彼女はスタターと飛んできて「オウル先生をいじめないで！」と、ミス・ニンフムと俺の間に割って入った。

「別にいじめているわけでは」

「オウル先生、大丈夫です、操舵は一番弟子のわたしが請け負いますので」

「ありがとう、ラトリス。それでミス・ニンフム、その、これでも大丈夫か？」

「船の規則では船長が舵を取るべきではありますが、操舵手がひとりである規則はありません。ゆえに構いません。上に立つ者にふさわしい求心力、カリスマ性をあなたは持っているようですし」

ミス・ニンフムはそう言うと、船室へ引っこんでいった。譲歩してくれた。意外と優しい。

「よーそろー‼」

ラトリスの掛け声で、船が動きだした。波を押し分け、海を裂き、風に我らは運ばれる。

俺は遠ざかっていく港を見る。黒い怪物たちが埠頭《ふとう》に集まってくるのが見えた。

「うわ、なんか凶悪そうな怪物たちがわらわらと。本当に恐ろしい島ですね」

「船出を察して出てきたのかもな。あいつらは俺に恨みがあるんだ」

「どんな恨みが？」

「あいつらの卵を奪って調理したり、親世代をさばいて調理したりとかだ。生きるためには仕方がないとはいえ、いろいろやったさ。まぁそれはお互い様なんだが」

「ライバルって感じですね。こうして見ると、みんな先生のことを見送りに来たみたいです」

「あいつらはそんな優しい生き物じゃないよ」

やつらが凶暴な怪物であろうと、陸の怪物が海を泳ぐことはない。ちいさくなっていく島を俺はいつまでも見ていた。嫌な思い出が多すぎるし、苦しい時間が長すぎた場所だが、それでもこれまで過ごした愛着のある故郷だ。ちょっとだけ、マジでほんのちょっとだけ寂しさを感じる。

「じゃあな、ようやく俺はいくぜ」掠《かす》れた声でつぶやく。無意識にこぼれた言葉。それはきっと、かつての俺への、冒険に出ることが叶《かな》わなかった少年に向けての別れだ。

魔法の船は追い風を受け、快速で呪われた島から離れた。すぐのち空に暗雲の蓋《ふた》をされ激しい嵐に襲われた。ピカッときらめき雷鳴が響き、滝のような雨が絶え間なく打ちつける。高波が船を砕かんと殺意を宿してドンドンと体当たり。いきなり海の様相変わりすぎな件について。

「オウル先生、気をつけてください！　波にさらわれないように‼　島の近海は呪いの影響が最も強まるので、しばらく嵐が続きますよ‼」

この世の終わりみたいな高波による不規則な襲撃。高く昇っては、自由落下みたいな浮遊感と衝撃が繰りかえす。死のトランポリンでしょうか。これが航海ね。島に帰りたい。

「うわぁーん、おじちゃん、あれ見てぇぇえっ‼」

同じマストにしがみついて身体《からだ》を支えていた子狐たちが、前方を指差した。

暗くおおきな影が見えた。それは丸い頭と何本もの触腕を持っていた。触腕にはいくつもの吸盤がついており、それらは深淵《しんえん》からこちらをのぞく無数の瞳《ひとみ》のようである。

激しい雨風、輝きいななく轟雷《ごうらい》、天に届く高波、天と地さえはっきりしない――そんななか、海の悪魔は、絶望を与えるためだけに、深海より出《い》でて、揉《も》まれる帆船のまえに姿を現した。

「うわぁーんっ‼　クラーケンなのですっ‼」

終わりですか。故郷を飛びだした代償がこれですか。

「だから、外の世界は恐《こわ》いとあれほど。かつての俺の判断は間違っていなかったのか」

「おじちゃん、そんな冷静な後悔は聞きたくないのですっ‼」

「おじいちゃん、世界最強の剣士ならあれくらい倒してほしい」

無茶を言うものじゃない。世の中には無理なものもある。

「ラトリス、化け物が進行方向にいるように見えるんだがぁ――!?」

打ち付ける荒波にかき消されないように大声を出し、後部甲板で舵を取る弟子へ叫ぶ。

「確かにとんでもない化け物がいますねぇ――!!」

「どうする――!!」

「先生、お願いしますぅ――――!!」

いや、だからなぜ？　なぜ俺にどうにかできると思っている。無理なものは無理だって。

「うわぁーん!!　海でクラーケンに遭ってしまうなんてっ!!　やつらは知性を持つ怪物っ!!　人間の船を沈めることに関しては最強最悪なのですっ!!」

「大丈夫、お姉ちゃん、この船には大砲があるよ」

子狐たちと俺は、同時に視線を注いだ。生まれたばかりのちいさな大砲へと。ギガントデストロイヤー。0歳。この船のすべての命運を託すにはやや荷が重たいように見える。

ついにクラーケンの触腕が船を捕まえた。四方八方から肉太い腕が絡みついてくる。リバースカース号はデカい船ではない。きっと簡単に沈められてしまうだろう。

ええい、やるしかない。やらなきゃやられる。俺は船に絡みつく触腕に斬りかかる。絶対に船を守ってやる――決意を固めたその時、ズドンッと打ちあげる衝撃が俺を襲った。

船体が海面にぶつかってバウンドしたのか、クラーケンの触腕が叩《たた》いたのか、視界が悪すぎて判別もつかないが、死のトランポリンによって俺の身体が、大海原《おおうなばら》に投げ出されたのはわかった。

ちょうど飛んでいった先で、クラーケンがおおきな口を開けて待っていた。

「ぎゅうあぁあああ――‼　誰か、だずげでぐれ――――⁉」

懸命の叫びは誰にも届かず。俺は身の凍える雨風を忘れさせる温かさに包まれた。怪物の口から放たれるひどい悪臭だ。俺は悪魔の口に見事にホールインワンしたのだ。オワタ。詰みすぎ。

でも、このまま死ねない。せっかく何かが始まろうとしているのだ。俺の意地を見せてやる。俺は握りしめた刀の切っ先でクラーケンの口内の壁面を刺した。祈りながら剣にしがみつく。おかげで胃酸が溜《た》まる天然熱湯風呂《ぶろ》への直下はどうにかまぬがれた。

「おお、意外といけるな‼　――くっせえ⁉」

何世紀も歯磨きしていないに違いない。想像を絶する悪臭に鼻の粘膜が焼かれる。

「うっ、まずい、上からは海水が」

足元からは熱い悪臭。頭上からの冷たい海水。水量がどんどん増えている。これは……さては海に潜るつもりだな？　それはキツイって。人間は海中で生きていけるように設計されていない。

「一刻もはやく脱出しないとだ。これは……一か八かアレでいくしかないか」

俺は覚悟を決め、息をおおきく吸いこんだ。

どんどん熱くなる空気、どんどん狭まる食道、俺は食道壁に刺していた剣を抜いて、落下を再開、勢いを殺さずに刀に乗せて斬りまくった。胃袋への接近は死に近づく行為だ。だが、生きるためにはこれしかない。生を拾いあげるために死を恐れずに飛びこめ。

……あれ？　落下方向が変わっていく？　重力が食道壁に向いている。ブニブニしているし、急な坂道だがギリ立てる。クラーケンの体勢が変わったのか……いよいよ潜航を始めるつもりか。

体内でこんな暴れているのに滞在を許してくれるなんて、なんと寛容なやつなのだ。

「生半可な攻撃じゃ退去命令は出やしない。もっとデカい一撃が必要だな。でも、そういうのは俺の苦手分野だしなぁ、どうしたものか……んあ？　待てよ、こいつはなんだ……？」

目まぐるしくまわる思考を寸断したのは足元から全身へ訴えてくる巨大な胎動だった。これはクラーケンの鼓動？　きっと巨大な心臓だろう。律動だけでもさぞ強力な力を持っているに違いない。けどこれは、違うな。心臓の鼓動ではない。もっともっとデカい。

「そういうことか……これは海の力だ‼」

風が海面を撫《な》でると、やがておおきな波になる。波は海の果てを目指して動き続ける。終わりのない旅だ。世界を循環する力のすべてが海に蓄積されている‼　これが海洋エネルギーか‼

俺はいま理合の核心をかかげよう。俺は海を理解した。

俺は呼吸を穏やかにして集中に入る。ここまでの緊張と試練、久しぶりだ。さあ感じとれ。すべてを。羊水のなかで揺れる巨体、波打つ海の力、俺を胃へ運ぼうとする食道の壁面から、その大いなる伝導を感じ取り、両脚から刀へと余さず威力を持ってゆくのだ。

力は常に動いている。右へ左へ。前へ後ろへ。複雑な力に耐えるのではなくひたすら身をゆだねる。全身で力を束ねて一刀へ――やがて己のなかに海が蓄積された。さぁ解き放て、いまだ。

「人間を甘く見るなよ、化け物」

俺は偉大な海から伝わる力を溜めて気を合わせて、一気に食道を斬りあげた。

刀がブニブニした肉質をいともたやすく切り裂き、下段から斬りあげた勢いのまま俺の身体を上方へ吹っ飛ばし、クラーケンの口から射出させ、暴風雨のただなかへと帰還させてくれた。

巨大なカタパルトで放たれたような気分だ。「やったぞ‼　はっははは‼」思わず叫んだ。

でも、まだピンチは過ぎ去ってない。俺は空を舞っているのだ。海面に叩きつけられたら砕け散ってしまうぞ。てか、船を探さないと。——あっ、リバースカース号を発見した。距離は１００ｍ程度。これくらいなら大丈夫だな。ラッキーだ。

船は風上から風下へ向かうものだ。俺も同じ。追い付くためには、軽い羽毛になればよい。暴風の力を身に感じ、流されるままに滑空し、リバースカースが近づいてきたところで、着地姿勢をとろうとし、着地に失敗、ゴロゴロと派手に上甲板を転がった。

最後にはギガントデストロイヤーに背中を打ち付けて止まった。こいつのおかげでまた海に投げ出されずに済んだ。死ぬほど痛いけど死んでないのでヨシ‼

「はぁやれやれ、危機一髪だな。……いでっ。なんだこれ？」

頭頂部を落下物に攻撃された。俺の足元に手のひらサイズの綺麗《きれい》な石が転がった。これが空から降ってきたのか。不思議に思って眺めていると、桃髪の子狐《こぎつね》の声が聞こえてきた。

「うわぁーん⁉　おじちゃんが空から落ちてきました⁉」

「おじいちゃん、すごすぎる……完全に死んだと思った……」

「奇遇だなナツ、俺も死んだと思った」

後ろを振りかえる。クラーケンが荒海の底へと戻っていくのが見えた。

円形に開閉する大きな口は、一か所に裂傷が入っており、それが怪物に痛みを思いださせたらしい。敵なしの神話の怪物であろうと、口のなかを斬るのは効いたみたいだ。

俺の剣は、弱者のための剣、他者の力を流用することを得意とする。敵の力を利用してのカウンターこそが常套《じょうとう》手段だが……海を使ったのは初めてだ。過去最高威力だったのは語るまでもない。

「おじちゃん、どうしたんです、そんな澄ました顔をしてっ‼」

「実は怪物の腹のなかで必殺技を思いついてな」

「死地のなかで奥義を見いだす……お姉ちゃん、これが世界最強の剣士、だね」

「すごいすごいすごいのですっ‼　その必殺技はなんていう技なのー？」

「そうだな、名づけるならアイボリー流剣術秘奥義……『海』かな」

我ながらいいセンスだ。大人の余裕とわびさびも感じさせ、雄大さも思わせる。子狐たちへ視線をやる。目を輝かせて見つめてきていた。刺さったな。

「オウル先生、どこに行ったのかと思えば、戻ったんですねぇ――‼」

ラトリスは索具を掴み遠心力で身体を振るようにして、嬉《うれ》しそうにやってきた。

あんまり驚いた様子ではない。もしかしてクラーケンに飲みこまれたり、神懸かった機転から新技を編みだしたり、奇跡の脱出を果たした一部始終を見逃したというのか？

「船長ぉっ‼　おじちゃんは30秒前までクラーケンの口のなかにいたのですぅ――‼」

いいぞ、セツ、我が一番弟子に教えてやってくれ。奇跡の生還劇があったことを。

「もちろん、わたしは先生の活躍を見逃さないわ‼　知ってるに決まってるじゃな――い‼」

「あれ？　船長も見てたのです――？」

「先生が空を飛んで落ちてくるところも見てたけど――‼」

「なんでそんな冷静なのです――⁉　奇跡の生還劇だというのに――‼」

「ふっふっふ、オウル先生ならあれくらい余裕よ――‼」

ラトリスはセツにそんなことを言って、こちらを誇らしそうに見てきた。

なるほど、こうやって子狐たちは学んできたのか。ラトリスの口から語られるオウル・アイボリー像のことを。どうりで世界最強の剣士などと言われるわけだ。もっと褒めてほしい。

6

嵐を抜けると嘘みたいに穏やかな海が待っていた。

話を聞いてみると、ブラックカース島の近海だけが地獄の有様になっており、本来アンブラ海は穏やかな海らしい。ちなみにアンブラ海というのは7つの海に数えられる海の名だ。アンブラ大陸に面した比較的ちいさな海域のことで、大小様々な島がここに属している。

「うわぁーんっ‼　生きてブラックカース島を離れられましたぁ‼」

「お姉ちゃん、よしよし、だよ」

妹のナツに頭なでなでされているセツはカメラを取りだし「記念写真を撮りましょう！」と、俺とラトリス、自分たちを画角にとらえ、パシャッと撮影した。

「おじいちゃん、なんだか顔が疲れてるみたい、だね」

「たはは、おじちゃん頑張ったからな。おじちゃんは」

おじちゃんという表現を強調することを忘れない。とても大事なことだ。

「おや、おじちゃん、その綺麗な石はなにー？」

「ん？　あぁこれか？　そういえばクラーケンから脱出したあと空から降ってきたんだ」

「ぁあ‼　それは魔力結晶じゃないですか‼」

ラトリスは濡《ぬ》れた髪をかきあげながら、一段高くなった後部甲板から降りてきた。

「魔力結晶？」

「魔力結晶は自然界の宝石です。強力な魔法生物がつくりだす魔力凝縮物質でして、貴重な資源です。リバースカースに取りこめば、船の魔力を高めることができるんですよ」

ミス・ニンフムに渡すとよいとのことなので、言われるままに提出する。

優美な少女人形は美しい石をつまんで蒼空《そうくう》に掲げると、まぶしそうに目を細めた。

「これはクラーケンの魔力結晶。極めて貴重なものです」

「流石《さすが》は先生。悪魔の口から脱出するだけでなく、クラーケン討伐まで成していたとは！」

石が降ってきたのはクラーケンの体内から虎の子の魔力結晶が排出されたからだったのか。

ミス・ニンフムは魔力結晶をパクッと口に放りこんだ。船が振動し始めた。船体がみしみし音をたてて軋《きし》み、帆ははためき、索具は踊り、舵《かじ》はぐるぐる回転し、船そのものが咆哮《ほうこう》をあげる。

「リバースカース号は新しい力を手に入れました。ガイドブックを」

リバースカース号
レベル：3　魔力：100
【船舶設備】個室（小）×4　貨物室（小）×1
【武装】半カノン砲

「リバースカースは十分な魔力を取りこむことで増築のためのリソースを得るだけでなく、レベル

アップできます。レベルアップすると【増築プラン】が新しく解放されます」

ガイドブック2ページ目を確認する。


【増築プラン】
・浴室（小）　魔力60　・ゴーレム　魔力30
・個室（中）　魔力40　・カノン砲　魔力10
・個室（小）　魔力30　・半カノン砲　魔力5

「おじちゃん、どういう増築するか意見を出し合うべきだと思うっ‼」

というわけで民主主義が発動した。少女たちにガイドブックを渡し、みんなの意見をつのった。

その結果、船は3つの新しい設備をそなえた。

リバースカース号
レベル：3　魔力：0
【船舶設備】個室（小）×4　貨物室（小）×1　浴室（小）×1　ゴーレム×1
【武装】半カノン砲　カノン砲

新設備その1。浴室（小）は満場一致での増築であった。

舵のある後部甲板、その下にある船長室、さらにその下あたりにある個室エリア――のさらに下、貨物室へといたる通路に分岐が生まれ、その近辺に浴室が増築された。浴室内には浴槽もあり、慎ましくも肩までお湯に浸《つ》かることができそうだった。

「この浴槽は魔法の道具です。海水を入れれば清潔で温かいお湯に変化します。陽の魔力を消耗しますので、使いすぎには注意を。数日に一度ほど湯を張り直すのがよろしいでしょう」

「陽の魔力ってなんだ？」

「本船に備わる魔力生成構造の恩恵です。本船は海の力、太陽の力、風の力、そうしたものを魔力に変換し、各種設備を稼働させるために蓄えているのです」

　この船すごくね？

「海の上でお風呂に入れるなんて信じられないよっ⁉」

「おじいちゃんのおかげ、だよ」

「先生、わたしは感動しています……っ」

　新設備その２。ゴーレムもまた満場一致の進化であった。

「ミス・ニンフムが増えるのです？　仲間が増えるのは大歓迎なのですっ‼」

　なんか面白そうなこと、これは何よりも大事なことだ。ミス・ニンフムにより甲板の床から召喚されたゴーレムは、管理者とよく似た雰囲気の少女人形だった。

「ミス・ニンフムの妹ちゃんなのですっ！　お名前はなんと言うのです？」

「……」ゴーレムは黙してセツを見つめる。答えるつもりはないらしい。

「寡黙な子だな」

「先輩のことを無視しちゃダメなのに……こら、返事するのです‼」

それでもゴーレムは言葉を発さなかった。だが、代わりに桃髪を優しく撫でた。それだけでセツは満足してしまったらしく、「えへへ、許してあげるのです～!!」と後輩に心の広さを見せた。

「わたくしの姉妹はわたくしと同じで勤勉で万能です。何なりとお申し付けください」

新設備その3。最後はカノン砲だ。これはセツの要望である。浴室とゴーレムを増築したあと、魔力10だけ残っていたので何に使うか迷った結果、これになった。

「ギガントデストロイヤーにお兄ちゃんができたのですっ！」

この船には武器がないので付けてみた。クラーケンが教えてくれた、武装の大切さを。言っても、大砲一門や二門じゃまだまだ足りないけど、子狐たちは楽しそうなのでオッケーだ。

かくして期せずしてもたらされた魔力結晶により、リバースカース号は豊かな進化を遂げた。

俺は舷側《げんそく》の手すりに背を預ける。向こうでゴーレムと戯れる子狐たちを眺めながら。

隣にラトリスがやってきた。同じように手すりに背を預けた。

「クラーケンとの遭遇は流石に死を覚悟したが……結果、オーライだったな」

「海賊に向いてますね、オウル先生」

「向いてる要素あったか？」

「ふふ、いますごく楽しそうですよ。顔が笑ってます」

ラトリスは口の両端を指でクイッと持ちあげた。言われて気づく。俺は笑っていたのか。

「とはいえ、今回みたいなのはもう勘弁してほしいがな」

「ふふ、安心してください。まともな海の旅ならクラーケンになんて遭遇しないので」

「それはよかった。奇跡を連発しないで済みそうだ」

これ以上、おっさんの心身に負担をかけてほしくないものだ。

「もっと楽しい冒険がたくさんあると嬉しいな。そういえば、いまこの船はどこに向かっているんだ？　楽しい場所か？　美味《うま》い酒を飲める場所だといいんだが」

「愉快かどうかで言えば、そうですねぇ、比較的愉快な場所で、美味《おい》しい酒が飲めるかと聞かれれば間違いなく飲めると答えられる場所です」

ラトリスは微笑《ほほえ》みながら、懐から古ぼけたメダリオンを取りだした。錆《さび》の浮いた品だ。骨を十字に重ねたうえに髑髏《どくろ》をかたどられている。銅製っぽい。貨幣あるいはシンボルかな。

刻まれた文字に目を細めると『海賊ギルド』と読み取ることができた。

第二章　コウセキ島

穏やかに10日ほどが経《た》った。

船上生活は、島生活より不便なことが多々ある。俺は新しいことをたくさん学ばなければならなかった。先生は一番弟子のラトリスだ。彼女は船上生活についてとっても物知りだった。

例えば飲料に関して。教えてもらった情報によると、外の世界では水を常飲できる地域は少ないらしい。多くの地域ではそれぞれの場所で作られる酒が常飲されている。水より酒のほうが安全な飲み物であるからだ。ブラックカース島では水源が安定しており、前世と同じように普通に水を飲んでいたのでこの常識を知らなかった。ちなみに葡萄《ぶどう》酒はビールよりも高級品とのことだ。

酒ばかり飲んでいては、すぐに身体《からだ》を壊しそうだ……というのが、前世も今世も水資源の豊かな島で育った俺の感想だ。けれど、実際はあくまで安全な飲料としての扱いであり、酔って気持ちよくなるための酒ではない。ゆえにアルコール度数はわりと低い。水のように飲んでも平気だ。

航海生活には酒よりも気がかりなことがある。食事だ。その飯のレパートリーには眉《まゆ》をひそめざるを得ない。豆と乾パン、塩漬け肉、バター、チーズ——以上。これが航海中の食のすべてだ。

航海は腐敗との戦いだ。腐りにくい食べ物しか積めないのである。きちい。

「この飯がずっとは拷問だな。食べ物を長期保存できないことが問題だから……例えば冷蔵庫とかあればいいんだけどな……そうすれば食材も長持ちするだろうし……でも、あるわけないよなぁ」

船上料理人として、航海中の食事事情の改善は永遠の課題になりそうだ。

「おじいちゃん」マストの上から声が降ってきた。見上げれば緑髪の子狐《こぎつね》が見下ろしてきていた。

「どうしたナツ」と聞くと「ここ来て」と短い答えが返ってきた。

俺は索具を掴《つか》み、マストに登った。狭い見張り台にたどり着くと、ナツが背中にしがみついてきた。背後から俺の前に単眼鏡を構えてくれたので、それをのぞきこむ。おお、遠くがよく見える。

島が見える。おおきな島だ。おおきな入り江には、たくさんの船が停泊していた。

その雑多な入り江に近づくほどに、冒険者たちの息吹きを感じた。

驚くべきは山々の斜面にある建物たちだ。山を切り出し築かれている城塞《じょうさい》都市のごとき大規模建築群。木材で骨組みをし、宙に敷地を築き、その上に載っている建物が多い。

到底、計画的な開発とは言えないそれらは、この島が、この街が、誰かのものではない証明なのだろう。違法建築のオンパレードだ。あの島に法があれば、の話だが。


「それでどれが海賊ギルドなんだ？」

「この街、あるいは島全体を示して海賊ギルドと呼ばれることが多いですね」

ラトリスはそう言いながら、デカい木箱を抱えて「折れちゃうよ～」と悲鳴をあげているタラップを渡って埠頭《ふとう》に降りた。俺や子狐たちも貨物室から持ちだした貨物を抱えてあとに続く。

「かつて大陸の冒険者たちは海に進出しました。彼らは広大な海に秘められたロマンを求め、陸地で培った知恵を使い、各地にこうした拠点を、冒険の本能に従って築いたのです」

自由と冒険を愛する者たちの拠り所。いいじゃないか。年甲斐《としがい》もなく心が躍る。

「先生、まずは積荷を売りに行きます」

「急いでるようだな」

「帰港したらまずはゆっくりしたいですけど、今日は期日なので」

期日が何を示しているのかはわからない。

「ところでこの箱、何が入ってるんだ？」

「鉄鉱石ですね。お金になるんです」

荷物を抱えて、人混みのなかを迷子にならないように赤いモフモフ尻尾《しっぽ》を追いかけ、やがて怪物の骨で飾られた立派な門構えの建物にやってきた。

「ここに海賊ギルドの査定所があります。入りましょう」

ラトリスはこちらに振りかえってそう言うと、迷いなく建物に入っていく。

中は酒場になっていた。デカい酒場だ。査定所というわりには活気がある。

彼女の足が酒場の横に向いて、俺はようやく納得できた。酒場と隣接しているエリアがあったのだ。木箱やら樽《たる》やらが積まれている、広々としていて倉庫のような雰囲気の空間だ。

木箱や樽やらをチェックしているのは屈強な男たちだ。すぐ近くには受付カウンターがある。そこは見たところ酒や料理を提供する窓口ではなさそうだ。

ラトリスはそこへ歩いていく。綺麗《きれい》な受付嬢がカウンター越しにこちらに気づいた。

「ようこそ、海賊ギルド・ヴェイパーレックスの渦潮へ‼　こちらは積荷の買い取り窓口です‼　説明いたしましょうか？」

「大丈夫よ、初めてじゃないわ」

「かしこまりました、では、荷物をそちらへ‼」

みんな、荷物を置いてゆき、最後にラトリスが受付嬢にメダリオンを提示する。

受付嬢は『海賊ギルド』と示されたメダリオンを確認すると、人当たりのいい笑顔を浮かべた。

ほかの荷物をチェックしていた屈強な男たちが、俺たちの積荷を検分し始めた。彼らは慣れた手つきで積荷の箱をどんどん開いていき、中身を改めていった。

木箱に貼られているラベルと内容物が同じかどうかをチェックしているようだ。チェックしたらシュパパパッと手際よく書類に記入し、次の積荷のチェックに移る。

査定には、しばらく時間がかかるとのことなので隣接する酒場で待つことにした。

酒場のすみっこで酒瓶をかたむけて、幸せな気分になっていると、ラトリスたちがやってきた。

「売上は45万シルバーでした」

ブラックカース島で商船と取引していた頃の記憶と照らし合わせるなら、この金額があれば数カ月分の島外の美味しい香辛料を買いこむことができるはずだ。

「海賊ってこんなに儲《もう》かるのか。確かにロマンあるな」

「でも、この額だと手元には残りませんね」

ラトリスは革袋をひっくりかえし、机の上にシルバーの山をこんもり盛る。

「これ本当に金額あってるのか？　少なくないか？」

「天引きされて、残ったシルバーですので」

天引き？　俺は首をかしげて視線で問いかけた。

ラトリスは耳をしおれさせて困り顔をした。

「リバースカース号、海賊ギルドから買い取ったと言いましたよね」

「あぁそんなこと言ってたな。……え？　まさかローンを組んだのか？」

ラトリスは鈍くうなずく。海賊船ってローンで買えるのか。

「毎月の返済額が利息を含めて５００万シルバーなんです」

ラトリスは手にしていた紙を見せてきた。端のちぢれた紙面には数字が並んでいた。

【今月の査定】
普通の鉄鉱石　×80　平均価格４、２８０シルバー
低質の銀鉱石　×20　平均価格５、４００シルバー
【合計】４５０、４００シルバー
【当月返済額】５、０００、０００シルバー
【返済繰越額】７、０３０、０００シルバー
【管理口座資産】８、４００シルバー

「手元にはあまり残らなかったので、次の航海資金を借りてきたんです」

俺は机のうえで慎ましくそびえる銀貨の山を見つめる。なるほど、これは新しい借り入れ分か。

「収入が45万で、返済が５００万だと帳尻《ちょうじり》が合ってないような気がするんだが」

「その通りです、合ってないです」

「今月分は払えたのか？」

「払えなかったので、来月必ず払うように凄《すご》まれました。滞納金の利息は倍という条件で」

「あぁ……」

「お財布が軽いです。ここから食料と水を補給しないといけないので……超赤字ですかね」

ラトリスは深くため息をつき、耳をしおれさせた。俺はラトリスの肩にポンッと手を置いた。

「大丈夫だ。俺もかつては毎月のようになぜか漂着してくる子どもを考えもせず道場にひきとり、ありえない速度で増加する出費をまえに絶望したものだ」

「オウル先生……」

「でも、何とかなった。追いこまれた時、人間は信じられない力を発揮できる」

「わたしにできますかね……？」

「ラトリスはすごい子だ。俺の一番弟子だ。債務なんかに負けるわけがない。それに俺たちがいるだろ」

励ましの言葉を重ねると、ラトリスの眼差しに光が宿った。

「そうですよね。諦《あきら》めなければ活路はありますよね！」

「よし、その意気だ。では、手始めに剣を抜いてみようじゃないか」

「剣？　まさか、先生、借金を踏み倒す気じゃ……？」

「暴力はすべてを解決する。金貸しをヤル。これが無法者のやり方だ」

「いや、それは無法者にもほどがあります⁉」

ラトリスは首をぶんぶん横に振った。乗り気じゃないらしい。

「海賊の世界にだって掟《おきて》があります。借りたお金は返さないといけません」

ラトリスは指を立てて真面目《まじめ》な顔でたしなめてきた。恐ろしいほど筋の通った正論だ。

「そうかぁ。ダメかぁ。まぁラトリスがそう言うのなら剣で解決するのはナシの方向で」

ラトリスはやはり誠実な子だ。十年前の約束だって守ってくれたし、いまもあの頃の真面目な不真面目のままなのだろう。

「次の返済日までに3カ月分滞納しているシルバーを稼いでしっかり返済です」

「え？　3カ月分の滞納だって？　今月だけの赤字じゃないのか……総額いくらなんだ？」

「だいたい1200万シルバーといったところですね」

詰みなのでは。今月の収入が45万なのでは。どう考えても採算が合う気がしないのですが。

「流石《さすが》に厳しくないか？　ここはやはり剣の力を使うしかないんじゃ……」

「落ち着いてください、先生‼　確かに厳しいですが、それを覚悟して魔法の船を手に入れたんです。あの船は世界最速の船。真のポテンシャルを発揮すれば短期間での返済も夢じゃないです」

なんて真面目な子なのだ。それに比べ俺は……。

「ごめんな、ラトリス。俺、真面目に頑張るよ」

「そんな顔しないでください、先生。リバースカースはわたしの夢でもあったんです。それに希望はあるんです。実はですね、信頼できる筋からネタを仕入れまして。頑張り次第ですごく儲かる狩場があるとか。上手《うま》くいけば滞納金を一掃することもできるかもしれません」

「滞納金を一掃って……つまり、1200万シルバーを……？　――その仕事、やろう」

海賊たちの拠り所に寄港した翌日、リバースカース号はせわしなく出港した。

俺のためにいろいろ背負いすぎた弟子のため、身を粉にしようとも一生懸命働くのだ。

1

海に出て7日が経《た》った。リバースカース号はアンブラ海の波に揺られ、次の返済日を乗りきるために目的地に向かっているところである。予定ではもうすぐ着く頃合いのはずだ。

穏やかな船上において、俺の生活は3つの要素で構成されている。

釣り、酒、ギャンブルだ。カスみたいな響きだがこれが最高であることは本能により証明されている。疑いようがない。今日も朝から葡萄酒を片手に、舷側《げんそく》から釣り糸を垂らし続けている。

隣には双子の妹ナツが俺と同じように釣り糸を垂らしている。船長室の暦表によれば、本日の釣り当番は俺と彼女なのだ。張りきって務めさせていただく所存だ。

「成果はどうですかっ！」

双子の姉セツが妹の背中に飛びついた。頬をスリスリ。当のナツは迷惑そうに眉をひそめる。

「何が釣れたか見せてー‼」

「機密情報、だよ。お姉ちゃんは盗み食いする可能性がある、から」

「そんなことしないのですっ⁉　ねえねえ、見せてよー‼」

ナツは困ったように俺のほうを見てきた。

俺は足の間に隠しておいたバケツをナツのほうへ滑らせた。ナツはこくりとうなずき、バケツのなかの魚たちを前科持ちの姉へと見せた。おおきい魚が1匹、ちいさいのが4匹。「ちなみに全部、おじいちゃんの釣果、だよ」とちょっと拗《す》ねたように言った。

「すっごいのです‼　流石はおじちゃん‼　釣りがとっても上手《じょうず》なのです‼」

「まぁ島でもよく釣りはしてたからな。向いてるんだよ、こういうのは」

俺は針の先に餌を刺す。もう一度、投げ入れる。獲物がかかるのを待つ。この繰り返し。これが楽しい。

餌を針先へ刺していると、視線が気になった。横を見ると、セツの爛々《らんらん》と輝く瞳《ひとみ》は訴えかけてきていた。「はやく料理して‼」と。あるいは「もうお腹《なか》ぺこぺこなのですっ‼」だろうか。とにかく釣りなんてもういいと言いたげである。

思えば朝食から時間が経っていたか。俺は竿《さお》を片付け、バケツを片手に下甲板へ続く階段へ向かった。セツとナツがついてくる。急《せ》かすように、後戻りできないようにピッタリひっついて。

貨物室に降りてきた。積荷の水樽を開いた。中身がまだ半分くらい残っている。

木皿で水をすくい、魚たちを洗いながら、愛用の調理器具で下処理をほどこす。鱗《うろこ》を取り、内臓を除き、三枚におろし。肝は叩《たた》きにし、塩とラム酒で和《あ》える。

刺身をまな板に並べて、塩とオリーブオイルをかけた。すみっこに塩とラム酒の肝和えを盛りつけて完成だ。『名もなき魚のカルパッチョ』。どうぞ召し上がれ。

「おじちゃん、お料理がとっても上手なのですっ‼」

「ありがとおじいちゃん、船長にも見せてくる」

獲物を得て大喜びの子狐たち。もうおっさんは用済みとばかりに去っていく。やれやれ。

その時「総員、上陸準備ー‼」ラトリスの声が上甲板から降ってきた。お仕事の時間だ。

数十分後、リバースカース号は『コウセキ島』の港に着いていた。

港には帆船が十数隻も並んでいる。船から屈強な男たちが、剣やら銃やらで武装をし、意気揚々と島に上陸していた。流石はいま一番アツイ稼ぎ場だ。同業者で溢《あふ》れている。

タラップがかけられ、俺とラトリス、セツとナツ、４名は上陸を果たした。

「みんな噂《うわさ》を聞きつけてきているみたいですね」

「海賊は情報を嗅ぎつける能力も大事なわけだ」

「海の資源は早い者勝ちが鉄則ですから」

美味《おい》しい資源の眠る場所に同業者よりもはやく参上すれば、それだけ稼げる。

港の一角にある白い帆船に俺の視線はとまる。ほかの帆船たちとは一線を画す存在感を放つ大型船だ。舷側には閉じられた砲門がずらりと並び、白くはためく帆はうちの船の何倍もおおきい。

「すごい船だな」「あぁ……あれはレバルデス世界貿易会社の船ですね」

世界貿易会社。名前くらいは知っている。十年前から俺の耳に届くほどに有名だった。

「嫌なやつらですよ。海を支配するためには手段を選ばない連中です」

「支配？　どういうことだ？」

「貿易会社は海に独善的なルールをしきたがっているんです。自分たちの権益のために。だから自由と冒険に集う海賊も邪険にしてますし、海賊ギルドのことだって認めてないです。彼らは海の女神がなんとかかって主張して、海を管理する義務があるって語っていて、それで海賊たちは漏れなく海の治安を乱すだけの存在だって決めつけてるんですよ」

巨大な力を持つ者は、コントロールの利かないモノを嫌う。海賊たちがいなくなれば、貿易会社の取り分は増える。そのために治安維持という大義を掲げている……ってところかな？

「海賊のなかに誇りのない悪党がいるのは事実です。でも、無法者だからといってそんなクズたちと一緒にされる筋合いはないです。ちゃんとやってるほうが割を食うなんて間違ってるはずです」

「そうだな。善も悪も。どうあるかを決めるのは自分次第だ」

「そうですとも。先生ならそう言ってくださると思ってました」

海賊と貿易会社の間にある緊張感を肩できり、ピッケルと籠《かご》を担いで、踏みならされた道をゆき、ぞろぞろ歩く集団についていって島の内部へと向かった。

道中、海側へと向かう荒くれ者たちとすれ違った。彼らは蒼《あお》い輝きをもつ石がいっぱいに詰まった木箱を重たそうに抱えていた。見るからに普通の石ではない。ある種の鉱石だろう。

「あれがコウセキ島の特産品『光石』です。明かりにも燃料にも使えるという優れものです。装飾品としての需要もあるとかで、大陸側で価格がじわりじわりとあがっている資源みたいです」

島の内陸部に近づくにつれ、地面がゴツゴツしてきた。岩石の質が変わった。石ころに蒼い光が混ざっている。踏みならされた道の終点は地面がえぐれたような地形の採掘場だった。

貿易会社の社員たちや、海賊たちがそこかしこでピッケルを地面に叩きつけている。奥には洞窟《どうくつ》の入り口のようなものも見えた。その周囲には武装した海賊たちがたむろしている。採掘場の中ほどには店のようなものが見える。ピッケルやらシャベルやらを売っているみたいだ。

「どこもかしこも人がいっぱいだ。なんか縄張りみたいになってるし。適当に掘り始めちゃいたいところだが……良さそうな場所はどこも人がいる」

早い者勝ちの原理原則に従えば、俺たちは新しく鉱脈を開拓する必要があるのだろう。

「わーいっ‼　たくさん掘って、たくさん積んで、一攫千金《いっかくせんきん》なのですっ‼」

「お姉ちゃん、遠くに行っちゃダメ、だよ」

カメラを取りだして採掘場をパシャパシャ撮りながら走るセツ。姉を追いかけていくナツ。

「オウル先生、あの子たちは危なっかしいところがあるので気にかけてくだされば」

「ん？　でも、ナツが一緒だったぞ。あの子がいれば大丈夫じゃないか」

「セツのトラブルメーカーっぷりをあの子が抑制できたことはあんまりないので――」

「お姉ちゃんに手をだす者には容赦しない、だよ」

子狐《こぎつね》が精一杯の威嚇をしている声が聞こえた。不穏な気配を感じ取り、視線を向ける。

セツが地面に尻《しり》もちをついていた。ナツはピッケルを振りかぶって戦意を示す。子狐たちの前には白い制服の男たちがいる。その周りでは汗水を垂らす水夫たちの姿があった。

「なんだこのガキどもは？　薄汚い獣人じゃねえか」

「クソガキども、ここは子どもの遊び場じゃねえ、失《う》せやがれ‼」

汗水垂らすタンクトップ姿の社員たちとは違う、白い制服を着込んだ男が言った。

「ちょっと、あんたたち、うちの乗組員になにしてくれてるの？」

ラトリスはダッシュで詰め寄るなり、ムッとして睨《にら》みつけた。すでに剣柄《たかび》に手を置いている。

現場責任者らしき制服の男はその様子を受けて、嘲笑《あざわら》うように肩をすくめた。

「おぉぉ、恐《こわ》い恐い～。その剣で何かするつもりなのかぁ？　おい、どこのどいつだ、奴隷種族どもをこんなところに野放しにしたやつは！　しっかり檻《おり》に入れておけと言っただろう‼」

男はとっておきのオモチャを見せびらかす少年のように、腰の短銃を抜き放った。

「俺たちは貿易会社の資源回収部様だぞ。海の平和と世界の利益を守るわが社の業務を妨害するのか？　獣人風情が？　ははは、いいだろう、身の程をわきまえるということを教育して――」

べらべらと回る口が、下顎《したあご》からカチあげられた。勢いよく、激しく、火炎をともなって。火の魔力で鞘《さや》の中を満たし、高圧の燃焼ガスで剣を撃ちだす珍技。すごい威力だ。現場責任者は数メートル浮いてから、地面に戻ってくる。舌を噛《か》んだせいで口元は血塗《ちまみ》れで、白目を剥《む》き、情けなく全身の力を脱力させて、土のうえで大の字をさらした。

「か、かかか、か、課長ぉぉぉお――!?」

作業していた水夫たちが気絶した現場責任者に駆け寄り、こちらへ怯《おび》えの眼差しを向けてきた。

「こ、ここ、こんなことして、ただで済むとでも……っ」

「済むさ。済まないとおかしい」

俺は言って、鞘ごと刀を抜いて、水夫のおでこをつついた。ツンツン。

「彼女たちを侮辱したツケを身体《からだ》で払っただけだ。これであんたたちが逆上するなら、それはそれで構わない。だが、その時は覚悟をして怒るんだ。次は血が流れることになる」

俺は声のトーンを落として、よく聞こえるように、ゆっくりと警告をした。

「おじいちゃん」「ん、なんだ、ナッツ」「もう血は流れてる、と思う」

ナッツは口元を血塗れにしている課長殿を見下ろした。

「……こほん、細かいことはいいんだ」小声で俺はそう言ってナッツを下がらせた。

「くっ、こいつらめ、こ、ここは引き下がってやる……」

白制服たちは気絶した課長殿を連れて去っていった。

「おじちゃん、ありがとうなのです……っ」

セツはそう言ってカメラで去っていく白制服たちを撮影した。思い出づくりに余念がない。

「ちょっと採掘スペースを分けてくれないか交渉しただけなのに、ひどい人たちなのですっ‼　助けてくれなかったら、きっと今頃モフモフされてたに違いないのですっ‼」

「それで済めばいいけどな。ほら、もう勝手に行っちゃだめだぞ」

セツの頭を撫《な》でくりまわし、ちいさな背中を押して俺たちは貿易会社連中から離れた。

「あんたたち根性があるな」

近くにいた海賊が、杖《つえ》代わりにピッケルを地に突き立てながら、そう言ってきた。

「ああいうのは下手《したて》に出るべきじゃないわ。吐いた言葉には代償があることをわからせないと」

「まったくその通りだ。しかし、貿易会社相手にそれができるやつは少ない」

海賊は感心しているようだった。俺もそう思う。ラトリスが動きだしたから便乗できた。あの時俺から最初の一歩を踏みだせたかと聞かれると怪しい。勇敢なのは俺ではない。

「お近づきの印にこれを」俺はそう言って、飲みかけの葡萄《ぶどう》酒を海賊に差しだした。

「こりゃ嬉《うれ》しいね」海賊は葡萄酒をごくりと一口飲む。

「ここにちょうど光石を掘りたい可愛《かわい》らしい若者たちがいてな」

俺は背後を見やった。セツ、ナツ、ラトリスは困り眉《まゆ》をつくって耳をしおれさせていた。

「ここから左は貿易会社の仕事場、ここから右はあなたたちの仕事場。どうだ、同業のよしみでほんの少しだけ、あぁ、ちょっとだけ採掘スペースを貸してもらうというのは」

「貸したら返してくれるのかい？」

「言葉を訂正する。採掘スペースを譲渡してほしい」

「こっちも稼ぎがかかってる。うちのパーティは30人の大所帯でね、俺ひとりの一存で決めるわけにはいかんなぁ。厳格な掟《おきて》にのっとって多数決をとらにゃ」

海賊はそう言って仲間たちのほうを見やった。

「勇気ある同志がここで掘らせてくれって言ってきているんだが、どうするお前たち」

「構わないじゃないか。貿易会社相手に景気のいい一撃を喰《く》らわせた勇者だろう？」

お仲間たちは、俺たちが彼らの採掘場を一部使うことを、快く了承してくれた。

「オウル先生、流石《さすが》です、鮮やかな交渉術で採掘場を手に入れるとは！」

「親切な海賊がいてよかったな。よし、光石を掘り尽くしちまおうぜ」

気持ちいい海賊たちからもらったちいさな採掘スペースで俺たちは採掘を始めた。

「これが光石ね。色味が濁ってるけど価値はつくのかしら」

ラトリスは蒼い石を持ちあげて不思議そうに見つめる。

「そいつは低品質だから、そこそこ、だな」横から口をはさむのは先ほどの親切な海賊だ。

「低品質？」首をかしげるラトリス。

「濁りが強いと光石としての価値が落ちるんだ」

「それじゃあこれは売れないってこと？」

「いや、値段はつく。俺の見立てではそいつひとつで4、000シルバーくらいだろう」

親切な海賊はラトリスの手のなかの光石を指差して言った。

こんな石っころひとつで4、000シルバー？　世の中はよほど光石の需要があるとみえる。

この島を出る時には、船が光石で満たされていることを期待しながら、俺はピッケルで地面を叩いた。4人で採掘作業をし、木箱がいっぱいになったら、船へ運搬する。

力持ちのラトリスとセツとナツがこれを担当する。パワー系じゃない中年のほうは採掘場に残り、場所取りをしながら、ゆっくり酒瓶をかたむけるのが仕事である。

「ふぅ……」岩に腰かけ、深く息をはいた。

使えるところをラトリスに見せようと張りきったはいいが、悲しい現実に打ちのめされることになった。2時間ほどの作業で俺は虚脱感に襲われていた。全身が泥沼に浸《つ》かっているかのように重たい。辛《つら》いのは腰の痛みだ。ピッケルを振りおろしたり、余計な岩をどけたり、こうした一アクションごとに確実に腰へのダメージが蓄積する。

正直、絶望している。これがあと何時間、何日続くのか。明日には俺は使えない塊になる。筋肉痛で動けない予感がひしひしとする。師として情けないどころの話ではない。戦力外通告確定だ。ひとつ言い訳をさせてもらえるのならば、モフモフ諸君が働き者すぎるということか。セツとナツは若さゆえか、あるいは獣人族ならではのパワーなのか疲れ知らずで、休み知らずなのだ。

ラトリスは俺が両手で持ちあげる岩も、片手で鷲掴《わしづか》みにしてひょいひょいどけていた。魔力の覚《かく》醒《せい》者である彼女は、膂力《りよりよく》において凡人を超えている。こんな中年のおっさんと比較するのもおこがましいが、それでも自分の情けなさを感じざるを得ない。

「これもまた『道』か。反復と慣習。動きを最適化して、身体を効率よく動かす術《すべ》を模索しないと」

労働もまた『道』。剣術や料理と同じ。俺は採掘者の『道』を歩み始めたばかり。この『道』ではズブの素人《しろうと》。この調子じゃ俺個人の成果はたかが知れている。

想像する。船への積みこみを完了し、ここに戻ってきた3人の顔を。これからまだまだ掘りまくるというのに「ちょっと疲れちゃった……」と言って、休憩を所望する雑魚《ざこ》中年を見る彼女たちの眼差し。役立たずだなぁ。やっぱ俺、捨てられちゃうんじゃないの？

俺は酒瓶片手にたそがれながら、なんとなく採掘場の奥にある洞窟を見やる。

ポッカリと口を開けた大穴から武装した海賊たちが出てきた。7名ほどの集団だ。みんな薄汚れていて全身は擦り傷まみれ。血で衣服を濡《ぬ》らしている。

集団のなかで麻袋を持っているやつが目にとまった。袋の縫い目の隙間から、輝きが漏れている。あの袋の中身は光石か。俺の足元に転がっている光石よりもずっと輝いているように見えるが。

「なあ、あんた」

「ん、どうした、酒男」隣で作業している親切な海賊は作業の手をとめた。

「ありゃなんだい」

「勇敢な海賊たちだ」

「武器をぶらさげるだけで誰でも勇敢になれるのならいい世の中だな」

「本当にな。だが、あいつらは事実、勇敢だよ。浅瀬でパシャついてる俺たちとは違う」

俺は足元を見降ろす。「ここは浅瀬なのか？」

「浅瀬も浅瀬さ。ここには低品質の光石しかない」親切な海賊は洞窟のほうを顎で示した。

「あのダンジョンには光石とともに生きる魔法生物が住んでいるのさ。詳しいことはわからんが、やつらから採取できる光石は、地表で採掘したものより品質がいい。あの海賊たちの持ってる輝きの強い光石は、ダンジョンの怪物から採集したものだろうよ」

「ほう、興味深いな。品質がいいってことは、それだけ高く売れるってことか？」

「その通りだ。あそこじゃより金になる光石が手に入る」

「あんたらはなんで挑まないんだ。大所帯なら稼げるんじゃないのか」

「ダンジョンは危ない場所だ。怪物との戦いは命を危険にさらすからな。効率と安全は天秤《てんびん》にかけられん。それに掘るより稼ぎたいなら、手際よく狩りをしなきゃならん。手際を考えだしたら今度は安全性を確保できなくなる。俺たちみたいな素人は人数の力を使って、ここで懸命にピッケルを振るほうが合ってる」

思想、人数、能力で最適な稼ぎ方は異なるということか。

「ちなみに光石がとれる怪物はダンジョンにしかいないのか」

「この採掘場にもちょこちょこ来てたけど、人が集まりだしてからはとんと見なくなったな。怪物に会いたい特殊な趣味があるなら、やはりダンジョンだ。きっとお宝が見つかるだろう」

「ふむ。ありがとう。いろいろと勉強になったよ」

俺は足元の光石をひょいひょいっと拾って、親切な海賊の成果が積んである荷車に移した。

親切な海賊は報酬を受け取り、満足そうにして仕事に戻っていった。

ちょうどラトリスたちが帰ってきた。リバースカース号に光石を積み終わったのだろう。

俺は腰をあげ、片手をあげて彼女たちを迎えた。

「オウル先生、葡萄酒はもう在庫切れです。代わりに度数の高い蒸留酒を持ってきました。食べ物は干し肉とバターです。これでお腹《なか》を満たしてください」

「ありがとう、助かる。ところでラトリス、話があるんだが」

我が一番弟子は察した様子で「何かイイことがあったんですか?」と笑顔で訊《き》き返してきた。

2

コウセキ島での2日目。

朝起きたら身体のあちこちに鈍痛が走った。1日目の採掘作業のせいで、中年の身体に疲労が残っているのだ。予想できたことなので驚きはないが、失望は隠せなかった。

「もう肉体労働はコリゴリだ」と、2日目にしてははやすぎる弱音を吐きながら、鉛のように重たい身体を引きずり、寝室から這《は》い出て、海鳥と朝日へぐーっと身体を伸ばす。

身支度を整えて、剣帯ベルトに刀を差し、水筒と麻袋、ランタンと手のひらサイズに砕いた光石をひっさげて、今日も気持ちだけは元気よく採掘場へと足を向ける。

次の返済日まではあと20日程度。ヴェイパーレックスの渦潮に戻るには、リバースカース号の速度なら最速で5日程度。船旅は風と運命をともにする。今回、コウセキ島に来るのに7日かかったことを加味すれば、帰路には10日ほどは余裕を持つべきだ。

そうすると残された滞在日数10日間で、1200万の買い取り額に届かせないといけない。

この息苦しさもお金の余裕ができれば変わるだろう。何にも縛られることなく、気分のままに海を旅し、したいことをして楽しく生きる——そういう生活はすぐそこだ。

「それじゃあ、ちょいと様子を見てくる」

ラトリスと子狐たちを採掘場に残し、俺はポッカリ開いた洞窟《どうくつ》のほうへ足を向けた。

「先生のことですから不覚を取ることはないと思いますが、どうかお気をつけて」

「おじちゃん、おおきな怪物を倒してきてくださいなのですっ‼」

「危なくなったら奥義を編みだす、だよ、おじいちゃん」

「毎度奥義を編みだすような状況に陥りたくはないものだな。まぁ任せろ。愛想のない地面に向き合うより、怪物とお喋《しゃべ》りするほうが俺には合ってるよ」

みんなと別れ、ダンジョンの前にやってきた。

虚ろな黒穴に吸いこまれていく勇敢な海賊たちの流れに乗って俺も入ろうとする。

その時だった。「止まれ」と声をかけられた。たむろしているガラの悪い海賊が立ち塞《ふさ》がる。

俺はため息をつき、剣帯ベルトに差してある刀の柄《つか》に手を乗せた。

「こりゃ貿易会社が海の治安を危惧《きぐ》するわけだ」

「おっさん、ここは俺たちの縄張りだ。勝手に通られれちゃ困るなぁ」

「お前が困っても俺には関係ないんだが」

にこやかな笑顔をつくり、一礼をして「ご機嫌よう」と断って、横を通り過ぎようとする。

ガラの悪い海賊はスライドして俺の前に移動してくる。スルーさせてくれないらしい。

「なぁ聞きたいんだが、なんで俺だけ止められたんだ」

言いながら、背後を見やり、前後を輩《やから》どもに囲まれているのを確認する。

「悪いが、おっさん、こっちも食い扶持がかかってる。2000シルバーで許してやるよ」

「悪いが無一文だ。それに2000シルバーは大金だ。さらに言えば、俺の質問に答えてない」

俺の目前に空虚な銃口がつきつけられた。ガチ。撃鉄がそっと起こされる。

「質問の答えは、言うことを聞きそうな腰抜けに見える、ってことだよ」

周囲の男たちは、ゲラゲラと声をあげて笑いだした。

「銃すら持てないほど困窮してる中年からカツアゲするのかね？　心が痛まないのか？」

俺は半笑いしながら「言っておくけど剣はあるからな」と刀を持っているアピールをする。

「まったく痛まん。うん、確かに銃もないな。なら代わりにその剣だ。珍しい剣だ。よこせよ」

「そうかそうか。これは助かる。――俺もクズ相手だと心が痛まない」

俺は刀を抜き放った。眼前に向けられた短銃の銃身がザラッと音をたてて〝ズレた〟。

鋭利な切断面をさらし、銃身が落下する。ガラの悪い海賊の前髪がパサッと束になって追従するように落ちていく。その段階になってようやく彼は汚い黄色い歯をのぞかせる笑いをやめた。攻撃された事実を認識したのだ。そして、目玉がこぼれ落ちそうなほど目を見開いた。

「どうした？　腰抜けの剣が目で追えなかったのか？」

男は壊れた銃を取り落とし、膝《ひざ》から崩れ落ちた。周囲の男たちもすっかり勢いを失っていた。

「銃でも剣でも、武器はそう簡単に抜くものじゃない」

忠告をし、鼻をひとつ鳴らして、刀を鞘《さや》にもどし、俺はダンジョンの奥へ足を向けた。

外の明かりが届かなくなる前に、俺は持ってきたランタンに手のひらサイズに砕いた光石を放りこむ。これで火を使わない持続性のある光源の完成だ。

ダンジョン内を歩いてみると、足元や壁が、淡く蒼《あお》い光を放っていることに気づいた。光石式ランタンを掲げていなくとも、視界が確保できる程度には明るい。地質に光石を多く含んでいるのだろうと素人ながらに推測する。

洞窟の奥のほうからは、たびたび銃声のような音が聞こえてきた。洞窟内を反響して届いてくる音なので、近いような、かなり遠いような、変な聞こえ方だった。

「ん？　これは近そうだな」

神秘的な光景を楽しみながら歩みを進めていると、かなり近くから銃声が連続して聞こえてきた。そちらへ足を向けると、やがて行く手に気配を感じた。

「ぐっ、強すぎる……っ」「大人しく外で掘っていればこんなことには……‼」

なにごとだ。同業者４名が地面を這いずりながらこちらにやってくるではないか。彼らの顔は脂汗と血に汚れ、手には紫煙をあげる短銃やカットラスが握られている。

彼らのさらに向こうには１匹の怪物がいる。

腰丈ほどのサイズ。短い四本の足とハエ叩《たた》きみたいな尻尾《しっぽ》。全身を覆う短毛。特徴的なのは口の両端あたりから伸びる立派な牙《きば》。瞳《ひとみ》のすぐ上、額には蒼く輝く石がはまっている。

「光石イノシシめ‼」「これほどの凶悪さとはっ」「俺たちはここで死ぬんだな……」

状況から察するに、あの獣、光石イノシシによってこの海賊パーティは壊滅しかけているとみえる。

俺は光石式ランタンを手放して足元に落とした。パリン。ランタンの割れる音が響いた。音に反応して、光石の獣の注意がこちらに向いた。剥《む》かれる牙、充血した眼球、血に渇いた獣の形相。蹄《ひづめ》が地を鳴らし、咆哮《ほうこう》が洞窟内で反響し、さぁ、走ってきたぞ。

俺は刀を抜くなり、首があるのかないのかわかんない辺りへ一閃《いっせん》。「悪く思うなよ」胴体と頭が切り離され、胴体のほうはバウンドしていき、止まった所で深紅の血溜《ちだ》まりを作った。

十分に警戒し、獣の死亡を確認、足元に手を伸ばした。

俺は生首の額から蒼く輝く石を回収した。光が強くて綺麗《きれい》だ。値打ちがありそうである。

「嘘だろ……あんた、光石イノシシを剣で……」

漏れるようなかすれた声。弱々しく怯《おび》えたそれは、腰を抜かした男のものだ。俺は用の済んだイノシシの頭を足元に置いて、代わりにヒビの入ったランタンを拾い、被害者たちを照らした。

「思ったより元気そうだが……自力で入り口までいけるか？　それとも俺の介護が必要か？」

肩をすくめて問うと、被害者たちは顔を見合わせた。

「え、あ、あぁ、問題ない、立てるさ」ひとりが言うと、釣られるように全員が腰をあげ、衣服の汚れを気持ち程度に払い落とす。「それに、歩けるから」

「よかった。わざわざ入り口まで戻るのは面倒くさいからな」

沈黙がおとずれる。俺と彼らとの間に微妙な気まずさが漂った。

「こほん。その……道を開けてくれるか？　そっちに進みたいんだが」

俺が奥を指差すと、茫然《ぼうぜん》と立ち尽くしていた男たちは慌てて端に寄ってくれた。

「どうも。海賊はどいつも道を塞ぐ習性があるのかと思うところだったよ」

俺はダンジョンのさらに奥へと進むことにした。

「あっ、あんた！」俺は振りかえる。「助かったよ、本当に。あんた、強いんだな」

感謝されるのは気分がいい。ただし、いましがたの戦闘に関して言えば、俺が強いというより彼らが弱い可能性が大いにある。たかがイノシシに大の男が4人、ボコされているのはな。

なので本音では「いや、お前らが弱すぎなんじゃ……」と言いたいところだが、口にだす必要の

ないことだ。口は災いの元という。なので、

「どういたしまして」俺はそれだけ返し、ダンジョンの奥地へと向かった。

3

腹を空《す》かせてダンジョンの外に出ると、すっかり日が暮れていた。採掘者たちは本日の作業を終わらせ撤収を始めている。この後は船に戻って酒を浴びるほど飲むのだろう。

俺はジャラジャラ音の鳴る麻袋を持ちあげる。袋の縫い目の隙間からは、蒼い光が漏れており、下から袋の丸みを持ちあげれば、手のひらにずっしりと重たい感触が伝わってくる。

思わず顔がニヤける。これがどれだけの価値があるのか、すぐにでも有識者に確かめたい。

ダンジョンの出口には俺をカツアゲしようとした海賊連中がいた。

洞窟の入り口で朝と同じようにたむろしており、自然と道を塞いでいた。

「おい、見ろ、あれ……」「ひとりでダンジョンに入っていたやつじゃないか」

彼らと目が合う。麻袋と俺の顔を交互に見てくる。

「お前、ひとりで怪物狩りを？」

俺は背後を見やる。「ふたりいるように見えるか？」質問に質問でかえすと、場に沈黙が訪れた。

彼らはそっとどいて道を開けた。俺は「どうも」と言って、彼らの間を通り抜けた。

俺たちが育てた採掘場に戻ってきた。陥没した地面をのぞきこむ。深い穴から赤いモフモフ耳がぴょんっと飛びだした。土で顔を汚したラトリスが、首をプルプル振って土を振り払い、木箱をず

いっと頭の上まで持ちあげて、穴をのぞきこむ俺の足元に置いた。

俺がいることに気づくと、ラトリスはパァーッと顔を明るくした。

「先生、ダンジョンから戻ったんですね。お疲れ様です」

「そっちもな。ずいぶん穴が深くなってるじゃないか。相当頑張ったと見える」

俺はしゃがんで手を伸ばした。白い手が俺の手を握る。剣を振り、冒険を通し皮が硬くなった手のひらだ。体重が落ちる勢いを利用して、一番弟子を穴のなかから勢いよく引っ張りあげた。

ピョーンッと飛びだしてきたラトリスは、そのまま俺の頭を越えていき背後に着地した。

「ありがとうございます、先生」

「おじちゃん、私にもそれやってぇーっ‼」

セツは桃色のお耳と尻尾を激しく動かし、両手をバンザイした。子狐《こぎつね》の期待に応え、俺はすっぽり手のなかに収まるちいさな手を握り、ピョーンッと引っ張りあげた。

「おじいちゃん、ん」ナツも同じようにバンザイする。妹狐もご所望だ。同じ要領で引きあげる。

ピョーンッて感覚が楽しいのだろう。子狐たちはキャッキャと喜んでいる。

「わぁーっ‼　この光石、すっごく光っているのですっ‼」

セツが麻袋から輝きの強い光石を取りだす。ナツもすぐに飛びつき、無言で袋に手をつっこむ。

「流石《さすが》はオウル先生、ダンジョンでの狩りは上手《うま》くいったようですね」

「あそこはいい狩場だ。俺に向いていたよ」

「先生は島から出たことがないって話でしたけど……どうでした、初めてのダンジョンは？」

「そうだなぁ……」ブラックカース島から出たことはなかったが、外から来る船によって外の世界の情報は定期的に耳に入ってきていた。ダンジョンのことも存在は知っていた。

「話に聞いてた通り、外とは空気感が違うな。森の奥地に入りこんだような、深い自然のなかにいるような……人間の領域じゃない空気感って言うのかな。修業に向いてそうだ」

「怪物は手強《てごわ》かったですか？」

「厄介なのはいなかったぞ。油断しない限りは、足をすくわれることもない」

「あはは、まぁ、先生ならそうですよね」

ラトリスは誇らしげな笑みをたたえ、したり顔でうなずいた。

「おい、あんたら、そりゃ『良質の光石』じゃねえのかい？」

採掘場の穴のしたから、あの親切な海賊が見上げてきていた。

「姿がねえから腰を痛めて戦力外になったのかと思っていたが……ダンジョンに潜ってたのか？」

「後半は正解だ」なお前半も正解な模様。

「信じられん。単身でダンジョンに挑むなんて……あんた、冒険者あがりか？」

「いいや。前職は、そうだな、飲食業ってところか」

「飲食業だって？　嘘だろ？」

「嘘じゃないさ。本当だ。刃物のなかじゃ包丁が一番得意だ」

俺の前職はアイボリー食堂の店主。アイボリー道場はあくまで義父が営んでおり、俺は師範代理として、親孝行の一環として義父の道場を手伝っていたに過ぎない。

「はぁ、料理人がダンジョンでソロ狩りなんざ……なんていうか、そんなことあるんだな」

「冒険者あがりだったら単身でダンジョンに挑むものなのか？」

「そういうわけじゃないが、冒険者出身のやつは腕が立つって言うだろう？」

「まぁそういうものか」

俺は袋から光石をひとつ取りだす。とりわけ綺麗なやつを。

海賊は石を受け取り、手のひらに載せて転がした。目を見開き「おお」と声を漏らす。

「有識者に聞きたいんだがそいつはいくらになりそうだ？」

「拳大《こぶし》のおおきさだが、濃い蒼をしている。濁りが少ない。鉱石マニアなら良質と判断してくれるはずだ。詳しくはわからんが、ざっと20、000シルバーくらいだろう」

「20、000だと……？　そいつは本当か？」

地表で採掘できる光石は4、000シルバーくらいだったはず。

イノシシを倒すだけで手に入る石が、腰痛と引き換えの石の5倍の価値があるなんて。

「もちろん、品質、サイズによって変わるだろう。見たところその袋の石もすべてがこれレベルの光石じゃない。玉石混淆《こんこう》だ。自然の生成物だから仕方がないことだがな」

「だとしてもだ。こんなのダンジョンに潜り得じゃないか」

「そんな風に言えるのはよほどの腕利きだけだよ。多くのやつにとっちゃ危険すぎるからな」

親切な海賊から『良質の光石』を返してもらい麻袋に戻した。

「まったくあんたには驚かされた。人は見た目によらないってことかな」

「ふふ、ようやくオウル先生の素晴らしさがわかったのね」

ラトリスはえらくご満悦な様子で「オウル先生を見くびらないでね」とこぼす。

「オウル先生は世界最強の剣士。クラーケンだって一撃で倒しちゃうんだから」

「クラーケンだって？　その剣でやっつけるのか？　ははは、それは確かに世界最強かもな」

親切な海賊はおかしそうに笑いながら行ってしまった。

ラトリスは不満げに頬を膨らませた。「あの顔、絶対、信じてないですよ、先生」

「んぁ、そうだな。そうだろうな」

「むぅ、先生はそれでいいんですか？」

ラトリスは真剣な表情でたずねてきた。

「昔からおっしゃっていたじゃないですか。剣で身をたて、立身出世して名を馳《は》せたいと。わたしは先生の夢を知っていたからこそ、先生の名を世に轟《とどろ》かせたいと望んだのですよ」

ラトリスは理解できないという風に首をかしげた。

俺は腕を組んで思案する。少年オウル・アイボリーの夢はたびたび弟子たちに話してきた。立身出世はかつての夢だが、今もまだその片鱗《へんりん》は俺のなかにある。

彼女は覚えていてくれたのだ。十年経《た》っても、俺の夢を。ブラックカース島でラトリスが俺の名を世界に轟かせるなどと言った時には、冗談っぽくはぐらかしたが……そういう意味だったのか。

「ありがとな、ラトリス。でも、ほら、君も知っての通り、俺って昔からカッコつけなんだ」

「オウル先生は昔からずっとカッコいいです‼　最高で最強です‼」

「いや、たぶんそういう意味じゃない。うーん、なんて言うのかな……」

俺は葡萄《ぶどう》酒をひと口ふくみ、身振り手振りでろくろをまわす。ラトリスは正座して真剣な表情で俺の次の言葉を待ってくれていた。そんなすごいこと語りだすわけじゃないのだが。

「つまりこういうことだ。俺には哲学がある。己の行動で示すんだよ。己のすごさは他人に語ってもらう。己の功績を己でひけらかすのは、ダサいだろう？　それに濁っちまう。名誉なんてものはつまるところ他人の評価。自分でその評価を水増ししたら純度が失われる。本当に実力があったとしてもいつかこう思うハメになる。『俺の評価は本物か？』ってな。他人にすごさを語ってもらうことに徹すれば、純度は保たれる。つまらないこだわりだけど……言ってることわかるだろう？」

人間の厄介な点は、感情の理屈がわかったからといって、行動を変えられないことにある。行動選択において理性と感情では、感情のほうが遥《はる》かに強力だ。頭では「勉強したほうがいい」とわかっていても、感情が「やだ」と言うと勉強できない。人間はそういうものだ。

俺もまったくもって例外ではない。理性ではもっと自分でひけらかしたほうが立身出世に繋《つな》がるとわかっていても、感情がただ「それってダサくね」と思うだけで、行動を起こせなくなる。

まさしく自己矛盾。幼稚な論理破綻《はたん》。俺は歳《とし》だけ食ってシワばかり増えたガキなのだ。

「名誉の純度……おごり高ぶれば身を滅ぼす……真の強さへの道は純粋なもの……」

ラトリスはぶつぶつと独り言を言うと、「流石はオウル先生、確固たる哲学ですね。わたしはまだまだ未熟でした」と、キリッとした顔で見つめてきた。

師匠らしさを感じ取ってくれたようだ。たいしたことは言ってないはずだが。ラトリスはいつも俺の行動や発言を１・５倍くらい上方修正して認識する。そうやって本来は存在しない評価が積み重なっていく。結果起こるのは、実物のたいしたことないオウルと理想の師匠スーパーオウルの乖《かい》離《り》である。こうやって偉大な師匠像ができていくのだろう。

救えないのは失望を恐れてこの状況をよしとする俺だ。浅ましいことだ。情けない大人だ。

「こほん。あぁ、ラトリス、明日からは一緒にダンジョンに潜らないか？」

ラトリスは「うーん」と腕を組んで考えこむ。

「入ったことないダンジョンなのでぜひ挑んでみたいですけど……やめておきます」

「入ればいいじゃないか。どうして遠慮するんだ？」

「わたしとオウル先生がふたりで入るのは素敵なことです。きっと楽しいでしょう。でも、そうするとこっちの採掘場をこの子たちだけに任せることになっちゃいますから」

ラトリスは声をひそめて耳打ちしてきた。当の子狐姉妹は楽しそうに麻袋をあさっては「これが一番光ってるよ、私の勝ち‼」「それは違うよ、お姉ちゃん、一番強いのはこれ、だよ」と光石の品質でバトルすることに夢中になっている。なんて無邪気な子狐たちなのだろう。

可愛《かわい》いけど、採掘場を任せるにはちょっと不安だ。

「それに仕事として見た場合、わたしと先生のふたりで行っても、効率は変わらない気がします。わたしが先生の足手まといになることはあっても、助けになることはないですから」

「そんなことないと思うが？」

「いいえ、わたしにはわかるんですよ。いまは返済できるかどうかの瀬戸際。ダブルで稼ぎましょう。オウル先生はダンジョンへ、わたしたちは採掘場で」

「ダンジョンに行きたいなら交換してもいいぞ。俺がピッケルでラトリスが剣だ」

柔軟な提案をしてみた。言ったあとすぐ不安になった。後悔すらしていた。もしラトリスが提案に乗って「それじゃあ、採掘場はお願いします」と言ったら、俺は明日、倒れる自信がある。

ラトリスは目を丸くしていた。そして、ニコリとおかしそうに笑った。

「ふふ、ありがとうございます、先生。お気遣いとっても嬉《うれ》しいです。でも、大丈夫ですよ。わたしはここでいいです。先生はこちらのことは気にせずにダンジョンを楽しんでください」

「そうか？　そういうのなら構わないが」

平静を装ってそう言いつつ、俺は内心で「助かったぁ」と胸を撫《な》でおろした。

4

コウセキ島滞在3日目から俺たちの分業体制は確立した。

自然な流れで持ち場へむかう。狐の少女たちは採掘場へ、おっさんは洞窟《どうくつ》へ。これが新時代の昔話だ。適材適所の采配で、俺たちはお金を稼ぎ、債務返済のために懸命に働き続けた。

5日目の朝、パーティ内に疲れが溜《た》まりつつあるのを感じ始めていた。ハードなスケジュールで働き続けているためだ。その夜、俺は仲間たちを労《ねぎら》うために、秘策を打ちだした。それは光石イノシシをダンジョンの外に運びだすことだった。

リバースカース号まで苦労してイノシシを持って帰ってくると、上甲板で双子をさっそく見つけたので、獲物を見せてやった。子狐たちは興味津々に近づいてきた。

「これが噂《うわさ》の光石イノシシっ‼　実物を見られるなんて思わなかったのですっ‼」

横たわった光石イノシシにパシャパシャとフラッシュが焚《た》かれる。旅の思い出を残しているのだろう。だが、被写体は遺体だ。事件現場をあらためる鑑識官みたいになっている。

「うっ、オウル先生、それは……」

ラトリスも上甲板にやってきた。表情は硬い。何かを警戒している顔だ。

「光石イノシシだ。ダンジョンに潜れない仲間にも見せてやろうと思ってな」

「そういうことでしたか。てっきりまたアレを言いだすのかと……」

「よく見ておけよ、新鮮なうちにさばいちゃうからな。今晩はこいつで焼肉パーティだ」

「あぁあ‼　やっぱり食べる気なんですね⁉　予想通りじゃないですか‼」

ラトリスの嬉しそうな悲鳴。うんうん、喜んでくれているようだ。

「それ本当に食べるつもりですか……？　魔法生物ですよね？」

「もちろんだ。ブラックカース島で俺は学んだ。怪物は美味な食材なのだとな。何事も抵抗感をもたず柔軟にあたれば新しい道が開ける。先入観はいけない」

「先生は怪物を食べることに抵抗なさすぎです‼」

「落ち着け、俺の経験から言わせれば、きっとこいつは美味《うま》いぞ」

「本当ですか……？」

「たぶんな。だってイノシシだし。イノシシはブラックカースでもよく食べてたろ？」

「そうですけど……はぁ、わかりました、先生には敵《かな》いません。信じることにします」

あとは期待に応えるだけだ。まぁ心配はない。こいつが洞窟のなかで何を食って育ったのかわからないが、たぶん美味《おい》しい。きっと美味しい。

俺は星空の下で初めての食材に向きあった。さてお前はどうすれば美味しくなる？

まず皮を剥《は》ぎ、肉と骨を断ち、内臓を取りだし、血抜きをおこなう。下処理をしっかりしないと臭みが残るから、この工程は丁寧におこなう。横着はしない。

採掘場で適当な板状の石を拾ってきて、石で組んだ原始的な調理台のうえに据える。

板状の石の下で焚火《たきび》をおこす。こうすることで板石に熱が伝わる。

ここで取りだしたるはオリーブオイルだ。この魔法のヌメヌメを板にぬりたくり、光石イノシシ肉を焼く。焼き色がついたらバターを載せる。そして仲良くなった海賊から物々交換で手に入れた香草を、肉汁の池に放りこみ、十分な香りをつけていく。

最後に仲良くなった海賊の友達から得た香辛料で味をつける。肉をプレートから降ろして、休ませる。余熱で内側に火を通すイメージで寝かせれば、肉汁がステーキ内に閉じ込められ旨味《うまみ》がギュッと濃縮されるのだ。これで一品目『光石イノシシの野生ステーキ』は完成だ。

短剣で肉を切り分けてやると、むわぁーっと肉に封印された魅惑の香りが広がる。染みだした脂とオリーブ、香草の香りと塩コショウが利いた香りだ。食欲を強烈に刺激する。

熱された石板の周りで、最初は抵抗感を示していた狐《きつね》たちは、本能に逆らうことまではできず、モフモフの尻尾《しっぽ》をフリフリして、いまにもお肉に飛びつきたそうにしていた。

「じゅるり、うわぁ、見た目はすごく美味しそう……!!」

ラトリスは垂涎《すいぜん》をすすり、目を輝かせて誘惑にあらがう。「うっ、でもこれは怪物食材……」

子狐たちもだいたい同じ反応で、見た目の素晴らしさに本能で敗北しながらも、理性では負けを認めずに、魔法生物の肉を喰らうことへの警戒を怠っていないようだ。

「どうした、食べないのか」

「うっ、おじちゃんから食べていいのです」「うん、おじいちゃんから」

セツは言いながらカメラで肉を撮影。ナツは遠慮気味に一歩引いた。

「いいえ、ここはわたしが毒見します。先生を危険にさらすわけにはいきませんから」

ラトリスは手をあわせて「いただきます」と言うと、ナイフの先端を、板石の上で切り分けられたステーキに刺した。覚悟をもって口に運ぶ。もぐもぐ。カッと目を見開く。

「んんんんぅぅぅぅ〜〜〜美味ひぃぃぃいい――――‼」

「本当なのですか、船長っ⁉」

「船長が蕩《とろ》けてこんなだらしない表情をするなんて……異常、だよ」

セツとナツは恐る恐るステーキを指先でつまんで口に放りこんだ。

「うむぅう⁉　美味しいのですっ⁉　美味しすぎて涙が溢《あふ》れて、うぅぅ、ぐすん‼」

姉は黄色い声で喜び、妹は黙したままだ。瞳《ひとみ》を閉じて集中して味わっている。

「だから言っただろう、美味しいって。ほら、たんと食べるんだぞ」

十年におよぶ呪われた島でのサバイバル生活は怪物食の記憶として俺の細胞に刻まれている。俺の細胞が嘘をつくことはない。だから見ればわかるのだ。そいつが美味いのかどうかなんて。

今回もその直感は正しかった。光石イノシシは稀《まれ》に見る大当たりだ。

「オウル先生を一瞬でも疑うなんて、わたしは一番弟子失格です」

「そこまで責めなくても。ほらスープも飲んでみろ。飛ぶぞ」

俺は言いながら鍋《なべ》の蓋《ふた》をあけた。湯気がぶわーっと溢れでてくる。旨味が染みこんだいい匂いだ。

素材がずいぶん余っていたので作った2品目。イノシシの骨を茹《ゆ》でたあと、香草の茎と煮込んで臭みをとりつつ煮出した出汁《だし》に、削《そ》ぎ肉を加えて、塩、香辛料で味を調える。

これこそ至極の一杯『光石イノシシの元気スープ』である。

器にスープをよそってやりラトリスに渡した。

もはやラトリスは疑う心を捨てたようだ。食欲の赴くままに、彼女は器に口をつけてスープをすする。口から食道をつたって胃に届き、旨味の暴威は素早く細胞に浸透していく。

「はぅぅぅぅ〜、このスープ、温かい……疲れが吹っ飛ぶぅ〜」

ラトリスは一息で飲み干して、耳をピンと立て、満足そうにおおきく息を吐いた。

彼女は器を片手に持ったまま、反対の手で握り拳を作り、ぎゅーっと力をこめる。己の握力を確かめるみたいに。表情はどこか不思議そうにしている。

「ラトリス、どうしたんだ？」

「なんだか力がみなぎるような……怪物を食べたからその力を取りこんだのでしょうか？」

「え？　いや、そんなことあるか？」

「実はブラックカース島で蜘蛛《くも》を食べた時も感じまして……その時も力がみなぎって」

前世の知識だが、処女の血を飲むことで若返ろうとした貴婦人がいたという。理屈はわからなくない。でも、そういう論理で世の中は動いてない。怪物も同じだ。怪物の力を取りこめるなら、十年間お世話になってきた俺はどうなる。筋肉もりもりのマッチョマンになってないとおかしい。

「流石《さすが》に気のせいだろ。思いこみの力ってやつだ」

ちょっと期待したが、すぐにそんなものないと思い直す。世の中そう上手《うま》くはいかない。

「冷めないうちに食べちまおう。まだ肉はある。お腹《なか》いっぱい食べるんだぞ」

そう言って柔らかい赤毛を撫でた。ラトリスは「はい‼」とうなずくと、幸せそうに目を細め、耳をヒコーキにし、モフモフの尻尾をパタパタと振りだした。

5日目の夜、忙しい労働の束の間、星空の下で俺たちは豊かなディナーを楽しんだ。

5

コウセキ島に来てから7日目。

貨物室まで降りると、ゴーレム2体とラトリスが待っていた。

先ほど朝食前に呼び出されたのだ。朝食のバターをかじりながら三者の顔を順番に見る。

「貨物室がいっぱいになりました」

ラトリスは暗い室内を見渡しながら言った。「これ以上、光石は積めないです」

「頑張ったらもっと積めないか。上甲板とか廊下とか空いてるだろ?」

「ミスター・オウル、お言葉ながらそれは薦められません」

そう言ったのは白肌と白髪、作り物の碧眼《へきがん》をもつ少女――ゴーレム・ニンフムだ。

「貨物は最適に整理整頓《せいとん》して我々が積ませていただきました」

ミス・ニンフムと隣の少女ゴーレムは恭しく一礼する。こっちの赤い瞳のゴーレムの子はミス・ニンフムの妹ミス・メリッサ……ということになっている。子狐たちがそう認識した。

「ミス・ニンフム、ミス・メリッサ、助かるよ」

「仕えることがわたくしたちの使命ですので」

ミス・ニンフムが胸に手をあてる。ミス・メリッサは黙したまま同じ動作をした。

「リバースカースの言葉を代弁しますと、これ以上は船が沈みます。空間の問題ではなく重さの問題です。貨物を積むと船体がそれだけ重たくなるのです」

「あぁ、なるほど」考えてみれば当然だな。

ミス・ニンフムは手を水平にして顔の高さまで持ちあげた。まったく同じタイミングでミス・メリッサは片手を、水をすくうような形にして、ミス・ニンフムの水平に保つ手のうえに乗せた。

「重たくなると喫水線がさがります」ミス・メリッサの船を模した手がミス・ニンフムの手の下にさがる。「すると、少しの波で浸水しやすくなります」

「そりゃ大変だ。嵐にでも遭った日にゃひどいことになるかもな」

「また、航行の際より多くの海水を押しのけて進むため、抵抗が高まり、船の速度が落ちます」

「よくないことばかりってことか」

俺ってずいぶん無知なまま船に乗っていたのだな。

「ありがとう、ミス・ニンフム、勉強になった。それじゃあ俺たちはどうするべきかな。記憶が正しければあと3日ほどはこの島に滞在できるって話だったが。まだできることはあるか」

直近の返済日を乗り越えるためには、可能な限りの価値を船に積まないといけない。

「でしたら重さを増やさず、価値を増やせばよいかと」

「『低質の光石』を降ろしてその分、もっと値段のつく光石を積むってわけか」

「なので先生、貨物を降ろす許可をいただければ、と」

「俺が許可しないとやっちゃいけないのか？　勝手にやってくれていいんだが」

「はい、船長命令が必要です。って、ミス・ニンフムが言ってました」

子どもが告げ口するみたいにラトリスは唇を尖《とが》らせて言った。

隣のゴーレムは澄ました様子で無表情を貫いている。

「そうかぁ。こほん。よろしい。では、総員に貨物を降ろす許可を与える。船長命令だ」

俺がそう言うと、ミス・ニンフムとミス・メリッサはスカートの裾《すそ》をつまんで、優雅にカーテシーをしてくれた。すぐに作業が始まった。

しばらく後、俺が釣りに興じ、ラトリスが朝風呂《あさぶろ》でホカホカになり、セツとナツがギガントデストロイヤー砲と、その兄のカノン砲グレートディザスター砲の筒内を綺麗《きれい》に掃除し、いつでも海戦できるように備えていると——ゴーレムたちの仕事が終わった。

「荷降ろし完了です、ミスター・オウル」

「ありがとう、ふたりとも」

俺たちは先日、香草を分けてもらった親切な海賊たちのもとに行き、『低質の光石』を渡した。

彼らの船はリバースカース号よりおおきく、まだまだ貨物を積めるとのことだった。

「何となくそんな気はしてたんだ」

「俺たちが光石をお裾分けにくるって？　そんな予感するか？」

「だってよ、あんたらの船は見るからに可愛《かわい》らしいサイズなのに、そっちのお嬢ちゃんたちの採掘速度は半端じゃなかった。ピッケルの一撃が速いし重たいし、そのうえ休み知らずだ」

話によれば、ラトリスひとりで親切な海賊の仲間たち20人を上回る作業量だったそうだ。

これを聞いてちょっと安心した。俺はラトリスと比較して自分の作業の遅さに絶望していた。でも、あれは俺がじじいすぎて動けてないわけじゃなかったのだ。ラトリスが異常だっただけだ。

親切な海賊たちのパーティに光石をお裾分けすることに成功した。ついでに物々交換で香辛料を4袋、オリーブオイルを5瓶、蒸留酒を10本も受け取れた。

渡した光石から推定される価値に比べれば、損な交換ではあった。とはいえ、海に投げ捨ててもよかった不用品の石っころが、使える物に変化してくれただけで儲《もう》けものだった。


「皆様、引き続きお気をつけてくださいませ」

ミス・ニンフムとミス・メリッサに見送られて、俺たちは船をあとにした。

「あれ？　セツとナツもついてくるのか？」

俺とラトリスの後ろ、当たり前のように一緒についてくる子狐たち。

「うわぁーん、おじちゃんが戦力外通告してくるっ‼　子どもは船で待ってろって言ってるよー‼」

「言葉の暴力、だね」

涙を流す者、頬を膨らませ批難する者。

「いやいや、違くてだな。ただ意外に思っただけなんだ。ダンジョンは危ないところだろ？」

そして狼狽《うろた》える者。

「先生、大丈夫ですよ。先生からしたら無力で可愛いだけの子狐かもしれませんが、彼女たちは身を守る術《すべ》を持っています。わたしが鍛えているので大丈夫です」

まぁ確かに日頃、剣を振りまわして鍛錬しているけど、でも、まだ子どもだ。

子狐たちを見やる。セツは短銃を自慢げに持ち、ナツは木の棍棒《こんぼう》を肩に担ぐ。やる気満々だな。

そういえば寝起きを襲われたことがあった。なんであんなことをしたのか疑問に思っていた。いまにして思えば、この子たちも腕に多少の自信があったからだったのか。

「まぁいいか。それじゃあ、セツにナツ、俺の背中は任せたぞ？」

「くふふ、おじちゃんに力を認められたのですっ‼」

「世界最強の剣士の右腕と左腕を名乗ろう、お姉ちゃん」

「こら、先生の右腕はわたしよ。ふたりは合わせて左腕を名乗りなさい」

「うわぁーん、今度は船長が私たちの人権を否定してくるのですっ‼」

「双子が両腕を担当したほうが収まりいい、だよ」

「生意気なぁ」ラトリスは不満げにし、ナツを威嚇し始めた。

「狐たちよ、誰がどの腕でもいいから、そろそろ宝探しに行かないか？　ダンジョンが呼んでる」

俺がそう言うと、ようやく狐たちは本来の目的を思いだしてくれた。

みんなでダンジョンに突入する。降ろした積荷の分、いい石っころを拾い集めよう。

「先生の助手として、ダンジョン攻略にオトモできるなんて。嬉《うれ》しいです。緊張します」

「そんなに嬉しいのか？」

「アイボリー道場の門弟ならば、誰でも先生のために働けることを誇りに思いますよ」

「そうか。ありがとな。いい弟子をもって俺は幸せ者だ」

「おじちゃん、私たちも光栄に思っているのですっ‼」「お姉ちゃんに同じく、だよ」

ラトリスに吹きこまれているのか、この子たちもキラキラした目で見上げてくる。

「あぁ、ふたりもありがとな。俺もお前たちと冒険できて誇りに思うよ」

この空気感はやりづらいが、でも、気持ちは嬉しい。素直に受け取っておこう。

俺はひとりの時より周囲に気を配りつつ、ほの明るいダンジョンを進んだ。

この数日間、穴倉を歩きまわっていたため、俺のマッピングはある程度整理されている。俺は迷いなく彼女たちを導いた。道中、幸か不幸か光石イノシシにはでくわさなかった。

ご機嫌にモフモフ尻尾《しっぽ》を揺らす子狐たちと、光石式ランタンを掲げるラトリスを引き連れ、ダンジョンの奥地へと足を踏みいれた。

ここから先は記憶する限りは、初めての深度だ。

「ここからは俺も知らない領域だ。気をつけるんだぞ、お前たち」

「少し空気が変わった気がするのです。すごい怪物がいるのかも？」

「肌寒くなってきたわね。セツ、ナツ、離れちゃダメだからね？」

「了解、船長。お姉ちゃん、私から離れちゃダメ、だよ」

進んでいると、複数の気配を感じ取った。俺は手で後方の者たちを制止する。全体が動きを止める。曲がり角の先で広くなっている空間をのぞきこむ。慎重に。慎重に。

いくつもの人影が、そこいらに置かれた光石式ランタンによって照らしだされている。白い制服を着こんだ彼は見覚えがある。レバルデス世界貿易会社の社員たちだ。

小綺麗《こぎれい》な白布のジャケットの上から革鎧《よろい》を着こみ、剣帯ベルトにはサーベルと短銃がマストで差してある。銃と剣を社員に行きわたらせるとは流石は海の支配をもくろむ巨大企業様だ。

人数は15名程度。大所帯だ。見たところ怪我《けが》人を抱えている。

状況から察するに負傷したメンバーの手当てをするため休憩中といったところか。

俺は曲がり角を出て、靴裏で地面をこすり、音をたてて近づいた。

俺たちの接近をあらかじめ知らせておく。こちらの接近に気づいた時、びっくりして撃たれたらかなわない。俺の用心が功を奏して俺は撃たれることなく、彼らのいる広間までいけた。

「海賊か。それもどこかで見た顔だ」ある社員は仲間へ話しかけた。

「獣人のパーティじゃねえか。ガキもいる。ピクニックのつもりか?」

「あいつ……課長を殴ったやつだ」「メンツを立てておくか?」

「やめとけ。腕利きだ。関わらないほうがいい」

件《くだん》の課長とやらはこの場にいないようだ。豪華な商船内で優雅に茶でも楽しんでいるのだろうか。

あの男とは軋轢《あつれき》があるが、貿易会社の水夫たちとは何もない。ラトリスたちに断りを入れて、彼らに話を聞いてみることにした。

何となくだが話しやすそうな男に接近。背中に長物の銃、筋骨隆々、褐色肌、坊主頭の彼は、俺にすぐ気づき、嫌そうな顔をして、サッと目を逸《そ》らした。露骨だな。

「いい銃だな。それで怪物を倒すのか?」

褐色肌の男は目を丸くして、周囲をキョロキョロし、それから俺に向き直る。

「生き物は撃てば死ぬ。怪物も同じだ」

「おおむね同意だ。斬れば死ぬし、撃っても死ぬ」

「剣なんか話にならないぜ、おっさん。銃の力を知らないのか」

「知らないっちゃ知らないかもな。あんま真面目《まじめ》に使ったことないんだ」

「それは可哀想《かわいそう》に」

「そいつは短いのとどう違うんだ。デカいと取り回しづらいだろ」

「銃身が長いから、弾が速く飛ぶ。威力もあるし、より遠くから仕留められる」

「へえ。便利そうだな。光石イノシシを倒せるか?」

「当たればな。ズドン。一撃だ。楽勝さ」

昔からこの世界の銃の命中精度というやつに疑問を持っていた。ブラックカース島にいた頃自慢好きな商人が、撃つのを見せてやるとか言って、短銃で4m先の的に向けて撃っているのを見たことあるが、全然当たっていなかった。俺も撃たせてもらったが結果は変わらなかった。

とはいえ時代は進んでいる。それにレバルデス世界貿易会社様の装備は、見るからに海賊たちより良い。なので、きっと俺が若い頃見た銃よりも彼らのモノはよく当たるのかもしれない。

俺は広間の隅っこで手当てされている怪我人を見やる。

「んで、おたくに怪我人が出ているのはどうしてだ。楽勝じゃなかったのか」

「……。それはイノシシの話だ。この場所はもうダンジョンの深部、光石をより多く取りこんだ強力な魔法生物が生息しているのだ。イノシシなんか比にならない怪物がいるのさ」

「危なそうだな。よかったらこの深さのダンジョンを渡るうえでアドバイスとか――」

言いかけると、広間の奥のほうから獣の気配がした。チラッと首をかたむけて視線をやる。

「強力な魔法生物ってあれのことか」

俺が顎《あご》でクイッと奥を示すと、褐色肌の男は勢いよくその方向へ首を向けた。「あっ‼」と驚いた声を出し、背負っていた長銃を手に取った。

ほかの貿易会社の水夫たちも、その場で長銃を構え、無我夢中で発砲開始する。

「光石ヤマアラシだぁああ‼」「誰も逃げるなッ‼　全員で迎え撃てぇ――‼」

水夫たちがおののく怪物の名は光石ヤマアラシというらしい。四足獣でねずみっぽい姿。鋭い爪を備えた手足は身体《からだ》の比率からすれば短い。口回りにはアンテナのような長ヒゲ、背には針山のごとく光石の尖った結晶を無数に生やしている。さながら動く鉱山のようである。

やたら威圧感があるのはこの怪物が、四足歩行している状態で俺たち人間様とほとんど同じ目線の高さを持っているせいだろう。つまるところ、えらくデカいのだ。

火薬が爆《は》ぜ、弾丸が飛んでいく。一斉射撃のうち数発が怪物に命中。その半分は背中の光石の山に当たって「キンッ……」と弱々しく弾《はじ》かれた。命中した弾のもう半分は分厚い毛と脂肪層に吸いこまれて「ドムッ……」と鈍い着弾音とともに、お気持ち程度の出血をさせた。光石ヤマアラシは痛みに鳴き声をあげる。

長銃を撃ったあとの水夫たちの行動は、2種類あった。短銃を抜き、同じようにぶっ放す者とサーベルを抜いて戦いに備えるものだ。雄叫びがあがる戦場。凄《すさ》まじい気迫だ。

示し合わせたわけではない第二の一斉射撃。ズドドドン。──しかし、怪物は倒れなかった。

「クソッ‼　化け物め‼」「爆薬樽《だる》用ぉぉ意ぃぃぃぃぃ──‼」

誰かが叫ぶと、地面を膝丈《ひざたけ》ほどの小樽が転がっていく。小樽には導火線がついており、黒く細い紐《ひも》はジリリリリッと火花を散らして急速に短くなっていた。あれは、爆弾か‼

「ラトリス‼」

俺は叫んだ。背後ではラトリスがセツとナツをさがらせているのが見えた。

直後、黒煙と衝撃波が押しよせた。洞窟《どうくつ》が揺れ、天井が一部崩落する。白制服の水夫たちが吹っ飛び、悲鳴をあげる。俺は膝立ちになって、手で顔を覆いつつ衝撃に耐え、爆弾の効果を見届ける。

黒煙が晴れてゆく。衝撃が抜けていく。そののち、光石ヤマアラシはのそりと起きあがった。爆風で転がりはしたが、重大なダメージは受けていないように見えた。頑丈な獣だ。

「馬鹿な、爆薬を喰《く》らわせても死なないのか……⁉」

「係長、もう爆薬樽はありませんッッ‼」

「ええい、くそったれめぇ――‼　攻撃だ、攻撃の手を緩めるなぁ‼　撃ち続ければ死ぬはずだぁ‼」

係長殿はサーベルを掲げて決死の攻撃命令を出す。なお自分は先陣を切らないご様子だ。

大将は声を張りあげるばかり。周りも「誰か行けよ」みたいな空気になってきた。結果、誰も先陣を切らないので攻撃は始まらない。

「ビャァァァアア――‼」

光石ヤマアラシには迷いがない。体躯《たいく》に見合わない敏捷《びんしょう》性を見せ、頭突きで水夫を吹っ飛ばし、すぐに次の標的に噛《か》みついてみたり、前足の尖《とが》った爪で皮と肉を裂かんと暴れだす。

恐怖で動けなくなった水夫たち。十分な戦闘訓練を積んでいないようだ。

彼らでは、もはやあの怪物を仕留めることができない。

「ふざけるな、こんなところで死んでたまるか……‼」

震える手でリロードする褐色肌の男。火薬粉がこぼれ、弾丸を落っことす。明日までかかるな。

「ビャァァァアア――‼」「ひぃぃ、く、来《よ》るなぁぁ――‼」

凶器の爪が褐色肌の男に迫った。彼では避けられない。

俺は腰を落として鞘《さや》から刀を抜き放って、斬りおろす。刃《やいば》が一線を描いたあと、俺はすぐに納刀した。手応えは十分。獣の頭が温かい血で滑って落ちる。

制御を失った胴体の切断面が、地面に赤いカーペットを敷いて、ピクリとも動かなくなる。

「「「「「……え？」」」」」水夫たちは静まり返った。

「お見事です、先生」ラトリスが頬を紅潮させ、パチパチと拍手をする。乾いた音が染みていく。

「おじちゃんの剣、目で追えなかったのですっ⁉」

「これが世界最強の剣士の奥義『不可視の太刀《インビジブルカット》』、だよ」

ナツが勝手に解説を入れる。なおいまのは特に技名はない。抜いて、斬った。以上だ。

「ところで、モフモフ諸君、これヤバくないか」

「確かにヤバいですね」「うわぁーん、激やばの収穫なのですっ‼」

倒れ伏した光石ヤマアラシの背中、トゲトゲしく生えている光石。輝き、量、ともに光石イノシシの比じゃない。俺たちはホクホクしながら引っこ抜いて、麻袋に詰めていった。ラトリスが引っ張れば簡単に抜けたので、さほど作業時間をとられずに、麻袋をパンパンにすることができた。

「イノシシはもう時代遅れだ。完全にヤマアラシの時代が来た」

「間違いないです、先生、この怪物を狩り尽くしましょう」

「でも、イノシシは美味《おい》しいので狩っていくのですよ、おじちゃんっ‼」

「おじいちゃん、これ魔力結晶、だよ」

ナツに言われて俺はヤマアラシの近くに落ちている綺麗《きれい》な石を拾った。光石と異なる輝きを持つそれは、呪われた島から脱出する際、偶然得たクラーケンの魔力結晶に似通っていた。

クラーケンが遺《のこ》したものよりは小ぶりだが……これは使えそうだ。

「でかしたぞ、よく気づいたな、ナツ」

緑髪を撫《な》でてやると、彼女は心地よさそうに目を細め、尻尾をフリフリ動かした。

「ま、待ってくれ……っ」

声に振りかえると褐色肌の男が、脂汗で顔を濡《ぬ》らして、見開いた目で見ていた。

「あんたが、斬ってくれたのか……？」

「礼ならいらない。もうもらってる」

俺はラトリスが持ってくれている麻袋を手でパンパンと叩《たた》いた。

「光石ヤマアラシを、一撃、だと……」

「回数は問題じゃない。大事なのはどこを斬るかだ。そうだろう？」

「あ、ぁあ、まぁ、そうだが」

「それじゃあ、俺たちはこれで」そう言い残し、さっさとひきあげた。

ダンジョンの外に出ると空はまだ明るかった。

「急げばもう1回潜れるんじゃないか？」

「1日で2ヤマアラシはとんでもない稼ぎになる予感がしますね、船長っ‼」

「はやく置いてこないと。先生はここで待っていてください」

歩く宝箱を見つけて、俺たちはこの上なく心躍っていた。

ラトリスと子狐《こぎつね》たちは尻尾をご機嫌に振り乱して、リバースカース号へ駆けていく。俺は採掘場の一角で休憩することにした。懐から葡萄《ぶどう》酒を取りだす。適当な岩に腰かける。

彼女たちが荷物を置きに行っている間、コイツを楽しむとしよう。

「あんたらマジか」

足元の下、いつもの採掘場から親切な海賊が見上げてきていた。唖然《あぜん》としている。

「いまの棘《とげ》みてえなデカい光石……光石ヤマアラシを倒したってのかよ？」

「よくわかったな。流石《さすが》は有識者」

「信じられねえ、ありゃ貿易会社の部隊でも手に負えないって噂《うわさ》になっていた怪物なんだぜ」

「確かに倒せてなかったな。銃に爆薬に集団戦。大袈裟《おおげさ》なだけだった」

「はは、それ以上に何をすればいい？　そんな剣一本でどうにかするって言わないでくれよ？」

「どんな道具も使い方次第だろう？」

肩をすくめて、俺は酒瓶をかたむけた。うーむ、いい酒だ。

「旦那《だんな》よ、あんたぁ並みの剣士じゃねえな」

「そう見えるのなら嬉《うれ》しい。俺にも覇気がついてきたってことだ」

「いや、覇気は全然ないんだ。雰囲気だけなら雑魚《ざこ》に見えて仕方がない」

「ひでえな、おい」

「なぁあんた、興味深い話があるんだが」

「気になる言い方をするんだな、話し上手《じょうず》」

「アンタみたいな腕のたつ剣士なら、もしかしたらコウセキ島の伝説を倒せるかもしれねえ」

親切な海賊は眉間《みけん》にしわを寄せていた。真剣な表情だった。

「コウセキ島の伝説か。ワクワクする響きだ」

「気に入ったかい？　なら聞かせてやる。――鷲獅子《グリフォン》だ」

「鷲獅子？」

「最初にこの島を発見した海賊たちが見たらしい。まだ採掘場が定められるよりも前、洞窟を巣にする鷲獅子がいたのを。目を見張るほどの輝きを放つ宝石を宿していたとかいなかったとか」

「光石鷲獅子《コウセキグリフォン》……ってことか」

「光石ヤマアラシに挑んだやつは、半分が帰らないが、光石鷲獅子に挑んだやつは一人も帰ったためしがない。まさにコウセキ島が誇る最強の捕食者よ」

親切な海賊は重苦しい声で語った。怪物の恐ろしさを。海賊たちの恐れを集め、夢追い人たちの無念を積みあげる。これまでにも試みはあったがことごとく失敗。目撃はされど討伐は不可能。これまでにも試みはあったがことごとく失敗。目撃はされど討伐は不可能。どれだけの海賊に冒険の終わりを与えたのか数知れない。それが光石鷲獅子なのだと。

「かくいう俺の昔馴染《むかしなじ》みも何人かやられていてな」

「それはお気の毒に。恨んでいるのか、鷲獅子を」

「多少はな。だが、冒険の末に死ねることは海賊の本望さ。やつらは伝説を倒して、伝説になろうとして、失敗しただけだ。おかげで俺たちのパーティはすっかり安定志向になっちまった」

なるほど。どうりで地表採掘主義を勧めてきたわけだ。

「先生、光石置いてきました！」「おじちゃん、いい横顔、動かないでっ‼」

パシャ。フラッシュが焚《た》かれたあと、横を見やる。３人とも戻ってきた。

俺は瓶口にコルクをねじこみ、酒瓶を懐にしまう。

「モフモフ諸君、面白い話を聞きたいかね」

島の頂点捕食者。伝説の怪物。無念の累積者。そんな怪物が隠し持っているお宝はどれだけの価値があるのだろうか。想像するだけでワクワクが止まらなかった。

6

コウセキ島に来て10日目。

明日、この船はヴェイパーレックスの渦潮へ出発しなければならない。長いようで短かった採掘キャンペーン。その終わりがそこまで迫っている。

リバースカース号の貨物室に積まれる光石は順調に質の高いものに入れ替わっている。最初の光石ヤマアラシを数えて合計で8体、今日まで俺たちは動く宝の山を倒してきた。

素晴らしい収穫を抱えて戻るたび、採掘場の男たちからの視線が増えていった。

「あいつら当たり前のように光石ヤマアラシを……」

「本当に倒しているのか怪しいものだが」

「首のないヤマアラシを持って帰ってきたのを目撃しているやつが大勢いる。間違いない。あいつらは光石ヤマアラシを連日討伐してるんだ」

「相当に腕が立つってことだろうな。とんでもないやつらだ」

俺たちの成果は海賊たちにとって驚くべきものだったようだ。

「昨晩の『光石ヤマアラシの水炊き』は美味しかったな」

「香草で獣臭さが消えてすっきり美味しくなってました。今晩はどうするんです？」

「今晩は3日前に塩漬けにしたヤマアラシ肉、香辛料、あと野草、『低質の光石』と物々交換した乾燥野菜をぶちこんで、具材たっぷり栄養満点スープを作ろうと思ってる」

今晩の献立をどうしようか構想を膨らませながら、ダンジョンの深部を探索する。

光石式ランタンの蒼《あお》い光で前方の闇を照らしだし、未踏の領域に踏みこむ。

壁や地面には引っ掻《ひか》いたような跡が見られるようになってきた。

ほどなくして俺たちは光石ヤマアラシを発見した。俺は三者と顔を見合わせ、口元に指を立てる。

こっそりと道を迂回《うかい》する。光石ヤマアラシに気づかれずに離れることができた。

普段、光石ヤマアラシを見つけたら、倒して抱えて引き返していた。

それはヤマアラシこそが俺たちの獲物だったからだ。

今日は違う。今日は最終日だ。今日はもうヤマアラシの段階ではないのだ。

我が海賊パーティは協議の末、伝説を見てみることにした。もしかしたら今日一日が無為に終わるかもしれない。何の成果も得られずに手ぶらで帰ることになるかもしれない。

それでもだ。それでも俺たちは見たいと思ったのだ。ワクワクしてしまったのだ。であるならば多少、稼ぎに影響が出ても見るほかない。冒険がなければ海賊をやっている意味がない。

「もう4日もこの深部を歩きまわってるのにいないよぉ……」

「お姉ちゃん、よしよし、頑張ってる頑張ってる」

ぐすんと涙ぐむ姉をあやすのは妹の仕事である。

セツは3日前から「絶対に鷲獅子を写真におさめるのですっ!!」と張りきっていたので、いまだに見つからない状況に人一倍テンションがさがっていた。

いつも明るい元気な子というイメージだが、意外と気分が落ちこむこともあるらしい。

どうにか見つけてやりたいものだが、でも、ごめんな、無理かもしれない。

なにせこのダンジョン、でけえんだ。しかもかなり複雑な構造をしている。

ダンジョンに入って、4時間後、進展があった。「先生これを」ラトリスは岩肌の壁を光石式ランタンで照らした。傷があった。鋭い爪で引っ掻いたような跡だ。

「また光石ヤマアラシが爪とぎした跡だよぉ……ぐすん、もうすっかりヤマアラシすら見なくなっちゃったし、このまま成果ゼロでフィニッシュなんだぁ……鷲獅子に会えないんだぁ……」

すっかりネガティブな桃色子狐は、しなしなになった声を漏らす。

ここまで何度も爪跡を見つけては、そのたびに失望してきた。近くにいたのはいつも光石ヤマアラシや光石イノシシだった。萎《な》える気持ちもわかる。俺だって落ちこむしな。

そのため俺はさほど期待せずにラトリスの見つけた傷跡を検分する。ブラックカース島がおかしくなる前から狩猟をしていたので、動物の痕跡《こんせき》を追いかけることは得意だ。ラトリスが緊張した様子で見守るなか、俺はソレを見て、触り、臭いを嗅《か》いで吟味し、そして頬を緩めた。

「驚いたな。こいつは当たりだ。傷が深い。それに爪の本数が少ない。光石ヤマアラシは5本。この爪痕《つめあと》は3本だ。位置も俺の顔より高い。イノシシじゃ届かない」

言葉を並べると、セツの表情が明るくなっていく。

「それに爪とぎの用途じゃない。これは縄張りを示している跡だ」

「それってつまりっ！　いるってことだよね⁉」セツのテンションがブチあがる。

「この近くにイノシシでもヤマアラシでもない魔法生物が――」

そう言いかけて、俺はハッとして振りかえった。

それはまるで風のごとく駆けてきた。洞窟《どうくつ》の淡い蒼光《そうこう》と薄暗闇にけたたましい足音が響く。周囲に溶けこむ淡い蒼色の毛羽。猛禽類《もうきんるい》の瞳《ひとみ》は鋭い眼光を放ち、すでにこちらをとらえている。

ラトリスはランタンを捨て、子狐たちのほうへ飛んだ。ならば俺は反対方向への回避だ。

間一髪で攻撃をかわし、去っていく怪物の背を見送る。怪我《けが》人は……いないな。よかった。

「いまのは鷲獅子でしたよね」

「俺にもそう見えた」

「うわぁーんっ‼　ついに見つけたのですっ‼　はやく追いかけないとっ‼」

「やったね、お姉ちゃん、ちょっと落ち着いて」

奇襲されたとは思えない温度感。危機より喜びが勝つ。

「まさか不意打ちとはな。それとも一般通過しただけかな？」

「どちらにしてもわたしたちは目標を見つけました」

ラトリスは剣を鞘《さや》におさめて、光石式ランタンを拾いあげた。

「すみません、先生、避《よ》けざまに斬りつけてやろうと思ったのですが、飛びのきすぎて剣が届かなかったです。あの移動速度だともうかなり遠くまで行ってしまったかも……」

「仕方ない、今のはかなり速かった」

俺は刀についた血糊《ちのり》を斬りはらい、ビシャと地面に赤い飛沫《ひまつ》を描き、納刀する。

ラトリスはキョトンとした顔をしていたが、すぐに嬉しそうに笑みを浮かべた。

「流石です、先生‼　今のタイミングで回避と迎撃もおこなっていたとは！」

「首を狙ったが傷は浅い。致命傷じゃないだろう」

回避の際、鷲獅子の前足付け根と俺の足甲をぶつけた。そこから突進のエネルギーをもらって、鷲獅子の太首を後ろから追いかけるように斬った。でも、逃げられてしまった。

タイミングが合わなかった。俺もまだまだ未熟だ。

「おじちゃん、血痕《けっこん》が続いてるよっ‼」黄色い声で叫ぶセツ。

洞窟の地面に記された道標《みちしるべ》は、さらに深部へと俺たちをいざなった。

追いかけた先には巨大な縦穴があった。首が痛くなるほど見上げると、ずっと上に白い光が見えた。外の光だ。この長い縦穴の先は空と繋《つな》がっているようだ。

「鷲獅子はあの穴から出入りしていたのですっ‼　だから見つからなかったんだぁ」

俺と同じように空を見上げている双子は、吐息を漏らし、自然が作りだした雄大な景色に心を打たれているようだった。子どもにいいものを見せられて、こちらも嬉しくなってきた。

空から降り注ぐ光はダンジョンの底にサークルを描いていた。

俺たちが来た方向とは反対側へと血痕は続いていた。俺とラトリスは大人としてそちらへ意識を向けていた。すると、光のサークルを挟んで向かい側の闇のなかから鷲獅子がヌッと出てきた。

蒼白《あおじろ》い毛と羽。美しい怪物だ。前の二足は鋭い鉤爪《かぎづめ》を誇り、後ろの二足は太い獅子《しし》のものだ。鷲獅子のおでこには蒼く輝く石がはまっており、首元は血で汚れている。先ほど俺がつけた傷だ。

「お前が伝説の光石鷲獅子か。立派だな」

「ピヤァァァア‼」

甲高い鳴き声。声に共鳴するように光石が激しく輝きだした。「先生、強い魔力を感じます」ラトリスが言う。一番弟子の予言通り、光石鷲獅子のそばに蒼い光塊が3つ生成されていく。ヤマアラシの背にあったような鋭利な棘《とげ》を成すと、それらはビュンッと勢いよく発射された。

「魔法は嫌いなんだ」

飛んでくる棘たちを刀で斬りはらう。いい感じに軌道を逸《そ》らせた。

だが、魔法の棘はまだ宙を泳いでいた。すぐに消失しない？　持続力がある。厄介な魔法だ。

俺に穴を空けることに失敗した棘たちが俺の後方へ飛んでいった。俺は背後へ視線をやる。棘の射線の先、セツとナツがいた。まずい。――そう思った時に動いてくれる頼れる一番弟子。ラトリスは子狐たちへ襲いかかった棘たちをブロードソードで斬りはらった。

パシャ。その瞬間を写真家は逃さない。セツは臨場感たっぷりの画《え》を撮影した。「わぁーい、すごい一枚が撮れたのですっ‼」呑気《のんき》な子だ。俺たちのことを信用しきっているな？　まったく。

「ラトリス、子どもたちは任せる」

「はい、こっちは大丈夫です、先生は鷲獅子を」

全幅の信頼を預けられるというのはいいものだ。それが弟子ならなおのこと。俺は喜びに満ちていた。自分の弟子とともに戦えることを。命を預けあえるこの瞬間を。

「ピヤァァア‼」光石鷲獅子が咆哮《ほうこう》し、前足をおおきく振りあげた。

立ち上がった高さは俺の身長の倍はあるだろうか。迫力がありすぎだ。

そのポーズのまま光石鷲獅子の身体《からだ》が淡い蒼光をまとう。

おおきな翼がはためいた。大量の空気を一回の羽ばたきで押しのけ、ふわっと浮きあがる。先ほど同質の棘を宙に7つも生成し、それら凶器たちとともに、こちらへ向かって急降下してきた。

異様な速度、異様な動き。魔法の棘をまとうことによる対応難易度の上昇。なんと賢い魔法生物なのだろう。戦術を有しているとは。よく見よ。棘のほうが鷲獅子よりも若干前にあって、先に俺に到達する。剣で魔法をしりぞければ、巨獣の質量に砕かれる。巨獣に意識を向けすぎれば、魔法に身体を貫かれる。これは回避するのが常套《じょうとう》だが、果たしてそれは許されるのか。

俺の直観のままに対処することにした。身体にあたるだろう棘5つを2回の斬撃でしりぞける。

俺がとったのは魔法への対処。その代償を俺は払うことになった。

光石鷲獅子の突進が人間の脆《もろ》い身体を破壊しようとしてくる。俺にはぶつかった後から始まる技術がある。理合。それは相手を受け入れることにあり。羽毛のごとき俺の身体は、巨躯《きょく》にぶつかっても砕けることなく、腰から上だけが地と水平になるまでのけぞった。

俺は鷲獅子の下へと滑らかに潜りこんだ。あとは刀を置くだけ。お前を斬るのはお前自身だ。四足獣の共通の弱点、腹部に鋼刃は滑りこむ。俺はそこで初めて筋肉を使った。姿勢を直し、片膝《かたひざ》をついてしゃがみこんだ姿勢のままで斬り抜いた。

通り過ぎた光石鷲獅子《コウセキグリフォン》が光のサークルの外へ消えていく。おおきな物音が追って聞こえてくる。

俺は一息をついて腰をあげる。光のサークルの外には血の池のなかに息絶えた怪物がいた。

「デカブツに慣れててよかった」

「せ、ぜ、ぜんじぇえ……」

「ん？　うぉ、どうした、ラトリス」

「うぅ、ぐすん、まさしく神業です、素晴らしいです……‼　流石《さすが》はオウル先生です‼」

ラトリスはポロポロ涙を流し、洟《はな》をすすり、小刻みな拍手が止《や》むことはない。

喜んでくれるのは嬉《うれ》しい。でも、そんなに感動したかね。高度な技を使ったわけでもないのに。

「おじちゃんっ‼　光石鷲獅子の横に立ってて っ‼」セツはカメラを構えながら言った。

「記念撮影か。それならみんな一緒にどうだ？」

「それはあと‼　まずは世界最強の剣士と怪物を撮らないとっ‼」

言われるままに、俺は怪物の隣にしゃがみこむ。パシャ。まず。目をつむったかも。

「みんなで撮るのですっ‼」

張りきってそう言うセツは、ハッとした顔になる。

「あれ？　でも、誰かが撮らないといけないから、みんなでは写れない……？」

絶望の表情をするセツは、カメラを悲しげに見つめた。

「セツ、自撮りすればいいんじゃないか」

「はえ？　自撮り？」

セツは自撮りを知らないようだった。説明すると驚愕《きょうがく》の顔になった。

天と地がひっくり返ったかのような、世界の真理を解き明かしたかのような表情だ。

「おじちゃん……天才……？」

これで天才扱いしてもらえるのは気分がいい。しかし、自撮りを知らない、か。カメラは最先端の道具。使い方はわかっても自分で自分を撮るという発想って意外と出てこないのな。

「さぁ、おじちゃんの革新的な撮影方法、自撮りで撮影なのですっ‼　もっと寄って寄って！」

俺が片膝ついてしゃがんで待ってると、セツが膝の上に乗ってきた。桃色の尻尾《しっぽ》が俺のお腹《なか》あたりから上方向に伸びてきて顎《あご》下あたりを筆先でくすぐってくる。

ラトリスは右腕に抱きつくようにし、右肩に頭を乗せてきた。赤毛のお耳が俺の耳のなかにグサッと刺さる。凶器なら死んでいたが、モフモフなので痒《かゆ》くなるだけで済む。

ナツは膝を立てているほうの足を椅子に選んだらしい。丸太に跨《また が》るみたいな姿勢。俺の左腕をとって「もっとちゃんと支えて、おじいちゃん」と言わんばかりにちいさなお腹にまわさせた。なお、お耳が俺の頬を叩《たた》いてきていてわずらわしい。あらゆる方向からモフモフで攻撃され、俺は大変な辛抱を要求された。

「このっ、くっ、ええい、くすぐったい……っ、ぴょこぴょこ動かすな……っ」

「あー、おじちゃん動いたっ‼」

「これは撮り直しですね。さあ先生、もう一度、大人しく密着してててください」

「今度は動いちゃダメだよ、おじいちゃん」

「ちょと待て、これは……本当に俺が悪いのか？　責任の所在について追及をだな――」

「先生、御託はけっこうです」「おじちゃん、動かないでっ‼」「おじいちゃん、我慢、だよ」

どう考えてもこの柔らかい毛を誇る耳とか尻尾が悪いはずなのに。正しいのは俺のはずなのに、4分の3がモフモフなので正義が捻《ね》じ曲げられる。

最終的に4回ほど撮り直したら、狐《きつね》たちは満足してくれた。

7

帆船たちが身をよせる港から徒歩数分の浜辺。

俺は弱々しくなる焚火《たきび》を見つめながら、蒸留酒をちびちび飲んでいた。10日間。俺たちはよく働いた。顔をあげる。夜空を彩る星々。集中労働期間の終わりを祝福してくれているみたいだ。

鷲獅子《グリフォン》料理を盛大に振舞った宴《うたげ》は少し前に終わりを迎えた。

俺は最後の労働として食器や調理道具を洗わないといけない。重たい鍋《なべ》を担いで、タラップを慎重にのぼりようやく船まで戻ってくる。道具を俺の個室に持っていけばミッション完了だ。

ぐうーっと背筋を伸ばし、寝る前にもうちょっと飲もうと上甲板にあがった。

後部甲板までのぼるとラトリスの姿があった。髪の毛は濡《ぬ》れており、ホカホカしている。剣も銃も上着も着ていない、就寝用の薄着姿だ。風呂《ふろ》上がりに夜風にあたっていたのかな。

「あっ、先生。御言葉に甘えて先にお風呂をいただきました」

「濡れ狐になってる。風邪引かないようにしろよ」

「ふふ、気をつけます」

俺は手すりに寄りかかり、飲みかけの酒瓶をかたむけた。その時くらっと眩暈《めまい》がした。10日間よく働いた疲れが出たのだろう。正直言うと、初日に負った筋肉痛がいまも抜けていない。おっさんは回復速度が遅い。こんな状態でよく頑張ったと自分で自分を褒めてやらねば。

目を閉じて眉間《みけん》をマッサージ。深く息を吐きだす。再び目を開ける。俺の隣にラトリスがいた。同じような姿勢で手すりに寄りかかって、尻尾のモフモフで俺の足をペチペチ叩いてきている。

彼女は寝間着のポケットから綺麗《きれい》な石を取りだした。蒼く輝き、深い色を持つ。濁りはまったくない美しい石だ。それを夜空へ掲げるようにした。

「間違いなく『最高の光石』です。親切な海賊さんが教えてくれました」

俺はその美しい輝きに目を細める。前世じゃブランド品とか、そういうものにまったく興味はなかった。でも、本当に美しい物を見ていると、そうした物を好む人の気持ちがわかる気がした。間違いなく価値がある。この充足感は代えがたい。苦労して手に入れたものならなおさらだ。

「これはニンフムに渡してきます。彼女なら適切に保管してくれますから。先生はまだここに？」

「俺はもう少し飲んでから寝るよ。おやすみ、ラトリス」

「はい、先生も。今日は本当にお疲れ様でした」

ラトリスは一礼して後部甲板を降りていった。

翌朝、リバースカース号がコウセキ島を出発する朝。俺は酒瓶を片手に港を散歩していた。

俺はペシミスティックな気分で海を眺めていた。不思議なものだ。海は広大だというのに、このちいさな島に多くの運命が集ってくる。この点で交差し、けれど運命は再び交わることがない。

「物思いにふけってるって顔だ」

声が聞こえ、視線をやれば、港をゆく忙《せわ》しない男たちのなかで足を止めているやつがいた。世話になった親切な海賊殿だ。ピッケルを背負い、今日も掘りに行く気満々の様相である。

「広い海の奇妙な運命について考えてた」

「あぁなるほど。気持ちはわかるぜ。この海の向こうはどこへでも繋がってる。海を眺めてると、人間のちっぽけさとか、世の窮屈さとかいろいろ考えるよな」

「奇遇だな。よくわかってるじゃないか。俺はさ、ガキの頃そういうのをよく考えてたんだ。やるべきことを終えて、こうして水平線を見つめていると、まるであの頃に戻ったような気分になる」

酒瓶を渡すと、親切な海賊は豪快にひと口ふくんだ。

「あんたらが鷲獅子の首を持ってダンジョンから出てきた時は、たまげたぜ」

「あの首、けっこう恐《こわ》いよな」

「それもそうだが、そういう意味じゃない。まさか光石鷲獅子を倒すなんてな。あんたらがダンジョンから出てきた時、採掘場の誰もが作業の手を止めてた。面白い景色だったぜ」

海賊は思いだし笑いしながら言った。

「まるで伝説の英雄が魔王をぶっ倒して、街に帰ってきたのを見ているみたいだった」

「そう見えたか？　伝説の英雄の覇気がある？」

「いや、それが困ったことにいまも全然覇気を感じない」

うーん、まだ風格は宿らないか。

「あんた、名前さ、オウル・アイボリーっていうんだって？」

「そうだが。誰から聞いた？」

「あんたのお弟子さん」

「ラトリスか」

「でもな、実はその名を以前どこかで聞いた気がするんだ。あんたの弟子からじゃない」

「俺の名を？　まさか。無名にもほどがある名だぞ」

十年もの間無人島に閉じこめられていた人間もなかなかいまい。

親切な海賊は眉間にしわを寄せて難しい顔をする。深い記憶を探っているようだ。

「あんたの弟子、よく慕ってるだろ。雰囲気が似てる。師に酔いしれてるというか」

「何の話だ？」

「以前、大陸の港湾都市にいた時、若い娘っ子が街頭で騒いでいたんだ。剣聖の伝説とやらを語っていてな。その剣聖があんたみたいな名前だった気がするんだ」

「はっきりしないな」

「あんたは街頭演説する変なやつの話に傾聴するのか？」

「しないな」

オウル・アイボリーなんてどこにでもある名前だ。その街頭演説者が語っていた名が俺を示している可能性は低い。関連性のない情報を結びつけて考えてしまうのはよくあることだ。

「海賊たちや貿易会社のやつらが噂《うわさ》してたぜ。ダンジョンのなかでのあんたの戦いぶりをよ。一太《ひとた》刀《ち》で終わらせるって。本当なんかい？」

「本当っちゃ本当だ。でも、斬る回数はうちの流派では問題じゃない」

親切な海賊はちいさく首を横に振りながら、感嘆したように息を吐く。

「あんたがすげぇから思いだしたのかもな。剣聖の伝説。もしかしたら本人かもって」

「残念だが人違いだろうな。悪いな、肩透かしで」

「本物の達人ってやつを見られたのには変わりないさ。残念に思うもんか」

返される酒瓶を受け取ると、彼は俺の肩をパンと一回叩いた。そして、ピッケルを担ぎ直し、島の内陸へ歩いていってしまった。俺は海へ向き直り、酒瓶をかたむける。

「剣聖の伝説、か……」

剣の腕を認められ、そのすごさゆえに語られる。街頭演説までされて、その名の偉大さを広めたいと思う信者までいる。かつて少年オウル・アイボリーが求めてやまなかった立身出世そのものだ。

「世の中にはすごいやつがいるんだなぁ」

俺はとろとろ歩きだす。浜辺にそって。海の男たちを眺めながら。

第三章　レモール島

　船長室は船の最後尾に設置される。船の舵《かじ》がある後部甲板の下だ。船の後方から前方に抜けていく風は、船長室を最初に通過し、上甲板を渡って、前甲板へと向かう――そんな新鮮な風を最初に浴びられる特等席の窓を開け、俺は縁に寄りかかり、酒瓶をかたむけた。

　窓の外にはコウセキ島が指でつまめそうなほどちいさく見えている。

「では、モフモフ諸君、そろったようなので儀式を始めようか」

　俺は室内に向き直りそう言った。いまこの場には乗組員全員が集まっていた。大事な決め事のためである。ひとりも欠けてはいけない大事な決め事だ。

　窓のすぐ近く、重厚な机を見やる。机上には美しい結晶。全部で9つ。8つは形が似ていて、1つは異なる。共通しているのはこの結晶体たちから力を感じるということだ。

　この石たちの内側では鮮やかな色彩が変化し続けていた。光石とはまた違った魅力がある物質だ。

　俺はひと掴《つか》みでそれらを手に取り、ミス・ニンフムに渡した。

「コウセキ島で魔法生物を倒した際に入手した魔力結晶たちだ。船の糧にしてくれ」

　ミス・ニンフムは「かしこまりました」と、石をひとつずつ口のなかに収めていった。最後に光石鷲獅子からドロップした魔力結晶を飲みこむ。

　見届けてから俺は机の上のガイドブックを手に取った。

リバースカース号
レベル：4　魔力：32
【船舶設備】個室（小）×4　貨物室（小）×1　浴室（小）×1　ゴーレム×1
【武装】半カノン砲　カノン砲

みんなが俺の手元のガイドブックをのぞきこんでくる。赤色と桃色と緑色のモフモフした耳が俺の視界をさえぎり、鼻とか頬とかを攻撃してきた。

「うわぁーい、魔力が増えているのですっ‼　これで船をまた進化させられますっ‼」

船のレベルが1上昇しているので【増築プラン】にも変化が見られた。


【増築プラン】
・浴室（小）　魔力60　・菜園（小）　魔力30
・牧場（小）　魔力40　・ゴーレム　魔力30
・個室（中）　魔力40　・カノン砲　魔力10
・個室（小）　魔力30　・半カノン砲　魔力5

牧場と菜園が増えているようだ。

「どちらも船の上にある設備とは思えないな」

「でも、おじちゃん、それを言いだしたら浴室も普通の船にはないよー？」

「それもそうだな。セツの言う通りだ」

桃毛の頭を撫《な》でくりまわし、俺たちは投票を開始した。結果、1つの設備が増えることとなった。

リバースカース号
レベル：4　魔力：2
【船舶設備】個室（小）×4　貨物室（小）×1　浴室（小）×1　菜園（小）×1
　ゴーレム×1
【武装】半カノン砲　カノン砲

ミス・ニンフムは余裕を感じさせる足取りで船長室から歩いて出ていく。それに続く俺たち。カタカタと音を鳴ならす球体関節。ミス・ニンフムがオーケストラの指揮者のごとく手を動かせば、索具が揺らめき、帆が膨らみ、船体が音をたてて変形し始めた。

特に船の前甲板あたりの変化が激しい。前甲板の木板がミシミシと鳴って盛りあがって空間をつくると、指揮者の演奏終了合図にあわせて収縮し、不安定から安定へ収束していった。

船中央から前甲板へとあがる左右の階段の間に新しい扉が出現していた。開けて3歩進むともう一枚扉がある。手をかける。押す。フワリと土の香りがした。

天井の高さは2m半ほど。けっこうデカい部屋だ。広さもある。足を踏み入れる。ん。波揺れを感じなくなった？　直感が告げてくる。魔法の効果範囲に足を踏み入れたらしい。

部屋のなかにはおおきなプランターが並んでいた。アンティークな雰囲気の木製のものだ。隅のほうには、鎌やシャベル、ジョウロなどの土いじりできそうな道具もある。

「ミス・ニンフムいわく部屋には魔法が施されているらしいです。揺れ封じの魔法、あらゆる植物がすくすく育つ魔法、成長速度がはやくなる魔法もあるみたいです」

「いたれり尽くせりだな。これほどの環境で土をいじれるなんて」

「おじちゃんは土いじりが好きなのですか?」

「ブラックカース島では道場の裏で菜園をやってたんだ。弟子がいた頃は当番制で世話もさせてたりな。まぁ瘴気《しょうき》で土壌が毒されてからは、あの菜園もダメになったが」

「またここから始めましょう。失ったものも、新しいものも、リバースカースにはあるんですから」

ラトリスはうなずいてくる。もう十年も前の話なのに。ラトリスはあの日々を覚えていてくれたのかな。涙が出てきてしまうな。こんなことで心が温かくなるとは。

「畑いじりおじいちゃん。それってすごくおじいちゃん、だね」

ナツはボソッとこぼす。否定できない。

「そんなことないです、畑は素敵な営みです。食べ物をつくることの大変さや、勤勉さ、継続すること、多くを学べます。先生の素晴らしい人間性や剣術にも通ずるものがあります」

ラトリスは腕を横に振りぬき、力強く俺を弁護した。

「だから、これからは船のみんなで野菜のお世話をするのよ。セツもナツもね」

「うわぁーん、仕事が増えてしまったのですっ‼　船長の強権なのですっ！」

「船長には逆らえない、だよ」子狐《こぎつね》たちはうなだれた。

横で賑《にぎ》やかにしている一方で、俺は水について考えていた。野菜を育てるとなると真水が必要になる。普段、この船はほとんど真水を積まない。野菜のためだけに船の貨物リソースを水に割いてもらうのは、気が引ける。

実用性の面でびみょいか？　とか考えながら部屋を見渡す。菜園の奥にある水瓶が目にとまった。腰丈ほどもある黒い陶器。どこか目を惹《ひ》く魅力のある品である。

「お気づきになりましたか、ミスター・オウル」

ミス・ニンフムは水瓶を手で示した。いつの間にか菜園に入ってきていた。

「あなたの目にとまった水瓶は魔法の品です。海水を真水にする力を秘めています」

「魔法の道具ってどうしてこうも素晴らしいんだ」

「それは魔法が素晴らしいものだからです、ミスター・オウル」

「お湯を生みだす風呂《ふろ》と要領は同じと考えていいのか？」

「察しがよろしいようで。こちらも船の陽の魔力で動くものです。温めない分、浴槽よりずっと燃費はよいので気にせず使っていただければと存じます」

水瓶の力で畑の水はまかなえそうだ。真水問題は解決された。

1

聖暦１４３０年7月26日。コウセキ島を出発して12日後。

リバースカース号はヴェイパーレックスの渦潮に到着した。

帆船たちが渋滞しそうなほど集まっている入り江が目に入ってきた。この広い海において、こうも人口密度が高い場所がある——それだけで人間の領域に帰ってこれたという安心感がある。

入り江を進み、船を完全に停止させ、タラップがギィーと音を鳴らして埠頭《ふとう》にかかった。

こうなればもう実家の自室にたどり着き、ベッドに横たわったも同然だ。

「嵐に巻きこまれたせいで時間かかっちゃいましたね」

「海賊の金貸しなら少しくらい返済日に遅れても気にしないんじゃないか」

「先生、それは無法者が過ぎます。最低限の礼節すら失する行為です。お金を貸してもらっているのにその恩を忘れるようなことは許されないです」

あまりにも正論。真面目《まじめ》でいい子だ。本当に無法者なのかな。

「今回の積荷はたくさんありますね。返済日は明日ですが、ギリギリになって焦らないように、今日のうちに荷降ろししちゃいたいですね。先生、いいですか？」

ラトリスは横にいるミス・ニンフムに視線をやったあと俺のほうを見てくる。

「そういえば船長命令が必要だったな。よし、総員、荷降ろしを許可する」

「ミスター・オウルの御意思のままに」

ミス・ニンフムは向こうで船の掃除をしているミス・メリッサを手招きして、ともに下甲板に降りていった。働き者のゴーレムたちなら大量の光石もすぐ降ろしてくれるだろう。

「よーし、ひとまずは腹ごしらえだ」

航海は忍耐力をすり減らす。だから、陸にあがったらまずは好きな物を食って気力を回復せねばならない。俺たちは美味《うま》そうな匂いがする露店街にくりだし、食欲が導くままに腹を満たした。

俺たちは暗くなってから査定所に向かった。

「ようこそ、海賊ギルドへ！　積荷の査定ですね‼」

ラトリスが提示したメダリオンを確認して、受付嬢は愛想よく対応してくれた。

屈強な男たちが数人がかりで木箱をチェックしていくなか、ラトリスは個別で貴重な品をカウンターに並べた。品は2種。美しい宝石と怪物の鉤爪《かぎづめ》だ。

受付嬢はそれらを見て「わぁ」と驚いた表情になった。

「ふむふむ。最近は光石の査定も多いので、ある程度良し悪しはわかるつもりですが……これほどの光石が持ち込まれたのは初めてかもしれません。それにこの鉤爪。鷲獅子《グリフオン》でしょうか？」

受付嬢はキリッとした顔で検分し、光石鷲獅子《コウセキグリフオン》から採取された光石には手を触れず「鉱石マニアさーん」と、隣で大量の木箱をチェックしているおっさんに声をかけた。

おっさんは近づいてくるなり「むっ」と声をあげた。カウンターに置かれた宝石を手に取る。

「鉱石マニアってなんだ？」疑問を口にすると、受付嬢が答えてくれた。

「海賊ギルドで品物の価値をはかる専門家のことですよ～。この海に眠るたくさんの価値を正確にはかるためには、その道のプロでなければいけませんからね～」

「ほう、ちゃんとしてるんだな。いいものなら安く買い叩《たた》いたほうがお得だろうに」

「こらぁ～そういう邪《よこしま》なことを言う海賊はいけない海賊ですよ！」

正論で怒られた。最近ずっと若者に叱られている気がする。

「海賊ギルドは冒険家たちを支えるためにあります。信頼が何よりも大切です。世のすべての価値をはかりきることは不可能ですが、そうあろうとする努力を怠ることはありません」

俺の俗物的な考えが浅ましすぎて恥ずかしくなる。

「素晴らしい、素晴らしいぞ。これはすごい品だ。どこでこれほどの光石を？」

鉱石マニアはこちらへ視線を向けてきた。耳をピンッと立てたラトリスは「ふふん」と笑みをたたえ、受付カウンターに肘《ひじ》をついて体重を預けるようにしながら口を開く。

「コウセキ島の光石鷲獅子を討伐したのよ」

「高純度の光石は、魔法生物の代謝を受けて生成される。強力な魔法生物であるほどいいブツが手に入りやすい。あの島に鷲獅子がいるのは聞いていたが、本当にいたというのか？」

「ええ。そして、その強力な魔法生物を鮮やかな太刀筋《たちすじ》で倒したお方こそ、こちらの先生よ」

ラトリスが手で示してきた。セツとナツもマネして俺を示している。

俺は苦笑いしつつ、「ええ、どうもどうも、先生です」と小声でつぶやいた。悪い気はしない。

「あんまり覇気のないおっさんだな。あんたが本当に鷲獅子を倒したのかい？」

「オウル先生になんてことを!?　真の実力者はその力をひけらかしたりしないのよ。先生がどこか頼りなく見えるのは、本当の強さは深いところにあるからで、素晴らしい思想と誇りある――」

「ラトリス、落ち着け、尻尾《しっぽ》がすごいことになってるぞ」

毛が逆立って尻尾が普段の倍くらい太くなっている。それで激しく振りまわすものだから、それはもう大変だ。興奮している彼女を撫で撫でしてやり、俺は落ち着かせた。

「まぁとにかく、先生は本当にすごいんだから。その光石もすごい品だから下手《へた》な査定をしないでよ」

撫でられて満足そうな顔をしながらラトリスは鉱石マニアに釘《くぎ》を刺した。

「ふむ。わかった。大事な情報を頭に入れて価値を見積もるとしよう」

鉱石マニアはそう言うと、俺たちに興味をなくしたように行ってしまった。

「情熱的だ。流石《さすが》は専門家。自分の分野に誇りを持ってる。うん。いいね。最高だ」

「おじちゃん、どうして見ず知らずの変なおじさんをそんなに褒めるのー？」

「自分のことを褒めてくれるやつには良くしてやろうというのが人情だぞ、セツ。買い取り価格を100万と105万で迷った時、いいやつ相手なら105万にしてやるか、と思うものだろう」

「うわぁーん、おじちゃんの世渡り術がすごいのですっ‼」

「売り手が可愛《かわい》い女の子なら、さらに120万になる。世の中そういうもんだ」

セツとナツは顔を見合わせ、鉱石マニアを応援し始めた。間違いなく可愛かろう。

「静かにしてくれないか。あと受付で騒ぐな」

鉱石マニアのおっさんはビシャリと言い放つ。しょんぼりする子狐たち。受付嬢の女の子は苦笑《にがわら》いしつつ「まだ時間かかるので」と、やんわり酒場のほうを手で示した。

酒場に移動した。俺は子狐たちを退屈させないために、俺が開発したという体《てい》で、新時代カードゲーム『ババ抜き』を提案した‼　子狐たちの食いつきは凄《すさ》まじかった。

「こんな革新的なカードの使い方をするなんて、おじちゃんは発明家なのですっ‼」

「年の功、だね」ナツは最後の手札を切る。あがられてしまった。天才ババ抜きプレイヤーだ。

残るは俺とセツだけ。残された者同士、真剣な眼差しで向かいあう。さぁ決着をつけよう。

「うわぁーん‼　おじちゃんに騙《だま》されたぁあ⁉」

俺の手札からカードを引いて悲鳴をあげるセツ。命でも懸けているのかってくらいの迫真さだ。

可愛らしい。思わず笑みがこぼれる。もちろん、今、彼女が引いたのはジョーカーだ。

追い詰められて焦燥を抱いたのか、「ぐぬぬ……」とセツはカードを机の下に移動して、よくシャッフルする。お耳をしぼませ、額には冷汗が浮いている。やはり命でも懸けているのかな。

「そんなにシャッフルしてもどうせ2択だぞ」

「おじちゃんは黙っててっ！　きゅええ……」狐の鳴き声が漏れた。ラトリスそっくりだ。

「お姉ちゃん、結果はたぶん変わらないよ」

「ナツも黙っててっ!!」カード2枚が俺の顔のまえに提示された。覚悟が決まったようだ。

俺は机に肘をおいて前のめりになる。眼前のカードは2枚。どっちかはジョーカー。ジョーカー以外を引ければ俺の勝ちだ。ジョーカーを引けば手番が交代する。

右のカードに手を伸ばす。「ふふーん♪」セツは片眉《かたまゆ》あげてほくそ笑む。

今度は左を取ろうとしてみる。「うわぁ……っ」悲しげな顔になった。

俺は再び右のカードに手を伸ばす。「ふふ♪」今度は左。「うわぁぁ……」なにこれ。

わざとやっているのかな。初見ならそう疑うだろう。ブラフだろうと。

でも、この子はそんなに器用じゃない。嘘をつく時は緊張で尻尾が動かなくなるのに、リラックスしてたり嬉《うれ》しいとすぐ動くし。もちろん、いまも尻尾は正直だ。

悩んだ末に俺は正直者に一回チャンスをやることにした。俺は右のカードをサッと抜いた。

「にひひひっ♪　窮地を乗り切ったのですっ!!　おじちゃん、覚悟するがいいですっ!!」

「急に威勢がよくなったな。いいだろう。勝負はこれからだ」

白熱したババ抜きは終わらない。どこまでも続く延長戦。さらっと帰ってきたラトリス。腕を組んで傍観者に徹している。この戦いの結末を見守ることにしたらしい。

「うわぁ――んっ⁉　互角の勝負だったのに負けたぁあぁ――っ⁉」

「そう思えるならお姉ちゃんは幸せ者、だよ」

「待たせたな、ラトリス」

「そのゲーム、面白そうですね？　あとでわたしも交ぜてくださいね、先生」

ラトリスはそう言って査定結果を記した紙を机に置いた。

【今月の査定】
低質の光石　　×６２０　平均価格４、３００シルバー
普通の光石　　×２３２　平均価格９、２００シルバー
良質の光石　　×１１７　平均価格２０、０００シルバー
最高の光石　　×１　　　価格２、４２０、０００シルバー
光石鷲獅子の鉤爪　×２　平均価格１２０、０００シルバー
【合計】９、８００、４００シルバー
【当月返済額】５、０００、０００シルバー
【返済繰越額】１２、０１３、５００シルバー
【管理口座資産】20シルバー

目玉がこぼれ落ちるかと思った。俺たちってこんなに稼いでいたのか。

「『最高の光石』が２４０万シルバーで売れてるじゃないか。あれってやっぱすごかったのか」

「びっくりする金額ですよね。まさかこんな高いなんて思わなかったです」

「合計で９８０万シルバー。ふらふらしてくるぜ」

頑張って働いた成果が出ていることにおおきな達成感を覚えた。

高揚感、体温があがる。湧きあがる興奮を抑えながら、顔をあげて弟子を見やる。

ラトリスは浮かない顔をしていた。金額に喜んでいる俺とは違う心境のようだ。

「嬉しくないのか？」

「嬉しいですよ。でも、まだ滞納金があるので」

紙面に視線を走らせる。うん。これは……稼いだ分、全部滞納金だけで吹き飛んでいる。

こめかみを押さえてマッサージ。うん。まあこれはしゃあない。そういう話だったじゃないか。

コウセキ島に行く前に確認をした。このためにたくさん稼いだ。天引きは覚悟のうえだ。

「悪夢の天引き、連撃の追加徴収というわけか。あわせて１７００万、だ。しかし、妙だな、俺たちが目指していた滞納金の返済額は１２００万って話じゃなかったか？」

「１２００万は過去３カ月の滞納分ですね。今月はローン返済始まって４カ月目です。なので今月の返済分と過去払えなかった借金の繰越分をあわせて１７００万。このうち９８０万円は今月の査定の査定で払えたので、現在の滞納金の額面を７２０万にできました」

楽観的すぎたようだ。債務って恐《こわ》いな。体力無限のやつと鬼ごっこしているような気分だ。

次回のノルマはいくらになるのだろうか。えーと、毎月の返済ノルマ５００万と滞納金７２０万。

合わせて１２００万ちょっとか。あれ、今回の旅で稼いだ金額より多くね？

「コウセキ島光石採掘をもう一発以上、だと……あんなに頑張って稼いだのに、もうなにも残ってないなんて、次、同じ働きしても滞納金一掃できるかどうか……金が、霞《かすみ》のようだ」

「うわぁーん、やだやだやだやだ‼　もう疲れるからやりたくないのですっ‼」

「飽きた飽きた飽きた飽きた飽きた飽きた」

セツとナツによる不満の意思表明。俺と同じ気持ちか。俺もダダこねようかな。

「まったく仕方のない子たちね」

ラトリスは椅子に腰をおろし、机に突っ伏すセツとナツの頭を撫《な》でた。優しく、優しく。まるで姉のように。ダダこねを踏みとどまったのは英断と言わざるを得ない。

「ラトリス、2カ月連続で石を掘り続けるのは健康に悪影響なんじゃないか？」

「ふふふ、先生、安心してください。わたしも石掘りには満足してますよ」

「それじゃあ、別の稼ぎ場にでも行くのか？」

「そのつもりです。査定をしてもらってる間に、情報屋のもとに行ってきたんです」

ラトリスはニヤリと笑みを深めて、地図を開いた。

「なにかいいネタを掴《つか》んできたな？」

「ご明察の通り。伝説のお宝にまつわるネタです」

「伝説のお宝だと？　でかしたぞ、ラトリス。まさに待っていた案件だ」

「ふへへへ、どうぞ、もっと褒めてください、先生」

「よーしよしよしよし、偉いぞ、偉いぞ～」

ラトリスの柔らかい赤毛を撫でくりまわす。彼女は目を細めて「ふふん♪」と満足げだった。

彼女が指で示す地図の位置は未開の海域であった。

俺が全然知らない島だ。そこに伝説のお宝がある。いいじゃないか。ワクワクしてきたぜ。

2

ヴェイパーレックスの渦潮で数日休息をとったのち、俺たちは再び海に漕《こ》ぎ出した。

海の果てを目指して航海すること10日、俺たちはお宝の眠る島にたどり着いた。

「ここがレモール島か。わりと栄えているな。建物がいっぱいだ」

沖から単眼鏡で眺めた感じ、島の沿岸部はけっこう発展しているように見える。おおきな埠頭《ふとう》には、大型の帆船も停泊しているようだ。

船を停泊させて、俺たちはさっそく埠頭に降りた。

目につくのは港周りのおおきな倉庫群。木箱と樽《たる》を椅子と机代わりにしてカードで遊ぶ水夫たち。

漁業用の小型の船。それらは外海からきた帆船と対を成すようにずらりと並び埠頭の一角を占領していた。小舟の周りでは、漁師たちが竿《さお》やら網やらを手慣れた所作でいじくっていた。

「田舎《いなか》って感じ～!!　旅の思い出ゲットなのですっ!!」

パシャ。セツはシャッターを切りまくっていた。停泊するリバースカースやほかの船、埠頭の風景に、歩いている俺たち、海鳥、現地の漁師など、いろんなものをフィルムに収めていく。

「ひとまず母なる大地に戻ってこられたお祝いに美味《うま》い飯でも食いたいところだが」

「名案ですね。でも、わたしは遠慮させていただきます。ご飯なら3人で行ってきてください」

「それはまたどうして？　ラトリスも一緒に食べればいいじゃないか？」

「わたしはブツについて調べたいので。現地で人をあたろうと思います。資源島と違ってここには島民がいます。話を聞けばこの島について知ることができると思いますから」

「もっとゆっくりしてもいいんじゃないか？」

「滞在時間は多めに見ても8日程度です。時間に余裕を持ちたいので」

なんてしっかりした子なのだ。真面目《まじめ》だ。本当に無法者なのか？

真の船長たる彼女の意思を尊重し、俺たちは別行動をすることになった。

「ねぇ、おじちゃん知ってる？　この島の特産はレモンと羊毛らしいんだよっ‼」

「レモンと羊毛、ね。へえ、知らなかったな。セツは物知りだな」

「にひひ、それでね、レモンとお肉を一緒に食べるとすごく美味《おい》しいんだってっ‼」

セツが尻尾をフリフリしながらそう言ってきた。ナツも無言で見つめてきている。

「ならレモンを使った料理を振舞ってくれる店を探そう」

「やったぁ‼」「おじいちゃん、好き」

レモン料理はすぐ見つかった。港近くの酒場『黄金の羊毛亭』という怪物の骨が来訪者を迎える店の前にあるメニューに大きく『レモン蜂蜜《はちみつ》、売ってます‼』と書かれていたのだ。

さっそく入店したら、気さくな店主が俺たちを迎えてくれた。

何品か食べたなかで俺の一押しはレモン和《あ》え蜂蜜酒ステーキだ。島のもうひとつの特産である羊――ラム肉を使った品だ。塩とコショウとニンニクで味付けをし、オリーブオイルを塗りたくってレアに焼く。ソースは肉汁の残ったフライパンで蜂蜜酒とレモンを煮たたせてつくる。

ラムステーキに香り高いソースをかけ、最後にレモンを適量しぼり、一緒に口に運ぶ。

極上の味わいだ。料理上手《じょうず》で有名という店主の嫁さんにレシピを聞くほどだった。

料理人同士の交流は、すなわちそれぞれの知識と経験からくる発想をぶつける場でもある。俺も教えてもらうばかりではなく、自分の発想を語ったりもした。

「しゃぶしゃぶっていう選択肢はありますか？　ラム肉での」

「しゃぶ、しゃぶ？　それは調理法のことですか？」

「なるほど……ふふふ、機会さえいただければ振舞ってさしあげますよ、このオウルがね」

前世というバックボーンを持つ俺は、この世に新しいものをもたらすことが度々ある。島生活でも度々あったが、どうやら今回ももたらしてしまいそうだ。——しゃぶしゃぶという革命をな‼

しゃぶしゃぶを今度振舞う約束をしつつ、カウンター越しに店主の嫁にたずねた。

「ところで、奥さん、レモンを育てたことあります？」

「もちろんよ。この島じゃどこの家にもレモンの木があるのよ」

「見せてもらってもいいですか？」

「どうぞ、裏手にあるわ」

酒場の裏庭にまわると、立派なレモンの木がたくさん生えていた。

「立派な菜園ですね。羨《うらや》ましい」

「ありがとう、うちのは全然ちいさいくらいだけれどね」

「レモンの木の育て方にコツとかはあったりします？」

「おじちゃん、どうしてそんなこと聞くの？」セツは不思議そうな顔で見上げていた。

「うちには菜園があるだろ」

「わぁ‼　もしかしてレモンを育てようと⁉」

そのための菜園だ。このレモンの木を見たところ、菜園の天井なら高さが足りるだろう。

俺がレモンを求めるのには理由がある。美味しいということや、船で使える食材に選択肢を持たせたいのももちろんある。でも、もっと欲しいのはビタミンCだ。

前世の知識のなかに大航海時代、船乗りを恐怖に陥れた壊血病という病があった。社会科の授業が俺の頭に残した数少ない知識のひとつだ。ビタミンCが不足して起こるらしい。それ以上のことは知らないが、解決策のほうは馬鹿でもわかる。ビタミンCが不足して起こる病は、ビタミンCを摂取すれば予防できる。

食が偏る航海生活を少しでも豊かにしたい。リバースカース号の食を預かる者として、レモンの木は必ずや菜園で育てなければならない。

「枝の剪定《せんてい》はとても大事よ。木の体力を無駄遣いさせないためにね」

「剪定基準とかあったりするのですか、教授」

「株元から生えている枝や、日当たりを邪魔している枝、細くて元気がない枝、下向きに伸びている枝と、あとは前年に実をつけた枝も弱ってるから切っちゃうといいわ」

レモン使いの女からレモン育成に必要な知識を手に入れることができた。「いやはや勉強になります」俺はメモをしまい、お礼にいくらかのシルバーを渡し、素晴らしい酒場をあとにした。

次はレモンを手に入れることにした。実際にレモール島の地元料理を食べたおかげでアイディアが浮かんでいるのだ。ここらで釣れる魚とあわせて美味いものがつくれないかいろいろ試したい。

向かった先は市場だ。２階建ての建物にはさまれた通りに露店が並んでいた。ヴェイパーレックスの市場ほどおおきくはないが、あそこほど治安は悪くない。人が少なくて寂れた雰囲気がどことなくあるが、それもまたいい。穏やかな時間がここにはある。

わくわくした心持ちで物色を始める。なお、駆けまわる子狐《こぎつね》たちから5秒以上目を離さないことも忘れない。ラトリスにお願いされているのだ。

露店には今朝獲れたのだろう新鮮な魚が並び、様々な果物が籠《かご》に盛られていた。選択肢が溢《あふ》れている。試されているような気がした。食材を使いこなすことができるのか、料理人への挑戦だ。腕が鳴るぜ。「きゃぁああ！」そんな時だった。悲鳴が聞こえたのは。事件発生だ。

市場に緊張感が走った。俺はセツとナツがすぐそばにいるのを確認する。この子たちじゃない。であるならば、よそのトラブルか。俺は視線を走らせた。

人々が騒いで逃げる騒動の中心地、粗野な男たちがカットラスを手にして声を荒らげていた。

「この小娘がぁ‼　ぶっ殺されてえみてえだな‼」

「死ぬよりひどい目にあわせてやるぜっ、ぐっへっへ」

暴力の香りを放つ男たち。相対するのはひとりの少女。ムッとした顔。モフモフの尖《とが》った耳、ふっくらした尻尾《しっぽ》、スラッと高い上背。獣人族だ。種は狼《おおかみ》かな？　胸元は豊かに膨らみ、亜麻色の髪は陽光を浴びて明るくひかり、整った顔立ちは粗野な男たちを前に怯《ひる》む様子はない。しかし、もっとも目を惹《ひ》くのは、耳や尻尾、彼女の美しい容姿や豊かな胸元ではなく、背中にかつぐグレートソードである。背負うだけで腰を痛めそうな常軌を逸したデカさだ。

「あんたたち、あたしの目が黒いうちはそんな不道徳なマネ許さないよ！　がぅうう‼」

少女は威勢よく叫んだ。睨《にら》みをきかせ、臨戦態勢のヒコーキ耳をして。

「そっちからぶつかったんだから、おばあちゃんにちゃんと謝りなよ！」

少女はそう言って、かたわらでへたりこんでいる老婆を見やる。

「俺たちが誰だかわかってんのか？　んぁあ？」

「兄貴、ちょうどいいですぜ、この女、なかなか上物だ、剥《む》いちまいましょうぜ」

「俺たちゃ海賊、アンブラ海を震えあがらせるウブラー海賊パーティだぜ。俺たちに逆らうやつは、しっかりと見せしめにするのが俺たちのやり方でなぁ、そりゃもう――」

「ごちゃごちゃと、うるさぁ――いッ‼」

粗野な男が言い終わるまえに、その脳天は叩《たた》き潰《つぶ》されていた。少女が抜剣したグレートソードの腹によって。抜剣、振りあげ、振りおろし。速度が異常だ。

ぺらぺら話していたリーダー格の男は、舌を噛《か》んで、吐血し、白目を剝いて、崩れ落ちた。すごく痛そうだ。しゃべっている途中でぶっ叩かれたせいだろう。

少女は片手で振りおろしたグレートソードを地面に突きたて「ふん！」と鼻を鳴らす。

俺はそのさまに既視感を覚えた。その横顔、声、所作、シチュエーション。

そういえばあの子もこんな風にブラックカース島で悪党をしばいていたような――。

「あんたらがウブラーのとこの海賊なんだ。だったら話がはやい！　あたしはクウォン、目標はウブラーの海賊パーティを壊滅させること！　かかってこい、全滅させてやる！」

「このクソ女、いきなり兄貴になにしやがる⁉」

「イカれてるのか⁉」

「後悔させてやるッ！　てめえらやっちまえ！」

少女と海賊たちの乱闘が始まる。銃声と刃《やいば》が曲となる。

市場で買い物している現地民が悲鳴をあげて暴力の渦から逃げ惑う。

「おじちゃん、正義の味方の出番だねっ‼」

セツは短銃を抜き、戦意をみなぎらせていた。俺と視線が合うなり、うなずいてくる。

「ナツ、セツを見張っててくれ。無茶なことしないように」

「うん、任せておじいちゃん。お姉ちゃん、一緒に待ってようね」

「うわぁーん、戦力外通告をされたのですっ‼　おじちゃん、ひどいですっ‼」

俺は刀に手を伸ばす。すぐさま少女のもとへ駆けた。

「悪党退治、俺も助太刀《すけだち》しよう」

乱闘に飛びこみ、ふたりで悪い海賊たちをしばき倒した。

「ふうー、片付いたね。いやあ、おじさん助かったよ！　すごく強いんだね！」

「剣術を嗜《たしな》んでいてな」

少女は笑顔でこちらへ振りかえり、キラキラした汗を手でぬぐった。俺の顔を見つめるのは赤茶色の鮮やかな瞳《ひとみ》。快活な表情がみるみるうちに神妙になっていく。少女は眼をクワッと見開いた。

「そ、そそそ、その顔は……!?　まさか!?」

「やあ、久しぶりだな、クウォン。まさかこんなところで再び会える」

「うわああ!?　ぐえええええ!?　ど、どうして先生が生きて、えええ!?」

驚愕《きょうがく》に顔を崩す少女——アイボリー道場でもっとも強かった教え子クウォンは、一歩、二歩と後ずさり、口を押さえて大声で叫んだ。尻尾はピンッと上向きになって毛がブワァと逆立っている。

「まさかゴ、ゴースト⁉　オウル先生の姿になってあたしを化かそうと⁉」

「いいや、俺は本物のオウルだ。オウル・アイボリーだ」

「そんなはずがない！　オウル先生はとうの昔に死んじゃったんだ！　おじさんがゴーストじゃないというのなら証明して！　じゃないと、うーんと、噛みつくっ‼　がう‼」

鋭い牙《きば》を見せ、ガウガウしてくる。俺は両手をあげて落ち着かせる。

「なにをすれば俺が本物のオウル・アイボリーって信じてくれる？」

「うーんと、それじゃあオウル先生なら知ってる、あたしがされて嬉《うれ》しいことをして‼」

腕を組むクウォン。試練の間にて挑戦者を試す石像のごとく、堂々とした立ち姿だ。俺は恐る恐る亜麻色の頭髪に手を乗せた。フワフワのお耳をつまんだり、手のひらでつぶしてみたり、こねこねして、頭をわしゃわしゃ撫《な》でくりまわす。クウォンは「くぅん」と声を漏らした。

「よーしよしよしよしよし」

「くぅん、くぅーん‼　うわああ、これは本物のオウル先生だぁぁぁ‼」

試練に合格したようだ。このチョロさ。逆に心配になる。

「オウル先生、どうしてここにいるの⁉　先生はブラックカースで怪物のご飯にされたのに‼」

涙をポロポロこぼすクウォン。勢いよく抱きついてくる。嗚咽《おえつ》を漏らしながら泣きじゃくる。

俺はそっと手を添えて受け止めた。明るい亜麻色の髪が流れる背中を。

「うぅぅう、オウル先生の匂いだ、本物だ、そんあぁ、うぐぐ、うわぁあ〜〜‼」

「よしよし、泣くな泣くな。ありがとな、俺なんかのために泣いてくれて」

お出かけから家に帰ったら犬が飛んできて玄関で出迎えてくれたみたいな気分だ。

獣人は感情表現が激しい。これは多くの場面でトラブルを起こしやすいが、でも、俺にとっては嬉しく楽しい日々の思い出だ。クウォンも例に漏れず激情型である。

「くんくんくんくん、うわぁああ何度嗅《か》いでもオウル先生だぁあぁ────!?」

「ちょ、ちょょっと落ち着け、どうどう、クウォン、どうどうっ!!」

クウォンは俺の胸に狼の嗅覚《きゅうかく》を押し付けては、本人確認を繰りかえしてきた。尻尾を激しく左右に振りまわし、耳をヒコーキの翼みたいに引き絞り、全身でバタバタ暴れだす。

両手を俺の背中にまわし、魔力に覚醒《かくせい》した怪力で背骨をへし折る勢いで締めてきた。

「いだだだ!? うぁあ、おち、落ち着けえぇぇえ、クウォン、クウォン、よしよし、いい子だ、クウォンはいい子だ、感情をコントロールできるはずだ……ッ」

「くぅん、くぅーん、うぅ、我慢我慢……!!」

俺を締めあげる力が緩くなっていく。ようやく彼女の膂力《りょりょく》から解放された。

俺は深く呼吸をし、腰を押さえた。腰痛が5年くらい進行したかもしれない。

「うわぁ、あたしはなんてことを!! オウル先生、大丈夫!?」

クウォンはまた勢いよく迫ってきた。俺は慌てて「全然平気だ!」と言って制止した。

元気なことはいいことだ。でもそれが、時に怪我《けが》人を出すことを忘れてはいけない。

「良かった、落ち着いてくれたか」

「オウル先生オウル先生オウル先生!! どうしてどうしてどうしてレモール島に!?」

あんまり落ち着いてなかった。その場で足踏みを繰り返している。

「商売の一環だな。この島に特別な羊がいるらしくて――」

「ブラックカース島に先生が残って、それでそれでそれで‼　先生、どうやって生きてたの⁉」

足踏みだけにとどまらず、拳《こぶし》をぎゅっと握りしめて、身体《からだ》の前で振りまわし始めた。

俺が生きていることが気になって仕方がないようだ。

「運よく島での生活に適応できたんだ。慣れれば意外と大丈夫だった」

「でも、あの島には呪いがあって、船で往来できないって聞いたよ？」

死ぬほどの高波、荒れ狂う風、悪魔のひそむ海域。あれを越えるのは普通の船では不可能だ。

「魔法の船が迎えに来てくれて俺を助けてくれたんだ」

「魔法の船？」クウォンが愛らしく首をかしげる。スッとかたむく頭とフワフワのデカ耳。

その所作により、彼女の背後にひろがる視界が確保された。向こうから駆けてくる存在が目に入る。赤毛の耳と筆先みたいな尻尾を揺らし、その狐はクウォンに飛びついた。狐と狼がもみくちゃ獣団子になってぶつかってくる。俺は宙側転して回避し、事故に巻きこまれないようにする。

「うわあ！　不意打ちとはなにやつぅぅ⁉」

「港で無双のクウォンが上陸したって聞いたから見にくれば……こら！　オウル先生に無断でくっつくことはリバースカース号の掟《おきて》によって禁じられているのよ！　くっついちゃだめ‼」

ラトリスは毛をブワァと逆立て、クウォンを威嚇し始めた。

「先生にマーキングしていいのは一番弟子だけって決まってるんだから！」

「うわ！　ラトリスだ！　そのおおきな尻尾、見間違えるはずがない！」

クウォンは目を輝かせてモフモフの赤狐に抱きつく。馬乗りされていた姿勢だったのに、そんなもの意に介さず勢いよく立ちあがる。

ラトリスの動揺。「この馬鹿力……!?」クウォンの笑顔。おおきな狼は欲望のままに狐の赤いデカ耳をモフモフし始めた。クウォンのほうが高身長ゆえ、実にモフりやすそうな位置関係だ。

「モフモフなる友よ~!! まさかこんなところで再会できるなんて! オウル先生にも会えたうえに、ラトリスにまで会えるなんて!! 海に戻ってきて正解だったよ~!!」

「うぐぅ、放しなさいよ、馬鹿狼……っ」

ラトリスは豊かな胸のなかで、苦しそうにもがき、どうにか押しのけて距離をとった。

この空気感。懐かしい。モフモフの友人。クウォンはほかの獣人をよくモフっていたっけ。

「ラトリス、クウォンがこの島にいるのを知ってたのか?」

「はぁはぁ、ええまぁ一応。冒険者ギルドで聞きこみをしてたら『無双のクウォンという腕の立つ剣士がいる』と聞き及びまして。無知で無礼な馬鹿狼です。一番弟子がわたしになったことを気にせず、先生に勝手に身体をくっつけ、マーキングをするんじゃないかと思って探してたんです」

俺ってマーキングされていたのか。獣の習性的な話かな。

「無双のクウォン、か。カッコいい二つ名だな」

「ふっふっふ、そうだよねそうだよね、オウル先生もカッコいいと思うよね~!!」

鼻の下をこすりながら、クウォンは満足そうにした。

「いろいろ話をしたい!! お酒と美味《おい》しい料理でお祝いしなくっちゃ!」

クウォンは近くでへたりこんでいる老婆を立たせてやり、この場から逃げるように告げた。「ありがとうね、お嬢ちゃん」と老婆はお礼を言って、シルバーをくれて、去っていった。

「老人からカツアゲするなんて信じられないわ」「カツアゲじゃないよ、これは善意の報酬だよ‼」

ツンとするラトリス。頬を膨らませるクウォン。

「その狼《おおかみ》さんは船長とどういう関係なのです？」

セツとナツが不思議そうにして赤狐と亜麻色狼の関係についてたずねてきた。俺が答えてやるよりもはやく反応したのは狼だった。ちっちゃい狐たちに飛びかかる。

「はう⁉　何この子たち⁉　ちっちゃいモフモフだ！」

「うわぁーん、狼に捕食されるのですっ⁉　おじちゃん、船長、助けてぇ‼」

「お姉ちゃん、この狼さんモフモフ、してる」

クウォンにモフモフされる子狐たち。無抵抗だ。

「この毛触り、狐人族《きつねびと》？　はうう、待って、そういうこと⁉」

亜麻色の瞳はこちらを見た。俺とラトリスを交互に。揺れる瞳孔《どうこう》には動揺が走っていた。

「このちいさい子たち、先生とラトリスの子狐なんだ⁉」

「落ち着け、冷静になれ、クウォン、そんなわけが――」

「そうかもしれないわね」

尊大に腰に手をあて、言い放つラトリス。

「うわぁぁぁあ‼　なにその匂わせ‼　先生の独占は憲法違反なのに！　これはどうやら戦争をするしかないね‼　どっちかが全滅するまでの大戦争だよ‼」

「上等じゃない、あの頃とは違うのよ、かかってきなさいよ、馬鹿狼‼」

ラトリスとクウォンはそれぞれ剣に手を伸ばした。セツとナツは俺の後ろにサッと隠れた。

抜剣されるグレートソード。クウォンは確かに体格に恵まれてはいるが、流石《さすが》に身の丈もある鉄塊を振りまわせるほど筋骨隆々ではない。これほどの得物を軽々と片手で扱う姿。まさに魔力の覚醒者。怪力の英雄だ。デカく重たく分厚い刃は地面をえぐりながら斬りあげられた。

破壊的な速撃を受けるのはラトリスのブロードソードだ。覚悟の決まった表情で「うあぁぁあ‼」と咆哮《ほうこう》をあげて、グレートソードを受け止め、攻撃に耐えようとする。

だが、あまりにも威力が高かった。気合の咆哮がすぐに「うわぁぁぁあ‼」と悲鳴に変わり、モフモフ狐《ぎつね》は大空に吹っ飛ばされた。建物の屋根を越えて向こうまで飛んだ。すごい威力だ。

「うわぁーん、船長ぉぉぉお⁉」

「船長、いい人だった」

「そんなこと言ってないではやく追いかけないとなのですっ⁉」

子狐たちはラトリスが飛んでいったほうへ走っていく。あとに残されたのは俺と狼だけ。

「ふう、これでオウル先生はあたしのだね！」

クウォンは大剣を背中のラックにひっかけおさめると、晴れやかな笑顔を浮かべた。額の汗を袖《そで》でぬぐい、ご機嫌に鼻歌を奏でて俺の腕に抱きついてくるのだった。

せっかくの再会だというのにこんなことになるとは。

俺はため息をつき、ひとまずクウォンに友を吹っ飛ばした罪を清算させることにした。

3

レモール島の港はとても立派なものである。赤茶けたレンガ造りの建物が並ぶ倉庫地帯とその周辺に築かれた街並みのスケールは、辺境の島とは思えない。

ただ、ぬぐえない寂寥《せきりょう》感はある。がらんどうの倉庫や人のいない大通りが目につくのだ。

そんな寂しげな港の近くにある男たちが集う酒場。怪物の頭骨が飾られた迫力ある面構えに『黄金の羊毛亭』と看板がかかげられた店内にて、俺たちは温かい料理と酒を囲んでいた。

机を挟んで向こう側、むすっとしたラトリスと子狐たち。

机を挟んでこちら側、しょんぼりして垂れ耳のクウォン。

「ごめんなさい……勘違いしちゃったんだ、ちいさな狐人がいたから。交尾したんだって」

クウォンは申し訳なさそうに言った。

「こ、ここ、交尾とか言うんじゃないわよ……こほん、本当は許したくないけど、先生の困った顔に免じて許してあげるわ。わたしもちょっと悪いところはあったし。ほんのちょっとだけど」

ラトリスは不貞腐《ふてくさ》れたように告げて、ぷいっと顔を背けた。

「一緒に育った家族だろう。頼むから争わないでくれ。もうふたりとも成熟した剣士なんだぞ」

いまの彼女たちは俺に近い領域にいる。本気の喧嘩《けんか》を止められるかわからない。

「さあ、食べようか。冷めないうちにな。ここのレモン和《あ》え蜂蜜《はちみつ》酒ステーキは絶品なんだぞ？」

しょんぼりな空気で始まった仲直り会だったが、俺が互いの会話を取り持つことで、明るい空気に変化し、再会を祝う宴《うたげ》へとシフトすることができた。

「へえ〜、それじゃあ先生とラトリスもつい最近、再会したんだ！　まるで運命みたいだね！　こんな広い海でまた会えるなんてさ！　これも家族の絆《きずな》ってやつかな？」

クウォンに俺たちの話を聞かせてやると、たいへん嬉しそうにデカ耳をかたむけて聞いてくれた。

「ラトリスとクウォンは、互いが生きてることを知らなかったのか？」俺からふたりへたずねる。

「内陸で名を馳《は》せる剣士がいるって噂《うわさ》は、ホワイトコーストにも届いてましたね」

「そうなの⁉　あたし海でも有名なの⁉」興奮気味に喰《く》いつくクウォン。

「それはどうかしら。ホワイトコーストの退役軍人からたまたま聞いただけだし」

「そっかぁ。まだまだ海では名声が足りないみたいだね」

クウォンは耳をしおれさせ、こちらを窺《うかが》うようにする。覇気のない声で喋《しゃべ》りだした。

「島から脱出したあと、道場のみんなはオウル先生死亡派とオウル先生生存派に分かれたんだ。それであたしはちゃんと先生にお別れをしたんだ。あたしは先生を諦《あきら》めてたの。本当に申し訳が立たないよ。ラトリスは先生のことを信じて助けようとしてたのに」

「こほん、それは違うわよ、馬鹿狼。助けようとした、じゃなくて助けた、ね。クウォン、一番弟子の功績は正しく認知するように。上回ることのできない唯一無二で偉大な功績をね」

「気にするなクウォン。死んで当たり前の環境だっただ。過去にとらわれず、前に進むことは人生では大事なことだ。クウォンは立派だよ」

「オウル先生、あたしのこと怒ってない？」クウォンは心配そうに聞いてくる。

「怒るわけないだろう。俺はクウォンが前を向いて生きてくれていただけで嬉しいよ」

穏やかにそう言うと、彼女は安心したように木杯を机に置いた。

「クウォンの旅の話を聞きたいな。この十年、どんなことをしてたんだ？」

「えへへ、よくぞ聞いてくれました‼　あたしね、先生に胸を張れるような立派な旅をしてきたよ‼」

クウォンは語った。己の十年間を。ラトリスが魔法の船を求めて海を旅した一方で、この勇敢な狼は大陸にあがり、そこから内陸へと向かったことを。

「ふふーん、あたしは先生の死を受け入れちゃったけど、でもねでもね、オウル先生のためにいろいろしてたんだよ‼　それはたくさんすごい冒険があったんだから‼」

代わりとでもいうように語る口ぶり。フサフサの狼尻尾《しっぽ》は上向きに立ってゆらゆらと揺れる。

「アイボリー道場の卓越した剣術を証明するために、フェリルボス剣術学院で、アイボリーの剣がすごいことを教えてあげたんだ！　卒業したあとはあたしの剣術はまだまだだって思ったから、剣聖オウル・アイボリーの名を広めるのもかねて、紛争地帯を渡り歩いて修業したの！　名のある強者もたくさん倒したよ！」

武者修行ってやつかな。なんかすごいことしていますね、うちの弟子。

「国を救うと王様が、願いを叶《かな》えてくれるんだよ！　それであたしね、アイボリー剣術を伝える道場を……えーっと、６つも建てた！　あと先生の銅像も建ててもらったよ！」

どう考えても俺ごときよりクウォンの偉大さが優《まさ》ってしまっている件について。

紛争地帯？　救国？　王侯貴族からの褒賞？　銅像？　どれも想像もつかない。

辺境出身の彼女がよくぞ。まさしく大成、まさしく立身出世。俺などとっくに超えている。

「ん？　待てよ、そういえばこの前、剣聖の伝説がなんとかって言っている海賊がいたな」

コウセキ島を離れる朝、オウル・アイボリーという名の剣聖がいるらしいと海賊から聞いた。同名なので印象的な話だったが……。

「クウォンはそこら中で剣聖の伝説を振りまいてる感じなのか？」

「もちろん！　先生の偉大さを伝えるために旅先のどこでも語ったよ！　空飛ぶドラゴンを睨《にら》みつけるだけで墜落させたとか、降る星を一刀のもとに斬った逸話が人気なんだ！」

俺の知らない逸話だなぁ。そんな出来事あったかなぁ。

「クウォン、それは流石に伝説がすぎるんじゃないか。嘘はだめだろ」

「先生ならそれくらい簡単だもん！　嘘じゃないよ！」

頭痛がしてきた。あとお腹《なか》も痛くなってきた。これはプレッシャーか。

胃痛に拍車をかけるのは弟子の躍進だ。若い天才がニュースに取りあげられている一方で、故郷でちょっと面倒みた他人が「あいつはわしが育てた」と腕組みをしている。そんな気分。

みじめだ。師の名声が釣り合っていない。虎の威を押しつけられている。救国も褒賞も銅像も、剣の腕で名を馳せたのはクウォンなのに、ついでに俺まですごいみたいになっている。

俺はこういうのが苦手なのだ。嘘の名声じゃないか。純度が低い。むず痒《がゆ》い。

俺が頭痛にさいなまれている間も、目を輝かせるクウォンの口は止まらない。

「たまたま海に寄ったら、最近は海にもたくさん強者がいるらしくてさ。悪いことしてて、強いなんて理不尽なやつらだよね！　力があるのなら力がない人を助けてあげないといけないのに‼」

クウォンはポケットからクシャクシャの紙を取りだした。

「いまの狙いはね……こいつだよ！」

紙面の中央にはデカデカと凶悪な人相の男が写っていた。

『影帽子のウブラー』
【罪状】略奪行為　【懸賞金】600万シルバー
【特徴】羽根つき帽子、金歯、高身長、肥満体型
【条件】DEAD OR ALIVE
【発行元】レバルデス世界貿易会社

指名手配書といったところだろうか。

「こいつを倒せばいいことずくめなんだ‼　まずあたしが強いって証明できるでしょ？　お金が手に入るでしょ？　悪いやつを倒せばみんな喜ぶでしょ？　ほらね、いいことずくめ‼」

「この悪そうなやつは、どれくらい危ない野郎なんだ？」指名手配書を手に取りたずねた。

クウォンは嬉々《きき》として獲物のことを語ってきた。

ユーゴラス・ウブラーと呼ばれるこの海賊は、海に姿を現してから、瞬く間に商船を拿捕《だほ》し、海賊パーティを築きあげた。名のある海賊をも降し、配下に加えたことで、勢いをますます強め、3隻もの武装艦をひきいた艦隊にまで成長したとか。そして暴虐の限りを尽くしているという。

「こいつらね、定期的にレモール島に来ては、略奪をしてるらしいの」

「略奪か。それはひどい話だな」

ラトリスのような誇りあるアウトローではないようだ。俺たち海賊は自由の対価を払わなければならない。法のない海では、自分の信念だけが法たりえる。こいつの信念は腐っている。

「こういうやつのせいで海賊ギルドが犯罪者集団だって貿易会社に批難されるんです」

ラトリスは不愉快そうに言った。まったく同意だ。

「こいつを倒して虐げられてる人の助けになれれば、きっと世の中が少し良くなるよね。力はいいことに使わないと。先生があたしのこと助けてくれたみたいにさ!!」

クウォンは濁りのない眼差しで快活にそう言った。まぶしい顔だ。自然と笑みがこぼれる。

そういえば、この子との出会いはそんなだったか。どこかの海から漂着した幼いクウォンは、浜辺に茫然《ぼうぜん》とたたずんでいた。海から飛び出してきた鮫《さめ》に危うく食べられそうになっていたのを助け、身寄りのない彼女をひきとった。子どもの頃から魔力の覚醒《かくせい》者だったこの子に力の責任を教えた。弱きを助け、強きを挫《くじ》く。生きるため、守るために、助けるために、剣を振るのだよ——と。

大陸では紛争地帯を渡り歩いて小国を救っていたと言っていたが、いまにして思えば彼女は己の信念で動いていたのだろう。俺の銅像が何個も建ったのは結果論に過ぎない。

この子はまだあの口の俺の教えを覚えているのだ。

「だから成敗してやるんだ。ここで待ってればウブラーが帰ってくるからさ」

クウォンはそう言ってレモネードを飲み「美味しいねえ」とほがらかにつぶやいた。

「ところでふたりのほうは、どうしてレモール島に？　商売の一環とか言ってたけど」

俺はラトリスと顔を見合わせる。

「ふふん、聞いて驚きなさい、クウォン。わたしと先生は海賊パーティを組んでるの」

「すごい！　それじゃあ船とか持ってるの⁉」

「もちろんよ、さっき魔法の船で先生を助けたって言ったでしょ。魔法の船はわたしが所有する船なのよ。優秀な船員もそろってるわ。わたしと先生はもうどこへでも旅に出ることができるのよ」

ラトリスは自慢げに左右の子狐の頭に手を乗せた。

「すごぉぉ‼　ラトリスは一流の海賊なんだ‼　昔から無法者だったしぴったりだね‼」

「天性の才能があったということね、ふふん」この狐、無法さを認められてご満悦の様子だ。

「この島にはブツを回収しに来たのよ」

「ブツー？」首をかしげるクウォン。

「この島の特産は知ってるかしら」

「レモンと羊だったっけ？」

「あら、クウォンにしては物知りじゃない」

「えへへ、おばあちゃんが教えてくれたんだ」

「なるほど。地元民からの情報だったのね」

海に浮かぶ島々には、それぞれ違った特色がある。

その島でとれる特産品も違う。孤立した島々は、船が積んでいる積荷と特産品を交換し、外の世界と繋《つな》がりをもつ。交易が盛んになり、辺境の島々は貿易という言葉でひとつになれた。

海賊の生業《なりわい》は島々がそれぞれ保有している資源をよそに持っていって、価値の交換をおこなうことにある。いまは海賊ギルドが業務の大半を取り仕切り、経済は順調に発展している。

「じゃあ、ラトリスと先生はレモンと羊毛を船に積むために？　それって売れるんだ」

「半分正解だけど、半分は不正解ね」

「特産品をとりに来たんじゃないの？」

「レモンと羊毛。これは特産としては、ちょっと扱いにくいの。レモンは価値があるけど長い距離を運ぶことはできない。羊毛は海では価値があるけど、大陸では価値がない。羊の放牧は大陸のほうが盛んだからね。品種や毛質の違いとかで、大陸でも多少の需要はあるみたいだけど」

「じゃあ、レモール島の特産はゴミってこと？」

クウォンはあっけらかんと言う。

「こら、馬鹿狼《おおかみ》、誰かの故郷をそんな風に言うんじゃないの」

ラトリスはムッとして口の悪い狼を咎《とが》める。この道徳心、本当にアウトローなのか。

「この島にはお宝が眠っているのよ、手に入れればお金持ちになれるお宝が」

狐《きつね》は周囲を気にし、優美で野心的な笑みを浮かべた。

「そうなの⁉」

クウォンは勢いよく立ち上がった。中身がこぼれるほど強く木杯を机に叩《たた》きつけて。

酒場中の視線が集まる。「声がおおきいって‼」ラトリスはクウォンの肩を上から押さえつけて、叩きつけるように着席させた。クウォンは興奮した様子でラトリスにたずねる。

「お宝ってどんな？　金銀財宝？　魔法のアイテム？　伝説の海賊が隠した遺産とか？」

知りたがるクウォンを十分に待たせてから、ラトリスは口を開いた。

「この島にだけ生息する魔法生物、レモン羊よ」

「レモン、羊？」

「レモン羊から採取できるレモン羊毛、通称『黄金の羊毛』はレモン香るキラキラ輝く羊毛なの。超貴重なうえに品質も最高でレモン羊に並ぶ羊毛は存在しないとされているわ」

「一番良い羊毛ってこと？　それって誰が決めたの？　世界中の羊毛を比べて決めたの？」

「細かいことは気にしなくていいのよ、そういうことになってるの。それでいいの」

素直な疑問を抱くクウォンを突き放し、ラトリスはこちらへ向き直る。

「先生、調査でレモン羊の居場所を知っていそうな人物の居場所をつきとめました」

「レモン羊の場所じゃないのか。まだ黄金の羊毛まで手順が必要とみえる」

「お宝はすぐには見つからないものですよ」

「それもそうか。すぐに見つかるなら誰かが手に入れているよな」

「そういうことです。クウォン、あんたもついてくるでしょ？」

「もちろんだよ！　ちなみに海賊パーティってまだ席空いてるよね？」

「仲間になりたいの？　どうしようっかな〜、ルールを呑《の》めるなら、考えてあげてもいいけど〜」

「そんな意地悪言わないで、入れてあげればいいじゃないか。一緒に育った家族だろう？」

「先生、クウォンはトラブルメーカーですよ。危険分子は慎重に扱わないといけません」

「ちっちゃい頃から無法者のラトリスに言われたくないやい！」

ふたりは牙《きば》を剥《む》いて睨みあう。

ラトリスは咳払《せきばら》いをして居住まいを正し、指を立てた。改まった調子で口を開く。

「ルールひとつ目、先生にマーキングできるのは弟子のなかでももっとも優秀な者のみ」

「え？　それって一番強いあたしってこと⁉　ラトリス、ありがと！」

「ちょ、馬鹿なこと言わないでくれる？　もっとも優秀な弟子ってのは、先生に一番弟子と認められているわたしのことで、わたしの功績は先生を助けだしたっていう最強の功績で――」

「オウル先生、ラトリスが意地悪してくる‼　仲間外れにしようとしてるよ‼」

「こら、いま先生は関係ないわ、わたしとあんたの話でしょ」

やいやいと言い合うふたりを見ているとブラックカース島での日々を思いだす。

己の信念を疑わない真面目《まじめ》な無法者ラトリスと、正義感の強いクウォン。俺の弟子の中で、このふたりは典型的な無秩序タイプと秩序タイプだ。ラトリスたち無秩序タイプの子が問題を起こして、俺の手をわずらわせまいと張りきった秩序タイプの子たちが鎮圧しにいく。そういうやりとりがアイボリー道場では日常だった。

俺はふたりの喧嘩《けんか》をまえに穏やかな気分になりながら、温かいレモネードをすする。

「おじちゃん、止めなくていいの？」「これが世界最強の剣士。余裕を感じる」

セツとナツは横でぶつかる年上たちを気にしているようだ。

「俺たちは美味《おい》しい料理を楽しもう。付き合う必要はない」

俺が介入すると、一言一句が余計な問題を生むのである。「先生はこう言ってた！」「いいや、先生はそういう意味で言ったんじゃないよ！」と、師匠の思想解釈バトルが始まるのである。

まるで神話や聖書の解釈で揉《も》める学者みたいな、どこか哲学的な話をしては再び喧嘩がはじまる。

みんな俺の言葉を信じすぎなのだ。俺が述べたことが正義だと思っていた。

たどり着いたやり方は、俺が介入しないこと。放置が一番だ。

子どもは勝手に成長する。そうしてあるべきように変化していく。

「ルール３つ目、先生に撫《な》で撫でしてもらえるのは一番弟子だけ！」

「そんなインチキルール呑めるかぁ‼　いい加減にしないと噛《か》みつくよ‼　がううう‼」

もうしばらく放置する必要がありそうだ。

4

翌日、俺たちは島の反対側を目指して朝の港を出発した。

島の北側から南側に来ると、自然の勢力が増した。発展している港と打って変わって、ちいさな小屋が点在して、羊たちが呑気《のんき》に草をはんでいる。実にのどかな景色である。

丘陵地帯と森林地帯の境目に、その集落はポツンとあった。

「ちょっとそこの変な狼、勝手についてこないでくれる？」

「行き先が同じだけだよーだ！　ついていってるわけじゃないよーだ‼」

そんなことを言いあう赤色狐と亜麻色狼。獣たちの喧嘩はまだ延焼している。セツとナツは恐《こわ》いお姉ちゃんたちがギスギスしていても、俺の後ろに隠れることもなくなった。慣れたようだ。

「のどかな村だな。ここに情報提供者がいるとな」

「港とは打って変わってという感じですね」

「本当にこんなところにいるのかなー？　情報元が間違えているんじゃないかなー？」

クウォンの言葉にピクッと耳を動かすラトリス。言葉にはせずグッと堪《こら》えた。

村人たちは来訪者を珍しく感じているようだった。俺たちは村に足を踏み入れてから、その好奇の視線に常にさらされることになった。

目指すのは丘の上にある立派な家だ。坂道と段差の不揃《ふぞろ》いな階段をのぼって、ようやく丘の頂にたどり着いた。

伝統的な趣を感じさせる玄関の前、俺たちは顔を見合わせる。年長者としてここは代表しなければなるまい。俺は深呼吸をひとつ、のちに玄関扉をノックした。コンコン。扉はすぐに開かれた。シワの深い偏屈そうな老人が扉の隙間から顔をのぞかせる。ギラッとした眼光だ。

「こんにちは。あなたがスマルト老人ですか」

「いかにも。わしがこの村の長老スマルトじゃが」

「俺はオウル。こっちはラトリス、こっちがセツで、そっちがナツ、あとこの子がクウォン」

「ぞろぞろと賑《にぎ》やかなものじゃな」

「ありがとうございます。お話を少し伺いたくて。街であなたをたずねろと言われました」

スマルト老人は俺の背後を見やる。彼と一緒に後ろを見やると、可愛《かわい》らしい獣人たちが手を腰裏にまわしニコニコとお行儀よくしていた。こうしていると大変に愛想のよい子たちだ。

「よかろう、入れ」

思ったよりすんなり入れてもらえた。話ではこの家の主《あるじ》は頑固者ということだったので身構えていたのだが……少女たちの愛想が老人の警戒心を解いたのだろうか。

居間のソファに座ると、ご丁寧なことに白湯《さゆ》を出された。レモンの薄切りが陶器のカップに添えられていたので「これは?」と聞くと、老人は白湯にレモンを浸すのを見せてくれた。すべての動作を左手でしている。右手はポケットに入れられたままだ。慣れた手つきで浸したあとは、カップを口元に運んですすった。

白湯レモン。あるいはレモン白湯ってことか。マネして同じようにする。酸っぱい香りが鼻をついた。恐る恐る口元に運ぶ。美味《うま》い。非常に健康的な風味と喉《のど》越しだ。

「おぬしらもレモン羊を探しに来たのか」

スマルト老人は開口一番にそう言った。白湯へ視線を落としたまま。

「驚きました。心でも読めるんですか？」

「老人は経験から物事を推測するだけじゃ」

「では、以前にもレモン羊を探していた者が？」

「あぁ、たくさんいたぞ。わしが若い頃から。絶え間なく」

老人はレモン白湯からこちらへ視線を向けてきた。

「おぬしらは島の外から来たとみえる」

「それも経験からの推理ですか？」

「獣人はこの島では数えるほどしかおらん」

俺は左右に座る少女たちのモフモフした尻尾《しっぽ》と耳を見る。

「ご老人、シルバーの謝礼をします。レモン羊の場所を教えてくださいませんか」

「金はいいものだ。誠意としても使える。……レモン羊はスマルト谷にいる」

「スマルトはあなたの名前では？」

「代々わしの一族が管理している谷というだけだ」

「なるほど。その谷に行くまでに危険な場所とかあります？」

「行き方さえ知っていれば危険ではない。そして行き方はわしが教えてやろう」

「ご老人、そのレモン羊からレモン羊毛は手に入るんですか？」

「当然。レモン香る羊毛はあの羊からしか刈り取れん」

「レモン羊の毛はまだ残ってるんですか」

「わしの記憶が定かならレモン羊の毛刈りをまともに成功させた者は半世紀見とらん」

おかしな感じだ。それだけ価値のある羊毛なら誰もが求めるはずなのに。

聞いた限り、老人は毛刈りに協力的だし、レモン羊が生息する谷に至るのも難しくなさそうだ。

であるならば、なおのことレモン羊が毛刈りされ尽くしていないのが奇妙に思える。

「疑問に思っておるのか。どうしてレモン羊の毛が長い間刈られていないのか」

やっぱりこの老人は心が読めるようだ。

「簡単な話じゃ。みんな挑んで諦《あきら》めた。わしがまだ若い頃、高名な剣士が黄金の羊毛を刈り落とした。その時、切り落とされた羊毛が見事なものだったから、島の外から来た商人がいたく気に入った。レモン羊の伝説が広まったのはその時からだ。多くの者がレモール島にやってきた。多くの冒険者が挑んだ。そうして人間に踏み荒らされていつしか谷からレモン羊の姿が消えた」

老人はちいさく首を振りながら再び白湯をすすった。悲しげで無念そうな雰囲気。

レモン羊の伝説。それはすでに終わった物語だったのか。

俺たちは顔を見合わせる。セツはカメラを手に残念そうに耳をしおれさせていた。

「でも、おじいちゃん、さっき谷にレモン羊がいるって言ってなかった?」ラトリスは問う。

「その通りだとも、お嬢ちゃん。最近になってレモン羊は戻ってきたんだ」

「なるほど‼　そうだったんだ！　あたしら運がいいかもね！」

クウォンは尻尾を左右に振り乱す。正直な尻尾だ。

スマルト老人はそれを見て、微笑《ほほえ》ましそうに柔和な表情をした。

「黄金の羊毛があればこの島に活気が蘇《よみがえ》る。おぬしらが伝説を復活させてはくれんか」

「おじいちゃん、任せてくれていいよ！　あたしたちは最強の剣士の弟子だから！」

老人は俺の顔と腰の刀を見比べてくる。

「尊敬されてるんです。やや過剰ですが」

俺は親指と人差し指でちいさな隙間をつくった。

「おぬしらはやはり悪い人間じゃなさそうだ」

老人は席を立ち、居間の奥にある暖炉に近づいた。左手で火かき棒をとると、暖炉の灰のなかをガサゴソかき混ぜる。すると暖炉がガコッと音をたてて動きだした。

仕掛けにより暖炉がズレると、その奥に地下へと延びる階段が出現する。なんてこった。

「この道が一番安全で近い」

「秘密の宝への道、ってこと？」

落ち着いた振りをしつつも、頬を紅潮させ、ワクワクした顔をするラトリス。

「すごーい‼　秘密の通路だ‼」目を輝かせ、その場で足踏みし始めるクウォン。

「うわぁーん‼　隠し通路なのですっ⁉」「お姉ちゃん、すごい、ね」驚愕《きょうがく》に目を輝かせる双子。

俺自身つい前のめりになって隠し通路をのぞきこんでいた。機械仕掛けとは驚いた。

見ず知らずの海賊相手にこんな協力的だと、逆に怪しく思えてくる。

これは俺の心が汚いせいだろうか。いや、警戒心の範疇《はんちゅう》なはずだ。

「なにか企《たくら》んでます？」

「そう見えるかのう?」

「いい人すぎて。俺たちに都合がよすぎるって意味です」

「物事に迂闊《うかつ》に飛びこまない慎重さを持っておる」

「臆病《おくびょう》なだけですよ。何が目的ですか?」

老人は顎《あご》をしごいた。沈思黙考。そののち、ずっとポケットにしまわれていた右手を出した。よく見えるように持ちあげる。視線を奪われる。手には小指と薬指しかない。残りの傷口は血で汚れた包帯で覆われている。まだ新しい傷だ。

「亡くなった妻に頑固者だと言われていたが、我ながら頑固だと思うよ」

「いまのあなたはさほど頑固者には見えませんが」

「痛みは人を変えるものじゃ」

「何があったんですか」

「数日前ここに海賊が来た。港で暴れてるという話の海賊じゃよ。名くらい知っておろう」

指名手配書に写っていた凶悪な人相が思い起こされた。確か名前は——、

「ユーゴラス・ウブラー?」

「そんな名前じゃったな。やつらにレモン羊のことを聞かれた。無礼なやつらだった。だから、情報提供をしぶったら……このザマじゃ。この歳《とし》で恐いものが増えるなんて思わなんだ」

自虐的にそう言って、やるせなそうに首を横に振った。

「おぬしらも海賊だろ」

俺は思案したのちに「そうですね」と一言答えた。老人は暖炉のほうを見つめながらうなずく。

自分でなにかを納得するような所作。灰色の眼光が俺をとらえる。

「おぬしらには恐怖から教えたわけじゃない。海賊同士、潰《つぶ》し合えばいいと思った。いま谷に姿を見せているレモン羊は1匹のみ。奪い合えば多少はわしも愉快になれるじゃろう」

「先生、このじじい性格悪いですよ」

「信用していいのかわからなくなってきたのです」

ラトリスとセツは隠す気ない声量でそう言った。

「でも、人間らしい。信用できる。優しさの理由がわかってすっきりした」

俺は笑顔で老人を見やる。老人は意外そうにし、わずかに口角をつりあげた。

「やはり不思議じゃな。海賊なのにお前らからは嫌な感じがしない」

「当然でしょう、俺たちは善良なんです、ご老人」

「では、善良な海賊によいことを教えてやる。極悪どもは険しい道を使って谷に向かった。数日前の出来事じゃ。ここからなら、やつらより先回りできるかもしれない」

「彼らには暖炉の道を教えなかったんですか」

「わしの最後の頑固だ。馬鹿どもにはもっとも困難な道を教えてやったのさ」

「その馬鹿どもに俺たちも含まれてないといいですけど」

「極悪どもにレモン羊が渡るなら、おぬしらに渡ったほうがいい。これじゃあ信用できないか」

「俺たちいい人間に見えますか」

「わしの豊富な人生経験から言わせれば、信用に値する」

老人はそう言って、自身のこめかみを自信ありげにトントンと指で叩《たた》いた。

「いやはや、情報提供助かります。それじゃあ、えっと、お礼のシルバーを……」

俺はポケットをまさぐった。その末に1枚のシルバーを取りだした。10シルバー硬貨。見つかったのはこれのみ。しまった。『黄金の羊毛亭』の女に謝礼として気前よく払いすぎた。

焦燥感から隣に立つラトリスを見やる。彼女は焦った様子で財布をひっくりかえした。出てきたのは同じく10シルバー硬貨のみ。チャリン。

「すみません、冒険者ギルドの聞き込みで、情報提供者に謝礼を払ってしまって……」

「いいんだ。筋を通すその心意気は、人間として大切なことだ」

俺はセツとナツも見やる。子狐《こぎつね》たちは首を横にふる。

「もう何カ月もお小遣いをもらってないのです。船長が全然くれなくて」

「お姉ちゃんと私は無休で強制労働させられてるん、だよ」

「何を人聞き悪いこと言ってるのよ、ちゃんとご飯食べてさせてあげてるでしょうが」

リバースカースの乗組員は現物支給が基本なのかな。とにかくお金はなさそうだ。

クウォンを見つめる。彼女はポケットを裏返した。何も出てこない。

「あっ、でもでも、治癒霊薬ならあるよ～？」

クウォンはポーチをまさぐり、緑色の液体が入った瓶を取りだした。

「価値のある霊薬だよ」

「それで指が生えてくるのか？」

「……傷口くらいならすぐ塞《ふさ》げるかな？　血も止まるよ？　冒険者御用達の品だよぉ？」

弱気に言葉を繋《つな》ぐクウォン。「痛みも和らぐよぉ？」と補足する。老人は「今更、もう遅い」と手をヒラヒラと振った。何日も前の怪我《けが》なら、鎮痛効果や止血効果では意味ないか。

仕方ないのでかき集めた20シルバーを震える手で机に置いた。

「すみません、経済状況が芳《かんば》しくなくて」

「呆《あき》れて物も言えん。黄金の羊毛を求めてる暇があったら真面目《まじめ》に働かんか」

耳が痛い。痛すぎて何も聞こえない。

「まぁいい、別におぬしらが払わないところで、わしに何かできるわけでもない」

「ほかの形で支払いますよ」

老人の怪訝《けげん》な眼差し。俺は彼の悲惨なほうの手をチラッと見やった。

価値とは需要だ。俺の老人の需要をひとつ知っている。それを満たせばいい。

5

暗闇のなかで、ジュッと音がして赤々とした魔法の炎が湧きだした。

ラトリスの手先から放たれる温かい輝きの中、俺たちはそれぞれの松明《たいまつ》に火をともした。

暖炉裏から続く隠し道は細く、長く、暗く、湿っていた。幅が徐々に広くなっていく。足元を照らしながら注意して一歩ずつ進む。ほどなくして薄暗い岩肌だらけの地形に到達した。

見上げると、視界の両脇は断崖《だんがい》絶壁で挟まれていた。その向こうに青空と白い雲が見えた。

日はすでに正午を越えているようだ。谷底まで陽《ひ》の明るさは届かない。

「わぁ、なんだか不気味な雰囲気なのですっ！　大冒険って感じっ‼」

パシャ、パシャ。期待の新人写真家はチャンスを逃さずシャッターを切る。

「こんなところに本当に羊がいるのかしら」

「あたしたち、あのおじいさんに騙《だま》されたのかもね」

「そうとも限らないぞ。俺は昔、断崖絶壁で暮らすヤギの話は聞いたことある」

「断崖で暮らすヤギ……?」「そんなの本当にいるんですか?」

前世で得た知識のひとつ。ある種のヤギは、天敵である狼《おおかみ》などから身を守るために岩肌の崖《がけ》で生活をするという。息がつまりそうな崖肌で暮らせる秘密は蹄《ひづめ》にある。おおきく開く蹄のおかげで、力強い脚力を余さずに伝え、足場の岩をしっかり掴《つか》むことができるのだ。同じく蹄を持つ羊なら、記憶のなかのあのヤギたちと同じように、このような崖でも生きていけるのかもしれない。

ということをみんなに話してあげた。

「すごい、そんなヤギが世界にはいるんですね」

「先生は相変わらず物知りだね‼　すごいや‼」

「まぁ長く生きてる分な。さあ、先に進もう。暗くなる前に見つけられたらいいな」

松明で谷底のデコボコした岩場を照らしだし、俺たちは進んだ。

燃焼の音。焦げた臭い。松明の焔《ほのお》の温かさ。それらにすっかり慣れた頃。

「――――」

ジャリッと地面の小石を踏みしめて、俺はその場で足を止めた。手をあげ後続の少女たちを制止する。物音をたてないように。耳を澄ませる。遠くの音に意識を集中させて、かすかな気配を拾う。

谷に落ちてくる風切り音、谷上に広がる木々のざわめく音、混ざるかすかな鳴き声。

「――――めぇぇぇぇ」

それが聞こえてきた時、自然と顔を見合わせていた。松明の燃ゆる音、唇を湿らせる音、生唾《なまつば》を飲みこむ音。それらがやけにおおきく聞こえた。

谷に沈殿する薄闇の先、俺たちはついに目当ての魔法生物を見つけた。

「ぐぅぅぅぅ……」

街の大通りほどの幅のある谷、そのど真ん中に横たわる純白の毛山。大変に立派なサイズ。モコモコしすぎていて判別しにくいが、たぶん羊なのだろう。そういう形状はしている。いまは手足を投げ出してぺたーんと大地に伏しているが、立ったら俺の顔よりも顔の位置が高くなりそうだ。

ふわふわのボディからは、木の枝が生えている。太い枝にはおおきな黄色い果実を実らせている。形状と色合いから、もしかしなくてレモンだと思われた。

「ぐぅぅ、ぐぅぅう」

「気持ちよさそうに寝てますね」

「そのようだ。起こすのが忍びないな」

「モコモコですっごい可愛《かわい》いね‼　この子、殺しちゃうの？　可哀想《かわいそう》じゃない？」

「用があるのは羊毛だ。刈り取るだけでいい。だから殺さないでいいだろう。可哀想だしな」

これだけ可愛いと命も奪いづらいと思うのが人情だ。

「ねえねえ、おじちゃん、この子の毛、金色じゃないよ？」

言われてみれば確かにそうだ。普通にデカい羊だ。

違うのはレモンの木が生えていることくらい。

「でも、流石《さすが》にコレじゃないかしら。谷にいるんだし」

「レモン羊は、もしかしたらレモンの木が生えてる羊ってことなのかもね！」

クウォンの言葉にみんなが「あ〜」と納得を示した。まぁ黄金じゃない理由にはならないのだが。

「まぁいい。とにかく羊は見つけた。あとはどうやって毛を刈るかを考えるとするか」

「知恵を出しあって考えるんだね‼　これぞ仲間って感じだね、先生‼」

「では、知恵を出しあおうか。いい案のあるやついるか」

手がまったくあがらない。互いに顔を見合わせるばかり。うむ。この会議は難航しそうだな。

その時だった。遠くから物音が聞こえた。レモン羊をはさんで谷の反対側からだ。

羊の向こう側が見える位置に移動する。のぞきこむように。警戒しながら。薄暗いなかに松明の揺れる焔が見えた。それも一つ二つではない。かなりの数だ。

その数は少なくとも30以上。

段々と姿が露わになってきた。焼けた肌、ベルトに差すカットラスと短銃、暴力の香り。

「はーっはっは、すげえ‼　こいつが黄金の羊かァ‼」

荒くれ者どもの群れからひとりの男が足早に駆けてきた。デカい身体《からだ》の男だ。おおきな羽根つき帽子を被《かぶ》り、モジャモジャの黒いひげは金色の装飾品で飾られている。ギラリと黄色い歯をのぞかせる邪悪な笑み。松明の灯《あか》りを受けて輝く金歯。腰には2本のカットラスと短銃。

邪悪な様相の男はこちらに気づいた。怪訝な眼差しだ。

「おい、誰だお前らァ、どうしてこんなところにいやがるゥ」

「そんなのレモン羊のために来たに決まってるじゃない」

ラトリスは一歩前に出て谷に声を響かせた。

「レモン羊だと？　てめえら、俺様の羊を横取りしようってのかァ？」

「あんたの羊じゃないわ。わたしたちの羊よ」

「クソが。あの老いぼれめ、俺たち以外にも羊のことを話してやがったのかァ‼」

邪悪な海賊は地団駄を踏んで苛立《いらだ》ちを露わにした。本能のままに怒りを発散したかと思えば、ピタッと足を止め、指をたて俺たちの背後を示した。

「俺様たちはクソったれな険しい道を越えてきたんだ。道中で仲間が6人も死ぬくらい険しかった。お前らは谷の反対側からきやがったァ。こいつァおかしくねえかァ？」

眉《まゆ》をひそめ口を半開きにしたまま思案げにする。

「どうやら、見た目よりキレ者だな、あいつ」

「海賊パーティの頭領をやっているのなら、これくらい察せて当然ですね」

俺とラトリスがコソッとやりとりすると「がぁああ‼」と濁声《だみごえ》の絶叫があがった。

「あの老いぼれめ、さてはほかにも道があったなァ⁉　谷に通ずる道はひとつしかないだのほざきやがってェ‼　帰ったらぶっ殺してやるゥ‼　八つ裂きだァ‼」

天に咆哮《ほうこう》する海賊。握りしめる拳《こぶし》はプルプルと震えている。

「あんたがこの場から無事に帰ることはないよ！　ウブラー‼」

叫んだのはクウォンだった。邪悪な海賊は不愉快そうに「あァ⁉」とこちらへ向き直った。

「俺様の名を知っているのかァ。まぁ有名人だから当然ではあるがな」

「あたしはクウォン。無双のクウォンだよ、あんたらをぶっ倒す‼」

クウォンはくしゃくしゃの指名手配書を取りだしてウブラーへつきつけた。

「てめえがクウォンとかいうアバズレか‼　聞いているぞ、イカれた娘が暴れてるってな‼　なんでも俺様の手下を見かけるなりデカい剣でぶっ叩いてまわっているらしいじゃねえか‼」

「あんたを倒して大金をもらうんだ。じゃないとご飯も食べられないからね‼」

魂からの叫びだった。一文無しだと説得力が違うぜ。

「はっ‼　馬鹿め、懸賞金に釣られた愚かな娘だッ、てめえも仲間もタダじゃ済まさねえ‼　絶対にだ‼　娘どもひん剥《む》いて遊んでやる‼　それで黄金の羊もいただきだァ‼」

「俺はどうなる？　多少歳《とし》くってるが遊んでくれるか？　意外と可愛いところがあるぞ」

「おめえはここでバラバラにしてやるよ、クソじじいッ‼」

「ひどいな。じじいって歳じゃないだろ」

傷心する俺への返答は「かかれィ‼　てめぇらぶっ殺せェ‼」という野蛮な咆哮だった。

海賊たちは松明を放り捨て、カットラスを抜いて、気迫で吠《ほ》えながら突っ込んでくる。

「めぇぇぇぇえ‼」

その時だった。散々、枕元で大声を出していたせいだろう。巨大な山がのそりと起きあがり、可愛らしく鳴きながら、谷底を揺らした。

振りだされる鼻先が海賊の先頭を走っていたやつを弾《はじ》きとばし、谷壁に叩きつける。吹っ飛ばされたやつはベギッと嫌な音をたてて岩にぶつかって動かなくなった。レモン羊の怒りはおさまらない。頭を振ったり、手足を乱暴に動かし執拗《しつよう》に大地を踏みしめ、激しく暴れまわる。

おおきな蹄が上から降ってくるなか、命知らずに突っ込んでくる海賊ども。

とんでもない連中だ。俺は刀を抜いて迫ってくる海賊を迎え討つ。

「おらぁああ‼」

「考えなおせ。お前じゃ勝てないぞ」

警告を無視し挑んでくる。素人《しろうと》の太刀筋《たちすじ》。攻撃を受け流し、首裏を峰打ちして無力化する。

「めぇぇぇぇ‼」

俺が気絶させた海賊が上から降ってきた蹄に踏まれてご臨終。「こんなところで寝ちゃダメだろう」。俺の優しい忠告が彼に届くことはもうない。

仲間が死んだというのに向こうは撤退する気がないようだ。そこら中で乱戦を繰り広げ始めているし、レモン羊も暴れまわっている。もうめちゃくちゃだ。

ラトリスを探す。いた。レモン羊の足元で上手《うま》いこと蹄を避けながら立ちまわっている。

セツとナツはどこだ。いた。セツはすばしこく逃げ回り、ナツは棍棒《こんぼう》を振りまわし、姉を襲う海賊を叩いてまわっている。なかなかやるな、あのふたり。

「うらぁぁあ、死ねやこのじじい‼」

「言うほどじじいじゃねえだろ」

襲ってくる海賊。足で蹴《け》っ飛《と》ばしてしりぞける。俺が許せるのは『おじちゃん』までだ。

「へへ、じじい、かかってこいよ、びびってんのか？　ぶっ潰《つぶ》してやるよ‼」

「そこ危なそうだぞ」

「あぁぁ？　何言ってやが――」

上方からおおきな蹄が降ってきた。海賊はぺちゃんこになり静かになった。

「あぁ……お大事に」と俺は言って引き続き、クウォンを探す。

「暗黒の秘宝の魔力、思いしれい‼」

ちょっと離れた場所にウブラーを発見。彼はおおきな羽根つき帽子を手でなぞる。

すると足元の影が隆起し、立体的になり、触腕のように射出された。

魔法だと？　あんな学のなさそうな男が使える代物なのか？

「くだらない技だね」

相対するのはクウォン。彼女はグレートソードでなぐように影の触腕を斬りはらった。

「っ、そんなバカみてえな剣を振りまわせるのか……小娘がァ、少しは遊べるなァ‼」

見た感じあっちの戦いは大丈夫そうだな。と、思ったその時だった。

「めぇえええ‼」レモン羊の体勢が崩れた。

おおきな身体がかたむいて、どしゃーんっと音をたてて倒れた。

俺のほうには倒れこんでこなかったが……代わりに一人の男がこちらにやってきた。

「うるせぇ獣だ、邪魔くせえ」

男は青龍刀《せいりゅうとう》っぽい剣についた血糊《ちのり》をはらう。鋭い視線が俺のほうを見てくる。

全身古傷まみれだ。片耳もそぎ落とされている。嫌でも目をひくのは悪趣味なネックレス。人の指に紐《ひも》を通した品で、繋がれている指は数える気にならないほど多い。

こいつからは血の匂いがする。濃密な血の匂いが。

「あんたらヤレる口だな。いい剣士がそろってるじゃねえか、そそるぜ」

「見る目があるな。アクセサリーのセンスは壊滅的だが」

「無駄口はいい。まずはてめえからだ、じいさん、せいぜい俺を楽しませてくれよ」

嗜虐《しぎやく》的な笑みを浮かべ突っこんでくる男。コンパクトに振り下ろされる青龍刀。受け流し、すれ違いざまに腹を薄く斬りつけた。血が飛散する。

「っ‼　やるな、じじい‼」

「じじいって年齢じゃないんだけどな」

気力が落ちてない。死闘を楽しめるタイプか。この手のやつはしっかりと戦意を削《そ》ぐ必要がある。

再び襲ってくる舞うような剣撃。俺はいなしたのち、やつが剣を握る手首へ狙いをつける。一閃《いっせん》。

手首の腱《けん》を断ち、握力を奪った。青龍刀がこぼれ落ちる。

「ぐあぁあああ⁉　この野郎……っ、俺の手首を……‼」

「終わりだ。もう剣は握れない」

俺は刀についた血糊を斬りはらい、落とす。男は利き腕じゃないほうで青龍刀を拾いあげる。

「無理だろ。そっちで練習してない」見ればわかる。剣士としてのこいつは死んだ。

男は歯ぎしりする。揺れる瞳孔《どうこう》。脂汗にまみれた苦悶《くもん》の顔。かすれた声を絞りだした。

「その太刀筋……てめぇ、ぇ、何者、だ……‼」

どういう質問だ。何者と聞かれても身分などないが。悪党とはいえ、剣士としての死を与えた手前だ。何かそれらしい返事はないか、顎《あご》をぽりぽり掻《か》き、少し思案した。

「剣聖」

「……けん、せい……まさか、お前が、あの伝説の――」

「っていうのは冗談なんだけど」

「めぇぇぇぇぇぇ‼　めぇぇぇぇっ‼」

茶目っ気を訂正しようとした時、レモン羊が突然立ちあがった。死した剣士がハッとして振りかえろうとした時、上から蹄が落ちてきた。やられたら分はちゃんとやり返す主義だったようだ。

レモン羊は決死の一撃で見事に復讐《ふくしゅう》を果たすと、ついぞ力尽きたように再び横になった。苦しそうに「めぇぇぇ、ぇぇ……」と細い鳴き声をあげている。

「力を振り絞っての反撃だったのか」

倒れたレモン羊の顔のあたりに近寄る。苦しそうなレモン羊。じーっと動かないでいる。先ほどの攻撃にすべてを注いだらしい。おおきな瞳《ひとみ》からは涙がこぼれている。痛いのだろう。

「可哀想に。大丈夫だぞぉ、よしよし、ほら俺が一緒にいてやる」

「めぇぇぇぇ……」

「大丈夫大丈夫、お前はこんなにおおきいんだ、ちょっと斬られたくらいで死にやしない」

「めぇぇぇ、めぇぇ、ぇぇ……」

おおきな鼻頭を、子どもを寝かしつけるようにトントンして落ち着かせる。

だんだんと争いの音もちいさくなってきた。戦いが終わりかけている証《あかし》だ。

肌をピリッと焼くような感覚を覚えたのはその時だった。産毛が逆立つような、ある種の力が解き放たれ、空気が引き締まったような、そういう言語化できない場の変化。

何か起こった。あるいは何かが起こる。そう思って「すぐ戻るよ」と、レモン羊に告げ、腰をあげた。その直後だった。身体が地面から浮くほどの衝撃が突きあげてきた。

6

それぞれがレモン羊に踏まれないようにしながら、海賊たちに対処している時。

騒がしい戦場から少し離れたところで、突出した力を有する二者が対峙《たいじ》していた。

鉄塊のごとき大剣をかつぐ高身長美人と凶悪な人相の海賊——無双のクウォンと影帽子のウブラーの戦いは熾烈《しれつ》であった。地を削り、空気を震わせ、魔力がバチバチと輝いて散った。

「ははははァ‼『影で触れる《シャドータッチ》』‼」

ウブラーが立派な羽根つき帽子のつばを手で一回撫《な》でれば、その足元の影が浮きあがり、細く長い複数の触腕へと分裂し、クウォンへ襲いかかった。荒々しく、幾重にも、絶え間なく。

それらは意思を持ち、殺意を放ち、狡猾《こうかつ》な蛇の群れのようであった。

地を縫うように駆けて狙ってくる影たち。クウォンは少ない動きでかわす。大袈裟《おおげさ》に飛びのくこともせず、右へ一歩、左へ半歩、ちょっと後ろにさがってみたり、首を振ってみたり。肩に鉄塊を担いでいるというのに足運びには一抹の不安定さもない。

（この小娘め……それなりの使い手か。俺様の手下がことごとくボコされるわけだ）

ウブラーは眼前の少女が賞金稼ぎをしている理由に納得を示しつつ、ニヤリと笑みを深める。

「だが、甘いんだよォ、驕《おご》り高ぶりやがってェ‼」

「ん？」

最小限の動きで身をかわしていたクウォン。フワフワの耳がぴょこぴょこと動いた。異変を察知した証だ。わずかな揺れのあと、パコーンッと勢いよく足元の地面が砕けた。黒いおおきな口が出現。生えそろう鋭利な牙《きば》。口から漏れる温かな吐息。完全にクウォンをとらえた一撃だ。

「『影よりいでる顎《シャドーバイト》』‼」

巨大な獣の口がバチンッと閉じた。——クウォンはソレのすぐ横に立っていた。

(あ？　いま口のなかに完全にとらえたよな？　どうして横に——)

ウブラーの脳裏に、認識した情報と、現在の視覚情報とで齟齬《そご》が生じていた。

一瞬のフリーズ。クウォンは「おお」と感心したように声を漏らし、肩に担いでいたグレートソードを、片手でそのまま横なぎにぶんまわした。豪風を巻き起こす剣撃。地面から奇襲をしかけた獣の大顎は力任せに断ち切られる。黒い血が溢《あふ》れだし、獣は悲鳴をあげて、たちまちに溶けてしまった。黒い霧たちがウブラーの足元から伸びる影に戻っていった。

ウブラーは眼を剥き、歯を剥き、拳を握りしめ、わなわなと震えていた。

「ふりゅる……っ、ふしゅるるる、この、小娘がァ‼　俺様を、怒らせたなァ⁉」

「最初から怒ってたじゃん。あたしのせいじゃないよ？」

クウォンはそう言って片眉《かたまゆ》をあげ、半眼になり、ニヒヒーといたずらな表情を浮かべる。腹の立つ表情だった。舐《な》められている。ウブラーは言葉にされなくても容易にそのことがわかった。

(女に馬鹿にされるのが一番ムカつくんだ。それも若い女になァ‼)

ウブラーは額に青筋を浮かべ、拳を血が滲《にじ》むほど握りしめた。侮りをすべて捨てる。この娘は強敵だ。そう認め、禍々《まがまが》しい力を解き放った。海賊の足元から影が立体的に浮かびあがる。これまでのような細長い影としての具現化ではなく、影そのものが塊のまま立ちあがったのだ。

（今までとちょっと違うや。まだ手札があるんだ）

何をするのかなぁ、と思いながら魔法の展開を眺めるクウォン。

影はついに獣となった。おおきな獣だ。人間を丸呑《まるの》みにできそうなほどの。

「『影よりいでる獣《シャドービースト》』……‼」

「さっき足元から噛《か》みついてきたやつ……それの完全体って感じ？」

「まさか、ガキ相手にこいつを使うハメになるとはよォ‼」

「ガキってほど子どもじゃないよ、あたし。もう立派なレディだもん」

「小娘、てめえはどうやらかなり強い。だから、俺様は考えたァ」

ウブラーは開き直ったような冷静さで告げる。己のこめかみを指でさし、意味深な笑みを浮かべる。人生を投げやりになった大人が、未来ある子どもに講釈を垂れるようなテンションで。

影の獣が動きだした。迅速な動きだった。向かう先はクウォン――ではない。

先ほど向こうで倒れたレモン羊のほうだ。

「ひゃっはぁあ‼　まだてめえと戦うとでも思ったかァ⁉　諦《あきら》めたよ、もう‼　もうぶち切れたって言ったよなァ⁉　てめぇらのお望みの羊、ここでぶっ殺してやるよォォォ――――‼」

確かにぶち切れていた。それはもう完全に。ヤケクソになった無敵の人。嫌がらせにすべてを注ぐ姿勢。影の獣は風のように地を駆け、弱った羊の首をはねようとした。

行く手に立ち塞《ふさ》がったのはクウォンだった。

「……は？」

ありえないことだった。ウブラーはクウォンと対峙し、諦め、最後のあがきに全投資したのだ。

位置関係的に影の獣のまえに、クウォンが移動できるはずがない。

極短い時間のなかで、ウブラーは困惑に満たされ、どうにか納得のいく説明を組み立てる。

先ほどクウォンがいた位置にすでに彼女の姿はない。ということは、いま影の獣の行く手にいるクウォンは、おそらくは本人だ。分身。瞬間移動。何か特殊な能力なのか。魔法使いだったのか？

それとも彼女もまた暗黒の秘宝を所有し、秘められた魔法を行使できるのだろうか？

疑問の答えにウブラーがたどり着くことはなかった。

影の獣の進行方向に、クウォンが現れた仕掛けは手品ではない。

走っただけだ。真の強者にトリックは必要ない。

クウォンはずしりと重たいグレートソードを担いだまま、腰を落としていく。大剣の重さについに耐えかねて潰されていくかのように。ある程度までかがむとピタリと動きを止めた。

彼女のなかにあったのは急《せ》く気持ちではなかった。羊を守るために急がないと、はやく攻撃を繰りださないと――。この剣は重たいから振りが遅いから――そういった気持ちは一切ない。

あるのはひとつの喜びと古い約束であった。

クウォンの脳裏に浮かぶのはありし日のブラックカース島だ。それはクウォンが敬愛する師と過ごした輝かしい日々の記憶――そのなかでも特別な日の記憶。

この狼《おおかみ》少女とオウルの出会いは浜辺だった。漂流ののちに辺鄙《へんぴ》な島にたどり着いた彼女は、アイボリー道場にひきとられ、そこで剣を学び、健やかに育った。

ブラックカース島では、たびたび怪物が町の近くまでやってくる。そういう時は、決まってオウルや彼の父が町を守っていた。守るための強さ。クウォンは師たちのその姿に憧《あこが》れていた。

「一番おおきい剣がいい‼」

「でも、クウォン、それは……ちょっとでかすぎるんじゃないか？」

オウルの忠告も聞かず、クウォンが惚《ほ》れこんだのは鉄塊だった。

一応、剣の形はしているソレ。実用性からは程遠い代物だ。ゆっくり持ちあげて、ゆっくりとおろして、そうやって素振りのフォームの確認と筋力鍛錬するためのものなのだから。

「やだ‼　これがいい‼　ぜったいこれにするもん！」

「あはは、わかった、俺の負けだ。そんなに欲しいなら、それはクウォンにあげよう」

「やったぁー‼　オウル先生、大好き！」

魔力に覚醒《かくせい》していたクウォンはトレーニング用の大剣を達者に振りまわすことができた。

「ぐへえ‼　その剣、ずるいって‼　どう受け止めればいいのかわかんないわよ‼」

「えへへ～、またあたしの勝ちだね～‼　ラトリスはモフモフだけが取り柄だね～」

「ぐぬぬ、もう一回‼　勝ち逃げなんて許さないわ‼」

クウォンが大剣を振り始めて数カ月で、彼女は道場の誰にも負けなくなった。無法すぎるパワーの前では、未熟なアイボリー流剣術は通用しなかったのだ。何よりも厄介なのは、クウォンはただのパワー系ではないことだった。理合への理解力も高く、技術の面でも誰よりも上だった。

すでにあの日から無双は始まっていたのだ。

だが、事件は起こる。道場で最強の名をほしいままにするようになってから、しばらく経《た》ったある日、島の裏側から凶暴な怪物が町のそばまでやってきた。いつもなら怪物の撃退はオウルや彼の父の仕事だったが、あいにくとその日ばかりは、大人たちは猪《いのしし》狩りに島の裏へ行っていた。

「あれって魔猪《まちょ》のボスじゃない⁉　島の南側を支配する首領だわ‼」

その日、訪れた危機は道場の子どもたちを震えあがらせるには十分だった。

「大丈夫だよ、みんな、あたしが守ってあげるから‼　ほら、ラトリスは向こうで隠れてて‼」

アイボリー道場の門下生として、クウォンは自慢の大剣を握り、怪物の首領を迎え討った。

もっとも強かったクウォンにとって、師範や師範代が不在のなか、道場やほかの門下生、町を守るのは当たり前のことだと思っていたのだ。

しかし、幼い剣士にとって、怪物の首領はあまりに強大であった。激しい衝突が港町のすぐ外で繰り広げられた。ほどなくして大剣が音をたてて砕けるように折れた。

クウォンは膝《ひざ》をついた。弱々しい凪《なぎ》のような風は、彼女の魔力が尽きかけていることを示していた。勇ましかった嵐の残り香は、師からもらった愛剣に纏《まと》わりつくことしかできない。

額の深い傷から出血しているせいで視界は半分も見えない。勝負はついてしまった。

「はぁ、はぁ、はぁ……あたしも、先生みたいに……守るんだ……」

クウォンにとって守るために戦うことこそが正義だった。誰かを守れるような強さが欲しい。憧れの人のようになりたい。そう願って鍛錬を積んで信念に見合った力を手に入れようとしたのだ。

「ぷひぃいいいいいい――――‼」

怪物に噛み砕かれそうになった時、クウォンの前に現れたオウルは、流麗な剣さばきで眼前に迫った脅威をしりぞけた。あとに残るのは地に伏した遺骸《いがい》だった。

「クウォン‼　大丈夫か‼」

「ぜん、ぜぇ、うぅ……あたしは、平気だよ……」

オウルはボロボロの弟子の姿にひどく狼狽《ろうばい》したが、命に別状はないとわかると安堵《あんど》したように胸を撫でおろした。すぐに優しい顔になり、血と土で汚れてしまった頭を優しく撫でた。

「みんなを守ったんだな。偉いぞ、クウォン」

幼い剣士の勇気は、その時、彼女にとって全正義たる師によって肯定された。

「――――先生、あたし、今はもう守れるんだよ、自分の力だけでも」

鼻先まで迫るのはウブラーが繰りだした凶悪なる影の獣と、その闇を纏う尖爪《せんそう》。クウォンは穏やかな笑みを浮かべ、担ぐような独特の構えから全身に力をみなぎらせた。狼少女を起点に溢れだすのは嵐。まるで最初からそこにあったが、隠されていたかのような大きすぎる大気の波動。肩に担いでいるグレートソードに暴風の魔力が集約されていった。目の錯覚だろうか。ただでさえおおきい剣は、纏わりつく風によって延長され、何倍にも長くなったように見えた。

独特な構え、のちに魔力の解放、そして攻撃準備完了まで約2秒――――クウォンは口角をあげ、自信たっぷりの表情で、満面の笑みを浮かべると、嵐を纏う大剣を思い切って振りおろした。

「『嵐の剣・国境裁断《ストームルーラー・ニューボーダー》』‼」

世界が分かたれる。ただ一刀によって。かつて白兵戦場を砕いた巨剣が再び光臨する。

影の獣は破砕され。直線上にいたウブラーも無傷では済まない。人体など暴威のまえで容易に砕け散る。――――今回はただ少女の慈悲により悪党の右腕が落とされるだけにとどまった。

なお命への配慮はあっても、地形への配慮はされていなかった。拡張されすぎたグレートソードは一撃の余波でもって、地形を削り、スマルト谷に交差する新しい谷が作りだされた。

影の獣は跡形もなく霧散し、ウブラーは「がはっ……」と、血を吐いて膝をついた。

クウォンはグレートソードを担ぎ直し、ニヒヒーッと無邪気な笑みを浮かべる。

「あたしの勝ち〜‼」

大剣豪はまたひとつ勝ち星を重ねた。

7

すごい衝撃と音にびっくりして、俺はレモン羊の頭の向こう側をのぞきこんだ。

ウブラーがいた。満身創痍《まんしんそうい》なようで、片腕を失っており、傷口から溢れる血を必死に押さえている。脂汗を顔に滲ませて、とても苦しそうだ。

「ふざけ、やがって……俺様を、コケにするなぁ……」

「見て、先生、ウブラーやっつけたよ‼」

クウォンは得意げな笑みを浮かべた。なんか新しい渓谷が誕生していたが。さっきまで一本道だったのに、ここにきて三叉路《さんさろ》になってしまっている。これはまさか……クウォンが？

「あぁ、もういい、すべてくれてやる……」

「ん？　ウブラーのやつなんかボソボソ言ってないか？」

聞き間違いではないようで、ウブラーは膝をついたまま、残された腕で羽根つき帽子のつばを雑に握りつける。瞳《ひとみ》が充血し、歯を剥《む》く姿は、まるで死に際の野獣のようだ。

常軌を逸した状態にある。そう判断するのに、視界の光景は十分だ。

ウブラーの充血した瞳が裏返る。白目を剥き、彼は歯茎の間から黒い液体を垂らし始めた。滴るそれらは唾液《だえき》ほどの粘度をもち、喉《のど》の奥から溢れてくるハッキリしない怨嗟《えんさ》は、人の言葉ではないようにすら感じる。これは一体……誰が喋《しゃべ》っているのだ？

「ァァ‼　ウァァ……‼」

ウブラーは目の下あたりに爪をたてて掻《か》きむしる。裏返った瞳はグリュン、グリュンと滑るように目まぐるしく動き、頭部は激しい痙攣《けいれん》を始めた。

「なあ、クウォン、こいつどうしたんだ？」

「魔力が高まってる……オウル先生、気をつけて、こいつ強くなろうとしてるよ‼」

俺に魔力のなんたるかを感じることはできない。クウォンは魔力覚醒者なので、俺には感じとれない感覚を持っているから、より仔細《しさい》にウブラーの変化がわかるのだろう。

やんわりと腰の刀に手を置いておく。いつでも抜けるように。

腹の底と震わせる錯乱状態のウブラーは、顔を汚い爪で何度もひっかいて自傷行為を繰り返し、やがて「ヤ、メロ、ァァ‼　ヨセ、ヨセエェ――――‼」と悲鳴をあげた。

直後、彼は糸が切れた人形のように崩れ落ちた。あとは泡を吹いてピクピク震えるだけ。

「気絶した？　何がしたかったんだよ、こいつ。何かに取り憑かれたみたいだったが」

「さあ？　とにかくこれは没収したほうが良さそうだね‼」

クウォンはスキップしてウブラーに近寄ると、羽根つき帽子を押収した。彼女はその闇のアイテムっぽい帽子を手に入れるなり、今度は被《かぶ》ってしまう。

「影よ‼」クウォンはそう言って、帽子を手で撫《な》でた。彼女の足元で影が変形し、現実世界に飛びだしてくる。影の触腕はウブラーを縛りあげ、簡単に拘束した。

「被るんかい。大丈夫かよソレ……てか、その傷だとそいつ死ぬかもしれないな」

「死んだらもらえる懸賞金がさがっちゃう……ほら、ウブラー、もっと必死に傷口押さえなよ‼」

クウォンが活を入れるが、ウブラーは震えるばかりだ。

「ねえねえ、おじちゃん、レモン羊、大丈夫かな？」

セツは俺のそばでしゃがみこんで、レモン羊のおおきな鼻頭を撫でながら言った。

「大丈夫さ、きっとどうにかなる」

ラトリスとナツも仕事を終えたようで、俺のところに集まってくる。

「先生、ウブラーの海賊パーティは壊滅しました。みんな船長をおいて逃げちゃいました」

「追撃、だよ」

「いや、放っておいていいさ、ナツ。俺たちは殺し屋じゃないんだ」

人間っていうのはよくできていて、殺すと罪悪感が蓄積する。それが必要な殺しや、悪いやつを殺した時でも、もれなく罪悪感メーターは溜《た》まっていっちまう。これは負債になる。心の負債だ。

「再起して報復に来る可能性はまずない。船長がこのザマだしな」

船長に忠義があるのなら、逃げずに最後まで戦うだろう。

逃げたということは、その程度の忠義。船長のために命を懸けて復讐《ふくしゅう》には来ない。

「うわぁ——‼ レモン羊、超怪我《けが》してるじゃん⁉」

クウォンはびっくりしたように声を出し、こちらへ駆け寄ってきた。

「今更気づいたの？　ずっと倒れてたでしょうが、本当に馬鹿狼ね」呆《あき》れたように言うラトリス。

「動かないなとは思ってたけど……うわぁ、足をこんなに怪我して‼」

クウォンはムッとした顔でラトリスを見やる。

「昔から物にあたる癖あったけど……むしゃくしゃしてやったの？」

「わたしじゃないってば⁉」

「クウォン、羊を斬ったのはラトリスじゃない。犯人はもう死んでる。羊が自分で復讐した」

向こうでシミのように広がる赤い血だまりを見やる。クウォンは納得した風にうなずいた。

「どうにか治してやれたらいいんだが。誰か回復の魔法とか使えたりしないか？」

「すみません、先生、わたしにはとてもそのようなものは」首を横にふるラトリス。

「あっ‼　そういえば狼お姉ちゃん、霊薬もってなかった？」

セツはそう言ってクウォンの腰のポーチをまさぐりだした。

クウォンは「確かに！」とポンッと手を打った。ポーチから瓶を取りだす。

レモン羊の足に緑色の液体がかけられていく。効果はすぐに現れた。赤々とした血が流れる傷口はふさがり、ピンク色の肉質で補われた。つついたら痛そうだが、もう血は出ていない。

「めぇぇぇぇぇ～」レモン羊が起きあがった。表情は晴れやかだ。

「ふふ、なんだか喜んでるみたいだわ」

「うわぁーい、レモン羊大復活なのですっ‼」

なんとも気分がいい。自然と頬が緩む。よかったな、レモン羊。

「めぇぇぇぇぇ～」

おおきな声で鳴いた。レモン羊が体をぶるりと揺する。すると背中から生えていたレモンの木たちがモコモコのなかへと引っこんだ。木が見えなくなると殊更デカいだけの羊だ。

「それってしまえるんだ」とみんなで感動していると、次の瞬間、羊がまばゆい輝きを放った。

その輝きはまさしく太陽のごとし。おおきなモコモコすべてが光を生み出し、目を開けられないほど光っている。俺たちはいっせいに顔を伏せて耐えた。

ラトリスが叫んだ。「見て、あれ‼」光が収まるなかで、どうにか俺は目を開いた。

純白の羊毛が黄金の色合いになっていた。目を疑うような光景だった。

「こ、これは……‼」「黄金の、羊毛‼」「すごーい‼　あんた光れるの⁉」

「うわぁ‼　ついに伝説の羊を見つけたのですっ‼」パシャ。

「めぇぇぇぇぇ〜♪」

「ねえ、先生、もしかしてレモン羊はお礼をしてくれてるのかな？」

クウォンは楽しそうに言った。レモン羊のご機嫌さを見ていると、彼女の言う通りに思えた。

「羊自ら協力してくれるのなら助かるな。それじゃあ、その羊毛いただくぞ」

「めぇぇぇぇ〜♪」

谷底でのんびりぐでーんとするレモン羊を俺たちは協力して毛刈りした。完全なる無抵抗。もう好きなようにしてくれ。そう言わんばかりのだらけきった姿勢。可愛い。

持ってきたハサミで夢中でチョキチョキすること数時間——。

「めぇぇぇぇぇ〜」

「ばいばーい、レモン羊、達者で暮らすのですっ‼」

「毛が伸びたら手紙を送って、ね」

レモン羊は蹄《ひづめ》を上手《うま》く使って、ほぼ垂直の岩壁を器用にのぼっていった。驚くような光景に目を奪われていると、あっという間に巨体は見えなくなってしまった。

「身体《からだ》が軽そうで喜んでましたね」

「そりゃあこれだけくっつけてればな」

俺たちは背後を見やる。黄金の羊毛が山を築いていた。

「まだ仕事は終わってない。こいつを運ばにゃならん」

「そうだった。うわぁ来た道戻るのかぁ。けっこう長かったよね～」

帰るまでが宝探し。俺たちは腕いっぱいに羊毛を抱きかかえた。

「これの出番かな？」

クウォンは得意げな顔で帽子をひと撫でする。

影たちが伸びてきて、黄金の羊毛をまとめて持ちあげた。

「そういやソレ……クウォン、さっきから被ってるけど、いろいろ大丈夫なのか？」

「この帽子のこと？　へへーん、これはね暗黒の秘宝だよ。とっても貴重なんだよ～‼」

「暗黒の秘宝には、強力な魔法が宿ってます。だから、クウォンみたいな馬鹿狼《おおかみ》でも、呼びかけるだけで、道具に宿った魔法の力を引きだすことができるんですよ」

ラトリスが説明を補って教えてくれた。有名な代物なようだ。俺が知らないだけか。

「学も魔力もなしで使える魔法のアイテムか。いいものを手に入れたが……名前に〝暗黒〟がついてるのは気になるな。ウブラーだってその帽子の力とやらで自我を失ったようだったが」

「暗黒の秘宝に呑《の》まれたんだよ‼　このアイテムってさ、魔族由来らしくてね、たぶん、さっきのウブラーは『影の帽子』から身の丈に合わない力を取りだそうとして、自滅したんだと思うなぁ」

「はぁ、よくわかるな、そんなこと」

「ふふん、あたし、魔力が見えてるから、そこら辺の温度感はわかるんだよ！」

これが見える者と、見えない者の差というやつか。魔力というのは、ただそれだけで、持たざる者にとって、わからない、見えない、感じとれないから『恐怖』だ。俺も例外じゃない。

クウォンの足元から伸びる影の一本は、大人しくなったウブラーと羊毛を抱えている。学と才能ある者にしか扱えない魔法を手軽に使えるようになるのはすごい道具だとは思うが……俺は使わないでおこう。得体の知れない暗黒の力とやらに呑みこまれるのは御免だしな。

「帰るとするか」「賛成！」「お腹《なか》もうペコペコになっちゃった‼」「夕食は『黄金の羊毛亭』‼」

一仕事終えたあとの緩い雰囲気。俺たちは星空の綺麗《きれい》な谷底をひきかえした。

8

暗く湿った洞窟《どうくつ》を、松明《たいまつ》を片手に進む。突き当たりまでたどり着いたら、壁をノックする。

ジメジメした、かび臭い暗闇で少し待つと、錆《さ》びついた仕掛けの動く音が聞こえた。

壁がズズズーッとスライドして向こう側の明るさがこちら側に溢れてくる。

こちらを警戒した眼差しで見ていた老人は、俺たちを見るなり驚愕《きょうがく》を顔に張りつけた。

「それは黄金の羊毛……⁉」

「あはは、おじいちゃん、いい顔するね！」

クウォンはそう言って、影を操って後列の黄金の羊毛もどんどん部屋に運びこむ。

「これだけの量をどうやって……かつての勇者ですら剣で一束を斬り落としただけというのに。もしやレモン羊を倒したのか？　鷲獅子等級《グリフォンランク》の怪物だったはずだが」

「それって強いのかい、ご老人」

「当然だ。並みの冒険者では歯が立たん」

険しい顔でそう言う老人。そのわりにはウブラーの手下に一発喰《く》らわせられていたけどな。あるいは逆か。あの指飾りが強かったのかな。今となっては知る由もないが。

「おじちゃんなら鷲獅子《グリフォン》なんて楽勝なのですっ‼　あっ、でもでも殺してないよ‼」

「いろいろあって仲良くなりましてね。羊毛を提供してもらったんですよ」

レモン羊も自分の羊毛の価値がわかっているようなのは面白いと思った。

老人はたいそう感心した顔で「おぬし只者《ただもの》じゃないな……」とこぼした。

俺はクウォンのほうを見やる。彼女はわかっている風にうなずき、ぐったりしてうなだれるウブラーを、影の触腕を使って移動させて、老人の前へと放り投げた。

「こ、こやつは……‼」

「おじいちゃん、これあげるよ」

「なんじゃと？」

「みんなで相談したんだ。あたしは先生たちの仲間になるからもう大金はいらない」

「え？　お前さんたちそもそも仲間じゃなかったのか？」

老人は目を丸くして意外そうにする。

「こっちにもいろいろあるんだよ～。とにかく、おじいちゃん、大事なことだからちゃんと聞いてね、こいつさ懸賞金かかってるんだ。生きている状態で貿易会社に引き渡したら大金もらえるから。殺したら半額だから気をつけて。憎かったら首だけにしちゃってもいいけど。任せるよ」

クウォンはくしゃくしゃの指名手配書を老人に渡しながら言った。

老人は手配書をしばらく眺め、不可解そうに顎《あご》をしごく。

「お前さんたち、どうしてこいつをわしに？」

「だって恨んでたんでしょ？　その手の怪我のこと」

「確かに恨んでた。殺したいほどにな。だからこそ、わしに都合がよすぎるだろう。懸賞金だって？　なおさらそっちにメリットがない。おぬしらで貿易会社につきだせばいいじゃないか」

「あぁそういう。簡単な話だよ！　これはおじいちゃんへのお礼だから!!」

クウォンの屈託のない笑顔が頑固者の疑心を砕いたのだろう。

老人はキョトンとしつつも「やれやれ」と、首を横に振りながら笑みを浮かべた。

「おぬしらを信じてよかった。妻が死んでからはもう誰も信じられなくなっていたが、晩年にこんな気持ちになれるとはな。人間も捨てたもんじゃないわい」

老人はそう言って、指名手配書をクウォンに返そうとする。

「この極悪は街の自警団に引き渡してくれい」

「え？　おじいちゃん、いいの？　煮るなり焼くなり好きにしていいんだよ？　レモール島の誰も怒らないよ、ウブラーみたいなクズなら。それにお金だって手に入るのに」

「恨みなぞいまのこいつの姿を見ればすっきりしたわい。それに老い先短い爺《じじい》に大金などいらん。

この島でずいぶん暴れまわったんじゃ。こやつの運命は港の意思にゆだねるとしよう」

老人と別れて、夜も更ける頃、俺たちは街に到着した。自警団に向かうのは俺とラトリスだ。クウォンと子狐《こぎつね》たちには早々に黄金の羊毛を船に運びいれてもらった。大事な積荷なのでな。

街中の酔っ払いに話を聞いて、自警団の本部になっているという店に向かった。

自警団は冒険者ギルドとレモール島の男たちで組織されていた。大陸国家にあるような王侯貴族がここにはいない。騎士や法機構、執行者のいない小規模のコミュニティにおいては、彼ら自警団が警察であり、弁護士であり、検察であり、裁判官なのである。

自警団の本部は昨日、子狐たちとレモン料理を食べた酒場『黄金の羊毛亭』だった。

夜は大変賑《にぎ》やかになっており、海の男たちが酒と肉を片手にはしゃいでいた。

凄《すさ》まじい熱気溢《あふ》れる店内に足を踏み入れると、誰かが「ウブラー……?」と怪訝《けげん》な声を出した。視線が次々と集まってくる。熱気が嘘のように沈静化してしまう。

「あんたは昨日の……」店主は動揺した顔で俺と、ラトリスが担ぐ悪党を見やる。

俺はくしゃくしゃの指名手配書をカウンターに置いた。そして話した。俺たちが島に来た目的、スマルト老人との間にあったことや、レモン羊をめぐってウブラーと衝突したこと、自警団がウブラーを受け取るべき理由などなど。話し終わると、店主たちはまばらな拍手を送ってくれた。

「銃や剣があろうと、俺たちじゃあいつらを止められなかった。逆らえば家族を狙われた。質《たち》の悪い連中で、好き勝手やってたんだ……本当にありがとうな、どう報いればいいものか」

「ウブラーの野郎、島に来てからずっと我が物顔だ。悪党のくせに。でも、俺たちは魔法にビビっちまって故郷を守れなかった……あんたらは俺たちの島を救ってくれたんだ。ありがとよ」

最初の頃、自警団が一丸となってウブラー海賊パーティに決戦を挑んだことがあるらしい。その時は多くの者が怪我《けが》をし、時に命を落としたという。自警団は牙《きば》を抜かれて、爪を断たれ、従順にさせられていった。彼らは恐れてしまったのだ。秘宝の所有者に逆らうことを。

「おら、ウブラー、立てや」

ウブラーが吊《つ》るし上げられ始めた。諸悪の根源は気絶から目が覚めたらしく、自警団の男たちに囲まれている状況にひどく動揺してる。彼にとっての悪夢はここから始まるのだろう。

「ひぃい、なんじゃぁこらァ!?」

酒場に悲鳴が響いた。どうやらウブラーが長らくの気絶から意識を取り戻したみたいだ。

「よお、ユーゴラス・ウブラー、ようやくお目覚めかぁ？　あぁ!?」

「てめえコラ、ウブラー、ご自慢の『影の帽子』はどこだ～？」

「ひぇ、俺様の帽子、俺様の、どこだ!!　凡夫どもなぞ俺様の魔法で一撃なのにッ!!」

「はっはっはは、馬鹿がよォ!!　てめえにもう魔法はねえんだよ!!」

「そんなのは嘘だ、あぁ、やめろ、よせ、やめろ、うぁぁああぁあぁぁ――――!!」

「なあみんな、これまでのツケ、このクソカス野郎にしっかり払わせさせてやろうぜえぇえ!!」

「「「「「うおおぉぉおおおおおおおおおおぉぁぁ――――!!」」」」」

目には目を歯には歯を。暴力には暴力を。ウブラーにとって今夜は地獄となるだろう。

人垣のおかげで様子が見えないのが幸いか。俺と店主は顔を見合わせて肩をすくめた。

「すまないいな。みんな恨みが溜まってるんだ。あまり食事にふさわしくない環境音だよな」

「いいんだ。たまにはこういうのもな。その、新鮮で。……あぁ、そうだ、おふたりさん、しゃぶしゃぶの約束、今からでも構わないか？　ちょうど腹が減っていてな」

酒場の夫婦は「ああ、ぜひ頼む！」と快く調理場を貸してくれた。

おおきな竈《かまど》に鍋《なべ》、調理器具、今朝さばいたというラム肉、それとたくさんのレモン、各種野菜、複数のオイル、綺麗な水、あらゆる条件がそろっている。想像が捗《はかど》る。

「しゃぶしゃぶといえば昆布出汁《だし》だろうが、まぁここはブイヨンで代用するとして……」

想像力を働かせるのだ、オウル。醤油《しょうゆ》も味噌《みそ》も、ポン酢も昆布もない。でも、大丈夫。

俺は十分に経験を積んだ料理人だ。一流の画家が画材を選ばないように、あるもので美味《うま》いもんをつくることができる。というわけでまずは、水を沸騰させ、鳥ガラを放り込む。1分ほど煮立たせて、水で洗う。この時、内臓のあった側を意識して洗う。臭みを取るコツだ。

処理した鳥ガラと野菜を煮込んでブイヨンを作る。こいつをベースにスープとしよう。

塩で軽く味を調えておいて、次はタレに取り掛かる。ハーブの種子にビネガー、小麦粉、蜂蜜《はちみつ》を加えて練り上げて、マスタードを作りあげる。マスタードにオリーブオイル、卵、ビネガーを加えてよく混ぜて乳化させる。レモン汁を加えて、塩で味を調える。マヨネーズのようなものができた。想像より酸っぱくなりすぎたので、蜂蜜酒を加えて調整すればタレの完成だ。

意気揚々とデカい鍋と、タレが入ったボウルをカウンター席に持っていった。

酒場の夫婦のみならず、尻尾《しっぽ》をフリフリしている獣が待機していた。クウォンと子狐たちはすでに黄金の羊毛を運びいれる仕事を終えてきたようだ。

「先生‼　しゃぶしゃぶ、だよね、それ……‼　じゅるり」クウォンは瞳《ひとみ》にシイタケの輝きを宿し、鼻をスンスンと動かす。ブラックカース島では度々作って振舞っていたっけ。

「こら、わたしより前に出るのはダメだってば、馬鹿狼‼　先生の料理を最初に食べるのは一番弟子ってルールで決まっているのよ！」食い意地を張る独占狐。

「船長に狼お姉ちゃんも、どいてほしいのです、いい歳《とし》した大人たちが、そんな両手を広げて取っ組みあうのは恥ずかしいことなのです……っ‼　必死乙なのです……っ‼」

「お姉ちゃん、ここは協力が必要、だよ」

独占赤色狐と、腹ペコ亜麻色狼、その間で暴れる年上を抑え込もうとして揉《も》みくちゃにされる子狐たちの三勢力により、カウンター前は混沌《こんとん》を極めていた。

「あれは気にせず、おふたり、先にどうぞ。『ラム肉しゃぶしゃぶ～鳥ガラの秘湯～』です」

酒場の夫婦は不慣れな手つきで、「では、遠慮なく」と、ラム肉をナイフの先で刺して鳥ガラスープにくぐらせて、さっぱりレモンマヨタレをたっぷりつけて口に運んだ。

懐疑的だった瞳がカッと開かれた。

「美味い……オウルの旦那《だんな》、こいつぁ、美味いですよ‼」

「特にこのスープが画期的だわ。透き通った綺麗な琥珀色《こはくいろ》……これだけでも旨味《うまみ》が十分に出ていて、タレと混ぜれば、まるで宮廷料理のように旨味の凝縮された汁になるなんて‼」

感動してくれているようで何より。特に店主の嫁のほうは料理に通じているようで「どうすればこんなに旨味が出るというの……⁉」としゃぶしゃぶという料理より、出汁の取り方に着目しているようだ。夫人と料理について意見交換していると、獣人たちの奇声があがった。

「う、うみゃぁああ‼」「しゃぶしゃぶ、久しぶりに食べた……美味《おい》ひぃぎる……ッ‼」

やがてカウンター周りに騒ぎを聞きつけた自警団の男衆がにじり寄ってくる。

「なんだか美味そうな香りが」「俺にはわかる。アレは美味い‼」「なぁ、ひと口だけでいいんだ――」

集まってきちゃったものは仕方がない。「しっかり金は取るとして……まだ食材あります？」

俺の問いに対し、酒場の夫婦はにこやかにうなずいた。

この日、我が『ラム肉しゃぶしゃぶ ～鳥ガラの秘湯～』は実に40人以上の口に運ばれ、そのすべての口を満足させた。酒場の夫婦は腰を低くして、詳しくレシピを聞いてくるのだった。

「こんな美味い飯をつくれる海賊がいるなんて。そのうえ困ってるやつを助けるほどに高潔な精神まで持ってる……海賊にもいいやつと悪いやつがいるってことなのか」

店主は悟ったような表情でつぶやいた。それを受けてラトリスはムッとする。

「当たり前じゃない。ウブラーは極悪人。あたしたちは善良な海賊。一緒にしないでよ」

「あぁ、心に刻んでおくさ。今夜のこと、あんたらがしてくれたこと……そうだ、あんたら金稼ぎのために島に来たんだったな。黄金の羊毛だけじゃ積荷が埋まらないんじゃあないのかい？」

「ん、確かにそうね。まだ船はずいぶん軽いと思うわ。もっと積荷を積んで帰らないと損しちゃうかな」

「だったらモフモフな船長さんよ、特産の羊毛を積む気はないかい？」

店主の提案にラトリスは耳を立てた。子狐たちも眼を輝かせる。

「あんたらがその気ならこっちにもお礼の仕方があるってもんだ」

店主は意気揚々と言って笑みを浮かべた。

翌日、店主をはじめ、自警団の面々が方々に働きかけてくれた。ウブラー率いる海賊パーティを俺たちが倒したと流布してくれたのだ。結果、自警団以外にも多くの島民が感謝してくれた。

その夜、埠頭《ふとう》に木箱が積みあがっていた。リバースカース号のすぐ近くだ。俺とラトリスは警戒しつつ木箱のなかを改めると、白い羊毛がぎっしり詰まっていた。

木箱を運んでくる男たちを呼び止めて事情を訊《き》いたところ、自警団の呼びかけで集まったお礼の品とのことだった。レモール島にはいくつもの放牧場があり、それぞれの家庭でも羊を飼っている。いろんなところから羊毛が寄付され、俺たちのもとに集まってきているのだと。

「ウブラーの懸賞金には届かないと思うが、足しにしてくれよな。明日も明後日も持ってくるぜ」

こうしてレモール島での滞在期間中、船に大量の羊毛が集まった。またレモンの苗木もプレゼントされた。俺が欲しがっていたのを『黄金の羊毛亭』の夫人は覚えていてくれたのだ。

滞在最終日、俺はプランターにレモンの苗木を植えつつ、ジョウロで水やりをする。

「おおきくなるんだぞ」

朝の水やりを終えたら『黄金の羊毛亭』に向かう。感謝の印として、滞在中、俺たちはあそこでタダ酒と食事にありつけるのだ。最終日の今日も、もちろんお世話になりにいく。

恩着せがましくしているわけではない。実は正当な対価は払ってある。黄金の羊毛を少しだけ譲ってあるのだ。なんでもタダだとこっちの気も収まらないのでね。

彼らは「本当にもらっていいのか?」と何度も確認をしてきた。押し付けるように渡すと店主はポロリと涙をこぼした。酒場の壁に堂々と輝く羊毛が飾られているのは、その喜びの表れだろう。

そういうわけで、俺はカウンター席で美味い酒とラムチョップを注文。これがこの島での最後の飯だ。

「『モフモフ剣聖隊』でいいじゃん。みんなそう呼んでるんだしッ‼」

怒鳴り声が酒場に響き渡った。明るい時間から飲んでいる酒飲みたちがピシャリと静まりかえり、しかし、すぐにそれぞれのところでがやがやと雑談をしだした。

連日起きる現象なので、みんなも流石《さすが》に慣れた様子である。

「だめに決まってるじゃない。あの船はわたしが先生にあげたの。モフモフ属性っていうだけで名前に割りこんでこないで。パーティ名は『ラトリスとオウル先生の冒険団』にするわ」

ここ最近、ラトリスとクウォンが戦っている議題がこれだ。

レモール島で俺たちの名が広まると島民から『リバースカース号の乗組員たち』を示す言葉が生まれた。それが『モフモフ海賊』だ。実に的を射た表現である。「モフモフ海賊たちが3日後に島を出るらしい」「モフモフ海賊たちが羊毛を集めてるみたいだ」「これはモフモフ海賊が伝えた最新の料理しゃぶしゃぶだ‼」用例としてはこんな具合だ。

これを発端に「海賊パーティ名って決まってないのー?」とクウォンが気にしだした。海賊ギルドは冒険者ギルドから派生したため、海賊はパーティ名を付けるのが慣習となっている。現在の俺たちのパーティ名は『ラトリス冒険隊』だ。これは俺がリバースカース号に乗る前からのパーティ名らしい。これに対してクウォンはパーティ名の変更を要求した。

「旧名『ラトリス冒険隊』だとラトリス成分が多すぎるから変えようって話なの！　だから『ラトリスとオウル先生の冒険隊』は認められないよ！」机を両手で叩《たた》いて抗議するクウォン。

「逆に訊くけど『モフモフ剣聖隊』にすることで何のメリットがあるわけ」

ツーンとした表情で受けて立つラトリス。

「この名前ならね、オウル先生独占禁止法を守ることができるよ！　いまのラトリスは先生が弟子たちの共有財産であることを無視して強権をふるってるの！　悪は許さない‼　がうう‼」

俺って共有財産だったらしい。

「止めなくていいんですかい、オウルの旦那」

店主は向こうで言い争っているふたりを横目に、俺のグラスに果実酒を注ぎ足した。

「どっちかに味方する勇気がなくてな」

「あぁ。わかりますよ。俺にも娘がふたりいるが、喧嘩《けんか》したら両方叱るようにしてます。肩入れするとどっちかに嫌われるんじゃないかって。妻は情けないと叱責してきますが」

「両方叱ったら両方から嫌われる」

「オウルの旦那、俺はあんたらのことを数日しか見てないが、たぶん、そうそう嫌われることはないんじゃないか。あの獣人の娘さんたちは、あんたを慕ってるじゃないか」

慕っている。その表現は正しい。それが幻想だからこそ失うのが恐《こわ》い。おおきく見られている現状を気持ちよく感じている。なんと小物なのか。なんと浅ましいことか。

「ありがとう、美味しい果実酒だった」

「もう行くんですかい、オウルの旦那？」

「そろそろ出ないと期日までに海賊ギルドに戻れないからな」

コウセキ島からヴェイパーレックスの渦潮に戻る時、嵐に遭遇した。余裕をもって航海スケジュールを組んだので返済日に間に合ったが、状況次第では間に合わなかっただろう。

海では何でも起こりえる。嵐はお隣さんだし、クラーケンだって顔馴染《かおなじ》みなのだ。

「それじゃあ餞別《せんべつ》にこいつを」

「果実酒か。奥さんの手作り？」

「ええ、いま飲んだのと同じやつです。こいつを飲んでレモールのこと思いだしてくださいよ」

店主からレモンの漬けこまれた瓶を受け取り、俺は重さを確かめるように持ち直す。

「それじゃあ、いい旅を。オウルの旦那」

「美味い料理に美味い酒、ここは最高の酒場だ。『黄金の羊毛亭』に乾杯」

俺は瓶を小脇に抱えて、店主と握手をかわした。

店を出てフラフラと歩きだす。暖かい風が吹いた。背中を前へ前へと押していく。

露店が並ぶ緩やかな坂道からは港の景色がよく見える。

湾曲する水平線は陽《ひ》の光を浴びてキラキラと輝いていた。

幕間　世界最強の剣士

聖暦1430年8月20日。

アンブラ海南方レモール島に一隻の船が寄港した。

白く巨大な船だった。上甲板舷側《げんそく》からは威圧的に海を見つめる大砲の列、三層甲板に隙間なく備えられた開閉式の砲門たちは、数える気すら起きないほどに膨大で、開かれれば最後、標的を海の藻屑《もくず》に変えることができる。純白の帆をたずさえたこの船はレバルデス世界貿易会社の船だ。

同社の船舶のなかでも重武装のこの船は、狩猟艦と呼ばれている型だ。同社が誇る最大攻撃力を有する武装船であり、また『海賊狩り』たちの旅船としても知られている。

狩猟艦が埠頭に着くなり、綺麗《きれい》な制服と万全な武装に身を包んだ男たちが降りてくる。

目を惹《ひ》くのは美しい少女だ。黄金にきらめく絹のような髪、長く尖《とが》った耳、サファイアから削りだされたような瞳は、見る者すべてを魅了する魔力がこめられている。

異質さを放つ彼女は、兵を率いて街に入った。向かう先は、レモール島の自警団が有する監禁施設である。頑強な建物の前で待っていた自警団の男たちは、海賊狩りたちの到着に背筋を正した。

「こいつがウブラーです」

自警団の長《おさ》は、海賊狩りへひとりの海賊を引き渡す。ひどく痛めつけられており、すっかり憔悴《しょうすい》しきっている様子の小太りな男だった。利き腕を失っており、歯もだいぶ抜けている。

海賊狩りたちは、ウブラー本人であることを確認し、身柄を受け取り、褒賞として600万シルバーを自警団へ贈与した。自警団の長は「確かに」と、所定の金額を受け取ったことを喜んだ。

「ウブラー捕縛当時のことをお伺いしたいのですが、どこか適切な場所はありますか？」

美しい海賊狩りは、自警団の長と話をしたがっていた。自警団としては断る理由がなかったために了承し、彼らの拠点である酒場で事情聴取をおこなってもらう運びとなった。

「もう悪党は捕まったというのに必要なんですか、それ」

「はい、必要なのでやっています」

「あぁ……そう、ですよね……」

少女は確固たる眼差しをしていた。蒼《あお》い宝石のごとき瞳は一切揺れず、視線は一度見据えたら動かない。やると決めたことは最後までやり通す。そういう精神性、いわば凄《すご》みを持っていた。

「では、初めに『影の帽子』と呼ばれる暗黒の秘宝をご存知ですか」

「ウブラーが持っていた魔法の道具ですよね」

「いかにも。どちらにありますか」

「ここにはありませんよ、ウブラーを倒したのは私たちじゃないですから」

「そうですか、残念です。では、『指狩りのシュミット』については」

「誰ですか、それ？」

「アンブラ海で名を馳《は》せていた凶悪な海賊です」

「知りませんね。私たちが拘束していたのはウブラーだけです」

「嘘はついていませんね？」

「あ、当たり前でしょう！　犯罪者をかくまうわけない‼」

少女の淡々とした審問に、自警団の長は思わず立ちあがってしまう。

それに反応する白制服の巨漢。黒い長髪と幾何学的なタトゥーをいれている男だ。一歩動くだけで壁が動いたようだった。自警団の長は思わず、椅子を倒してあとずさってしまう。

少女は手をあげて「オブシディアン、威嚇は必要ありません」と静かに告げ、部下にそれ以上を許さない。ロン毛タトゥーの巨漢が威圧を鎮めると、自警団の長はおずおずと席についた。

「申し訳ありません。彼は過剰なもので」

「そうみたいですね。ちょっと恐いです」

少女は懐から綺麗に折りたたまれた紙を取りだし、机に広げた。

『指狩りのシュミット』
【罪状】略奪行為　【懸賞金】１２００万シルバー
【特徴】片耳、青龍刀《せいりゅうとう》、指の首飾り
【条件】ＤＥＡＤ ＯＲ ＡＬＩＶＥ
【発行元】レバルデス世界貿易会社

凶悪な人相の写った指名手配書だった。

「懸賞金１２００万⁉」自警団の長は仰天して再び腰をあげた。

「残酷な剣士です。ウブラーの仲間に加わっていたはず」

自警団の長は紙を手に取り、首をかしげる。

「確かにウブラーの仲間にこんなやつがいた気はします」

「だとすればやはりこの島にいたことになる。ウブラー本人に聞いたら仔細《しさい》は掴《つか》めそうですね」

少女は背後のもうひとりの部下を見やる。丸メガネの巨漢はしかとうなずき、一礼して酒場を出ていった。

「質問は終わりですかい、海賊狩りのお嬢さん」

「はい、ほとんどは。最後にもうひとつお伺いします。ウブラーを捕縛した者について」

少女は酒場のテラス席を見やる。鳥籠《かご》があった。鳥籠の外には止まり木があわせて設置してある。鳥籠の中では白いちいさな鳥が「ちーちーちー」と鳴いて元気に餌をついばんでいる。

海全体で普及し始めている賢鳥シマエナガである。この鳥の足に手紙をくくって飛ばすことで、遠くの島、あるいは船と連絡をとることができるという優れものだ。

「シマエナガ郵便では『海賊・影帽子のウブラーをひきとってほしい』とだけありました。実際に来てみるとあなたは拘束しているだけと言いましたよね」

自警団の長は少女がなにを知りたいのか察し、意気揚々と語りだした。

「ウブラーたちを倒したのはモフモフ海賊の連中さ」

「それは海賊パーティの名ですか？」

「あぁいや違った。えっと、海賊パーティの名はよく覚えていないな。でも、メンバーの名前ならわかる。ウブラーを倒したのは無双のクウォンって話だぜ。そう、確かにそう言っていたよ」

自警団の長は当時の話を思いだす。顎《あご》をしごきながら愉快げに。亜麻色の毛の元気な娘が「あたしがウブラーをやっつけたんだ‼　すごいでしょ～？」と嬉《うれ》しそうに何度も自慢していたのだ。

「無双のクウォン……」

少女は目を見開いていた。表情は蝋人形《ろうにんぎょう》のように固まってしまっている。

「どうしたんです、何かおかしなことでも？」

「……」

「あ、あの……？」

「…………いえ。どちらかというと逆です」

「逆、ですか？」

「ウブラーは近いうちに懸賞金がひきあげられる悪党っぷりでした。金額以上に手強《てごわ》い海賊だったはず。暗黒の秘宝の所有者でもある。倒すとしたら、名のある者だとは思ってました」

「へえ、それじゃあ、あの狼《おおかみ》のお嬢さん有名だったのですか」

「そうでもないです。でも、じきに海にも名が広まるでしょう」

「だから、倒して当然ってことですか」

自警団の長は納得した風にうなずいた。

「あとはそうですね。ラトリスっていう赤毛の狐《きつね》の子と、セツっていう桃毛の元気な狐の子、ナツっていう大人しい緑毛の狐の子も仲間って言ってましたね」

「……狐人《きつねびと》まみれですね」

「ええ、だから、モフモフ海賊なんですよ。みんな尻尾《しっぽ》がふっくらしていて愛らしいんです」

自警団の長は手を広げて大袈裟《おおげさ》に表現した。顔はすっかり緩んでいる。海賊狩りの少女は疑うことなく「そうでしょうね」と、想像を絶するモフモフがこの世に実在することを認めた。

「あとは旦那《だんな》です」

「旦那？」

「ええ、オウルの旦那です。気さくでいなせな男前の方で。もちろんいい人なんですけど、ちょっとヒモっぽさもあります。フラフラしてて、女の子をたぶらかして、家に転がりこんでそうな雰囲気があるっていうか。いや、これだと恩人を悪く言いすぎかな？」

自警団の長が「やっぱり今のなしで」と、恩人の説明を訂正しようとする。一方で、少女は放心していた。信じられないことを聞いているような表情だ。やがて魂が戻ってきたかのように、視線に意識が戻り「それは間違いないことですか」と、慎重に訊《き》き返した。

「え？　あぁいや、女の家に転がりこんでるってところは嘘です。イメージの話でして」

「そこではありません。すぐに女子をたぶらかしてしまう天然スケコマシがいたのですかと訊いています。名はオウル、下はアイボリー。それで間違いないと？」

少女は身を乗り出した。綺麗な表情はムッとして自警団の長に迫る。凄みのある表情に詰められた側は、おどおどしながら「ほ、本当です！」と懸命に肯定する。

少女は不機嫌そうな半眼になり「そうです、か」と、尖った耳をピクピクさせる。目をつむり、眉間《みけん》にしわを寄せ、腕を組む。深い思考にふけっているようだ。

自警団の長と、少女の背後にひかえるロン毛タトゥーの巨漢は、気まずい沈黙に付き合わされた。ふたりはつい顔を合わせては、互いに首を横に振る。そうして数分経《た》っただろうか。

「あの、オウル・アイボリーって、お知り合いですか？」

自警団の長は勇気をもって窺《うかが》うように質問をした。少女はゆっくりと目を開いた。

「それはあなたに関係のあることですか？」

「あぁ、いえ、違います、おっしゃる通り、全然関係ないです」

「……失礼しました。あまりいい態度ではありませんでしたね」

少女はちいさく息をついて謝意を表した。「質問を続けましょう」と言葉を繋《つな》ぐ。

その後も自警団の長は、知りうる限りの情報を少女に提供した。

「当課の調査にご協力いただきありがとうございます」

少女は謝礼金として、1万シルバーを机に置き、酒場を去っていく。

酒場を出たあと、少女とその側近の巨漢は黙したまま街中を歩いていた。

ロン毛タトゥーの男は上司の行動がわからず、恐る恐る沈黙を破った。

「どちらへ向かわれるのですか、シャルロッテ様」

「スマルト谷という場所でウブラーの手勢とモフモフ海賊はぶつかったそうです。どうせ2日ほど滞在するのです。モフモフ海賊がたどったという黄金の羊毛に関する道を追ってみようと思います。あなたはついてこなくてもけっこうです。ここから先は執行課の業務ではありません」

「了解いたしました。……シャルロッテ様、ひとつ質問をしてもよろしいですか」

「どうぞ」

「オウル・アイボリーとは何者なのでしょうか」

部下はたずねる。通りを歩きながらする雑談程度の質問。少女——シャルロッテは考えごとをするように、歩調を緩め、言葉を選び、間違いのないように答えた。

「世界最強の剣士です」

男は思わず鼻で笑いそうになる。「それはどういう意味ですか？」と。しかし、この若く生真面目《きまじめ》な上司がこのような場面で冗談を言うことは考えづらかった。

であるならば、彼女は本気で言っていることになる。世界最強の剣士、と。

「なるほど」ゆえに巨漢はただそれだけ相槌《あいづち》を打ってこの質問を終わらせた。

とはいえ、彼の疑問が解消されたわけではない。むしろ気になった。オウル・アイボリー。聞いたこともない名。世界最強の剣士とうたわれる存在。そいつは何者なのだろう、と。

第四章　ホワイトコースト

聖暦1430年8月22日。レモール島を出港して6日が経った。

嵐に遭うこともなくリバースカース号はヴェイパーレックスの渦潮への航路を順調に進んでいる。嵐を何度か経験したあとだと、何気ない平和な船旅におおきな幸せを感じた。

「先生、これを見てください」

甲板で釣り糸を垂らしていると、ラトリスから声がかかった。振りかえると尻尾をご機嫌に揺らしながら、自慢げに魚を見せてきていた。おおきくて肉付きのよい魚である。

「立派な釣果だな。流石《さすが》はベテラン海賊。食料確保はお手の物か」

「ふふふ～、たくさん粘って釣りあげました。この子だけで今日のノルマは達成です」

彼女はそう言うと帽子をとって、赤いモフモフ耳をピンと立てる。モフモフの尻尾はフリフリと揺れており、赤い瞳《ひとみ》は期待を宿して見つめてきていた。

「よーしよしよし、ラトリスは偉いな、偉い偉い、一番偉い子だ、食費を浮かして、乗組員のお腹《なか》のために忍耐強さを発揮した、本当に偉い子だ」

赤い髪を撫《な》でてやる。お風呂《ふろ》に入ったあとなのか、髪の毛は艶々《つやつや》&しっとり&フワフワ、とんでもない触り心地だ。ラトリスは目を細めて、口元に笑みをほころばせ、耳をヒコーキの翼みたいに下向きにする。尻尾は激しく左右に振られ、全身で喜びを表していた。

「先生、先生、わたし、偉いですよね、一番偉いですよね？」

「あぁもちろんだ、一番偉い子だ」

「ふふふ～」

「あー‼　またラトリス、先生に撫でられにいってる‼　また独占だ‼　汚いよ‼」

そう言って駆けてきたのは、クウォンだった。右手に釣竿、左手におおきな魚を持っている。どうやら彼女も偉大な釣果を得ていたようだ。

「ちっ、邪魔がきた……いつもいつもこの馬鹿狼は……」

ラトリスは幸せそうに緩めていた表情をキリッとさせ、半眼で闖入《ちんにゅう》者を見やる。

「オウル先生、こっち見て、あたしもおおきな魚釣ったよ！」

クウォンは尻尾を左右にゆらゆら揺らした。頭も楽しげに揺れている。

この子も褒めてほしくて仕方がないといった様子だ。

俺は赤髪に置いていた手を、亜麻色の毛に乗せようとする。

だが、ラトリスは「あぁ‼」と大声を出した。

「こら、馬鹿狼、他人の撫で撫でを強奪するなんて何事よ」

「撫で撫でに強奪もなにもないよーだ！　独占禁止‼　がうう‼」

「あんたが釣ったの、わたしより遅かったでしょ、その程度で撫でてもらえると思ってるわけ？」

「大事なのは成果物だよ‼　あたしの釣った魚のほうがおおきいもん‼」

「一番弟子だけが撫でられることを許されるのよ、あんたは二番弟子だからダメ‼」

「だから、その理不尽な法案は通ってないってば‼　独占を許すな‼　強欲狐‼　がるるぅ‼」

ラトリスとクウォンはいがみ合い、俺の身体《からだ》を綱引きのように引っ張り始めた。千切れちゃいそう。というか千切れる。普通に悲惨な光景になる。やめてね、死んじゃうからこれ。

「落ち着け、お前たち」

握手状態なら理合の技をかけやすい。まずはラトリスから。ラトリスと握り交わす手を、彼女の左肩方面を目掛けて押しこむ。すると、ラトリスの膝《ひざ》がストンと抜けるように落ちて体勢が崩れた。

「ふわぁ‼」狐を無力化。同じようにクウォンのほうも技をかけて制圧する。

「うわぁぁあぁぁぁあぁぁぁ――――⁉」狼も無力化。

こっちはリアクションがおおきくそのまま転げていき、ゴロゴロと上甲板の反対側まで転がっていった。

「勘弁してくれ、お前たちのパワーで引っ張りあいされたらひどいことになっちゃうだろ」

「うぅ、申し訳ありません、先生、あの馬鹿狼が……」

「ごめんなさい、オウル先生、悪気はなくて、悪いのはあの強欲狐で」

ふたりは再び視線を交錯させる。火花がバチバチ散っているのが目に見えるようだ。

「ふたりとも偉い、こんなおおきな魚を釣って本当に偉い、よーしよしよし～」

結局、両手でふたりを撫で撫ですることで満足してもらった。

これはアイボリー道場の時となにも変わらない日常だ。道場では門下生の9割が獣人だったからか、俺の撫でる行為に価値を見いだすあまり、その争奪戦がおこなわれていた。

こうして時間が経ったいまも同じ光景が見られて、懐かしいような、嬉しいような、だけど、あまりに変わらなすぎて「本当に成長してるのか……?」と、ちょっと不安になるような。

まぁ平和なことに変わりはない。平和なことはいいことだ。

釣りを切りあげて、菜園でレモンの木に水をあげる。青々とした葉に雫《しずく》がキラキラと輝く。

「デカくなってきたな……これもう実とかなるのか？」

レモンの木が信じられない速度で成長している。ミス・ニンフムいわく菜園は植物にとって最適な環境が整えられ、成長速度が増すらしいが……それにしてもクソはやくて恐《こわ》くなる。

「おじいちゃん、大変なことが起こった」

ナツが菜園に入ってきた。ちいさな手で俺の服の裾《すそ》を掴《つか》んで、急《せ》かすように俺を菜園の外へ連れていこうとしていた。大人しくついていくと、甲板でセツが待っていた。ちいさな桃毛の狐は、頭に羽飾りのついたおおきな帽子を被《かぶ》って、不敵な笑みを浮かべていた。

「お姉ちゃんが反乱を起こした」

また何か始まったな。内心でそう思いつつも表情には出さない。

「おじいちゃん、船長なら止めないといけない、よね。ほかの乗組員に危害が加えられる前に」

淡々とそう言うナツ。セツは腕を組んで得意げな顔でこちらを見つめ続けている。

「わかった、反乱の理由を聞こうか、セツ。何が不満なんだ」

「ふふん、おじちゃん、どうやら反乱理由がわからないみたいだね‼」

「残念ながら見当もつかない」

「ふふーん、そっか‼」

桃色の尻尾は左右にゆらゆら。変な緊張感がある空気だ。

「私はリバースカース号の船長になるっ‼」

「船長か。いまの地位が不満ってことか」

「そういうことだよっ‼」

「仕方ない、そこまで言うなら船長の座をセツに譲ろう」

「えっ⁉」セツは見るからに狼狽《ろうばい》し、一歩後ずさった。

俺は別に船長という肩書きにこだわりがない。成り行きでラトリスから引き継いでしまっただけなので、やる気がある若者がいるのなら喜んで譲ってやれる。

「うわぁーん‼　おじちゃんが優しすぎるっ‼　船長の座は受け取れないっ‼」

「どうしてだ？　船長になりたいんじゃないのか？」

「うーん、もうなりたくないっ‼」

セツは気分屋さんなので、まぁこういうこともあるだろう。

「ミスター・オウルにその気があっても、船長役職は他者に譲ることはできません」

横から声をかけてくるのはミス・ニンフムだった。

彼女は優雅な振舞いで後部甲板から階段を降りつつ、俺とセツを順番に見やった。

「ミス・セツには船長の資格がありませんので」

「船長を倒したら船長交代じゃないのー⁉」

「そういうシステムではございません」

冷静な切りかえしに子狐《こぎつね》は頬を膨らませることしかできない。

「先生、これは何の騒ぎですか」

ラトリスも後部甲板から降りてくる。

「反乱だ」そう答えると、ラトリスは「はぁ」と気のない返事をした。たぶんよくわかっていない。俺もよくわかっていないのでこれ以上の説明を求められても困るが。

「船長もニンフムも邪魔しないでねっ‼　これはおじちゃんと私たちの戦いなのっ‼」

セツはそう言うと羽根つき帽子をひと撫でした。子狐の足元から影が形をもって顕現し――子狐が出現する。黒い子狐だ。その数は全部で十体もいる。

影の帽子。レモール島でユーゴラス・ウブラーから手に入れた暗黒の秘宝。島滞在中も、島を離れてからも、セツとナツがこの怪しげな帽子で遊んでいたが……かなり上達している。

「上手《じょうず》になったな。影の分離って難しかったんじゃないのか」

「ふふーん、私は天才魔法使いなんだよ、おじちゃんっ‼」

セツの目的がわかった。影の帽子を被《かぶ》っている時点で、薄《う》っすらと予感はしていたが……どうやら鍛えた魔法で俺を打ち負かしたいようだ。それで反乱を起こしたのだろう。

影で召喚した子狐たちが一斉にぶわーっとこちらへ向かってきた。

「こらー‼　セツ‼　先生に魔法で攻撃をしないの‼」

ラトリスは大声でとがめようとしたが、俺は手を出して彼女を制止した。

子どもに遊んでと頼まれているうちが華だ。子どもはすぐおおきくなって、こっちが頼んでも遊んでくれなくなる。

俺は刀の柄《つか》に軽く手を置きつつ、迫ってくる影の子狐たちから走って逃げた。影たちは木板の上を元気に走りまわり、けっこうな速度で追いかけてくる。もし追い付かれたら、あの鋭い牙《きば》でかじってくるのかな。そうなったらラトリスはセツをこっぴどく叱るだろう。そんなこと考えつつ、後部甲板へ跳躍してのぼった。

「うわぁ⁉ 先生、どうしたの⁉」

後部甲板で舵取《かじと》りをしていたクウォンがびっくりした声を出す。

「ちょっと狐に追われていてな」

後部甲板の手すりの上から甲板を見下ろした。影の子狐たちはぴょんぴょん跳ねて俺と同じように後部甲板へのぼろうとしていた。だが、体格的に跳躍力が足りていない。船長室の外壁にぺたーんとぶつかるのを繰り返している。左右の階段を駆けあがるほどの知性はないみたいだ。

「階段っ！ 階段階段なのですっ‼ みんな何してるの、もう〜‼」

セツが声をおおきくして言うと、影の子狐たちは「あっ、そっか‼ その手があった‼」とでも言わんばかりに、左右の階段へ殺到、元気よく駆けあがってきた。

両サイドから5匹ずつ。挟み撃ちの形だ。影の子狐たちは駆けこんでくるなり、俺に飛びかかり——ではなく、すぐ近くで舵を取っているクウォンに纏《まと》わりついた。

「うわぁぁぁ⁉ なんかちいさい狐がぁぁ‼ 食べられるぅ‼ あばばばば——‼」

叫び声をあげる狼《おおかみ》の口。子狐たちが潜りこんでモゴモゴ。クウォンはもがき苦しむ。

「うわぁーん、影で作った召喚獣がバカすぎて獲物を判別できてないよーっ‼ みんな〜それはクウォンお姉ちゃんだから、狙うのはおじちゃんなのです〜っ‼」

「お姉ちゃん、致命的すぎた、かな。今回はここまで、かも」

「ぐぬぬ〜‼ まだまだなのですっ‼」

セツは手をパンッと叩《たた》き合わせた。途端、狼に群がっていた影の子狐たちは溶けて消えてしまった。解放され息をおおきく吸うクウォン。「死ぬかと思った⁉」

セツが魔法を解除した？　諦《あきら》めた……わけじゃなさそうだ。ふむ、これは――察するに、次なる魔法発動のための布石か。大方、より強力な魔法を発動しようとしているのだろう。

俺の推測は正しかった。桃色子狐の足元から、牛みたいなサイズの大影が這《は》い出していた。黒い毛並みがモッフモフ。尻尾《しっぽ》も太くてモッフモフ。手足までモッフモフ。とんでもない毛量を誇る影よりいでる獣の名は狐だ。また狐だ。デティールへのこだわりは狐への理解度ゆえか。

「ふふーん、これこそ私の必殺技なのですっ‼　影の魔法奥義『影よりいでる妖狐《シャドーフォックス》』っ‼」

「けっこう強そうだな。おおきいし。モフモフしてる。すっごく」

「えへへ～そうでしょう～？　おじちゃん、降参する？」

俺は腕を組んで悩ましい風に唸《うな》り声をあげた。そののち「しない」と短く答えた。

「なら、攻撃開始――‼　後悔しても遅いのですっ‼」

影の狐は左右に身を振って、とらえどころのない動きで迫ってきた。

俺はクウォンに被害がいかないように、後部甲板から飛び降りた。

その時、影の狐が一陣の風になった。着地の瞬間を狩ろうというのか。この速力。影の子狐とは段違いだ。初手をヌルくいくことで、本命の時に俺を油断させる作戦か？　セツめ、策士だな。

「うわぁああ⁉　なんかすごい速い――⁉　おじちゃん、避《よ》けてぇ――‼」

うーん、前言撤回、この速さ、術者の想定を上回っているようだ。セツは暗黒の秘宝の力を完全に制御できているわけではないのか。だとしたら次の一撃は危険かもしれない。

着地。直後、振りぬかれる黒き尖爪《せんそう》。頭を可能な限りさげる。鋭利な一撃が空を切った。被害は俺の背後の船長室の外壁。爪は壁をバターのように引き裂き、ひどい裂傷を残した。

こいつはすごい。当たればひとたまりもない。余裕で死ねる。

「オウル先生ッ‼」

駆けこもうとするラトリス。剣を抜き、腰をかがめて膝にバネを溜《た》める。でも、その位置からだと届かない。ここは自分でなんとかしようか。

人の肉と骨くらい断ちそうな威力の2撃目。今度は縦の振りおろしだ。速い。だが、所詮《しょせん》は獣の攻撃、鞘《さや》の向きをひっくり返し、逆鞘《ぎやくざや》からの抜刀、勢いのままに斬りあげた。

落ちてくる獣の前足が付け根から消し飛んだ。傷口が黒く溶けだす。斬り飛ばした足が甲板に落下する前に、俺は斬り返した。二の太刀《たち》で凶暴に俺を見据える頭を斬り落とす。

影の狐は力尽きるなり、黒い液体のように溶け、気化して暗煙になってしまった。

ラトリスが駆けよってきて、心配そうにつま先から頭の先まで舐《な》めるように見てきた。

「オウル先生、ご無事ですか？　お怪我《けが》などは」

「なんとか。反応できて良かった」

刀を鞘におさめ、船長室の壊れた外壁を見やる。派手にいったな、こりゃ。

「流石《さすが》は先生、いつ襲われても余裕だね！　これこそアイボリー流常在戦場～‼」

後部甲板から見下ろしてくるクウォンは、目を輝かせてニコニコしていた。

「こらぁぁー‼　セツ‼」

怒声が聞こえたので視線を向けると、すでに俺の隣にラトリスの姿がなかった。

涙をこぼし、ガタガタ震えるセツが、ラトリスによって向こうで壁際に追い詰められている。セツの頭から影の帽子が取りあげられ、代わりとばかりに拳骨《げんこつ》が一撃落とされる。

「うわぁーんっ‼　い、いだい……のです……」

崩れ落ちるセツ。反乱鎮圧。

「まったくこの子は、ろくなことしないんだから」

「うぅ、ごめんなさいなのです、まさか、暴走するなんて思わなくて……ひっぐ、うぅ」

セツはポロポロ泣きながら、こちらを見てくる。

「おじちゃん、ごめんなさい……」

「おじいちゃん、私からも謝る、お姉ちゃんを鮫《さめ》の餌にするのだけはどうか」

「そんなことしないって。久しぶりに気持ちが引き締まった。たまにはこういうのもいいかもな」

「もう、先生は優しいんですから。悪いことをした時は怒らないといけないのに」

不満そうなラトリスは口を尖《とが》らせる。

「うう、頭、痛い……っ、私、死ぬのかな？」

「お姉ちゃん、大丈夫、だよ、傷は浅い」

ナツは涙目の姉の頭を撫《な》でてやり、しっかりと介抱する。もうどっちが姉かわからない。

「あの召喚術、けっこうすごかったな。コウセキ島の鷲獅子《グリフオン》より緊張感あったんじゃないか？」

レモール島を離れたあと、影の帽子はリバースカース号の面々で回され使われていたが――俺はほとんど使用してない――、セツほど上手《うま》く影の分離をおこなえる者はいなかった。

「セツには魔法の才能があるのかもな」

「先生……甘やかすのはやめてください。いまは叱る流れですよ？」

ラトリスが不満げに頬を膨らませて言うので、俺は肩をすくめる。ごめんって。

「ぐすん、どうして魔法が暴走しちゃったのかな?」

セツは耳をしおれさせ、尻尾を垂れさげ、悲しげに影の帽子を見つめる。

「ミス・セツは影の帽子の力を正しく理解していらっしゃいません」

無機質な声でそう告げたのはミス・ニンフムだった。ゴーレムの淑女は影の帽子をラトリスから受け取り、ひっくりかえしたり、つばを撫でるようにして続けた。

「これには暗黒の力が宿っています」

「でも、私はたくさん練習して、帽子の力を操れるようになったんだよ!」

セツの問いに「いいえ、それは正しい認識ではありません」と、淑女は返した。

「暗黒の秘宝が真の意味で、所有者に服従することはありません。同様に秘宝にこめられた暗黒の力もまた、完全に御することはできないのです。ミス・セツが操っていると感じていたのは、例えるなら海面の水だけ。深海に沈んだ暗い水に手を伸ばそうとすれば、それはたちまち反発します」

無機質な声は淡々と告げる。それは怒気も、失望もなく、ひたすらにセツの傲慢《ごうまん》さを糾弾するものだった。セツはしなしなになって、唇を尖らせる。

「暗黒は第八の海からやってきたとされています。人間世界に暗黒を持ち込んだのは、魔族と呼ばれる者たちです。すでに7つの海で彼らを見かけることはなくなりましたが、彼らが持ち込んだ暗黒の力は、姿を変え、形を変えて、こうしていまだに残留しています」

ブラックカース島で暮らしていた頃、子どもの俺に義父は外の世界のことを話してくれた。俺の父、アイボリー道場の師範だった彼は、元々は島外の人間だったのでいろんなことを知っていた。

なかでも第八の海へ冒険に出た話はいまでも覚えている。

結局はたどり着けなかったらしいが、聞くからに危険な場所らしい。そこは人間の世界ではなく、常軌を逸した試練が息をするように訪れる場所なのだと。

「暗黒の力は隙を見せれば術者を死に至らしめます。身の丈を超えた力を求めないことです。帽子は力を求めるよう誘惑をしてきますが、呑《の》まれてはいけない。ゆめゆめ忘れないことです、ミス・セツ」

セツは肩を落として「はい、ミス・ニンフム」と殊勝な態度を見せた。

暗黒の秘宝を操ろうとして力が暴走、ね。強力ではあるが、便利なだけではないと。

俺は落ち込んだ様子のセツの、ちいさな頭に手を乗せる。セツが見上げてくる。

「大丈夫さ、セツにはセンスがある。努力すればもっと上手に使いこなせるさ」

「おじちゃん……うん、私、頑張るよっ‼　それでいつかおじちゃんを倒すのですっ‼」

耳を立て、元気よく宣言するセツ。結局、俺を倒すところにフォーカスするのだね。

「いいだろう、その時は受けて立とう。でも、約束だぞ。無暗におおきな力を使わないこと。必ずラトリスか、クウォン、俺かミス・ニンフム、大人の眼の届くところで練習すること。いいな？」

「うんっ‼　わかった‼　ありがと、おじちゃん‼」

嬉《うれ》しそうなセツ。その頭を「よかったね、お姉ちゃん」と撫でるのはナツ。クウォンは愉快そうにニコニコし、ラトリスは「まったく」と、渋々といった様子で腕を組んだ。ミス・ニンフムは無関心そうに船長室の外壁を修復し始めていた。

騒がしくも平和な日々。酒と釣り、料理とギャンブル、剣の修練、たまにトラブル。

いろいろあるほうが人生は楽しい。つつがなく過ぎる時間を俺は心から楽しんでいた。

1

聖暦1430年8月26日。

レモール島を出てから10日後、リバースカース号はヴェイパーレックスの渦潮へ帰港した。

船を埠頭《ふとう》につけて、タラップをかければ、ようやく心が落ち着く。

「先生、貨物を降ろそっか‼」

「もう？　もうちょっとゆっくりしてもいいんじゃないか？」

「海賊ギルドって積荷を買い取ってくれるんでしょ？　全部でいくらになるのかな～♪」

どうにもクウォンは貿易による売り上げが気になって仕方がないらしい。

わからなくはない。以前、コウセキ島から帰っている途中、「なぁラトリス、これ全部でいくらになると思う？」と、俺も同じような質問を何度も何度も繰り返していた。

こと船の積荷は膨大なので「これはすごい金額になるぞ‼　ついに滞納金を一掃だ‼」みたいな期待が常にあるのだ。非常に楽しい時間である。とはいえ、俺はおっさんだからか、陸地に着く頃には、海上でのワクワクも勢いを失い、積荷の売り上げよりも何よりも一旦《いったん》休憩したくなる。

「うわぁ、見てよ、貨物室いっぱいだね！　羊毛がぎっしりだよ‼」

クウォンは貨物室から溢《あふ》れそうになっている羊毛を抱きつくように取りだした。

「ミス・クウォン、何をしていらっしゃるのですか」

「見てわからないの？　大金を運んでるんだよ‼　ミス・ニンフムも手伝って！」

「大変ありがたいのですが、それらの作業は我々にお任せください」

ミス・ニンフムはもうひとりのゴーレム、ミス・メリッサとともに仕事を引き継いでくれた。

「ゴーレムたちはすっごく働き者だね‼」感心した様子でクウォンは言った。

「ちょっと馬鹿狼、ゴーレムたちの邪魔してないでしょうね？」

半眼で見つめるラトリス。懐疑的だ。

「してないってば！　あたしは手伝ってたの‼」

「あっそ。ならいいけど。ほら行くわよ、陸に戻れたことを祝して美味《おい》しい物を食べましょう」

美味しい物と聞いてウキウキで赤狐《あかぎつね》についていく子狐と狼たち。俺はゴーレムたちへ「それじゃよろしく頼む」と一言断ってから、少女たちのあとを追いかけた。

その夜、俺たちはミス・ニンフムとミス・メリッサが上甲板に出しておいてくれた羊毛を、海賊ギルドの査定所へと持ち込むことにした。

海賊ギルド前に着くと、セツが口をへの字に曲げた。「おじちゃん、あれ」「ん？」ギルドから白い制服を着た者たちが出てきた。恐《こわ》い顔してあたりを睨《にら》みつけ、肩で風を切り、夜の通りへ去っていく。彼らの行く先は、千鳥足の海賊でさえ、肩を跳ねあがらせて道を開けていた。

「あれは貿易会社の社員か？　こんなところにもいるもんなんだな」

「おじちゃん、私、あの人たち嫌いなのですっ！」

「そうだな、意地悪なことされたもんなぁ」俺はセツの頭をポンポンッと撫でた。

「あれはただの社員じゃないですね。海賊狩りです」

「海賊狩り？」

「懸賞金がかかっている海賊を捕まえて絞首台送りにするやつらですよ」

「悪いことしたやつを捕まえる警察か。なら、ありがたいやつらだな」

貿易会社も威張っているだけじゃないのだな。ちゃんと秩序に貢献している。

「たしかにあいつらは悪人を狩ってくれてるみたいですね。でも、悪い噂《うわさ》もよく聞きます」

「悪い噂だって？」

「貿易会社の権威を盾に、暴威を振るってるんですよ。点数稼ぎのために、疑わしいというだけで、まっとうな海賊も手柄として拉致《らち》して絞首台に送ることもあるとか」

それは流石にきちいな。

「実際、貿易会社の海賊狩りに連れていかれたという海賊の噂をよく聞きます。ほら、だからみんな彼らを恐れているでしょう？　彼らからすれば、懸賞金がかかっているかどうかは些細《ささい》な問題なのかもしれないです。海賊はみんな悪党に見えているみたいですし」

コウセキ島での社員たちの態度を見るに、ラトリスの言は正しそうだ。

海の利権を独占したい会社、その尖兵《せんぺい》たる海賊狩り。可能なら関わりたくない連中だ。

白い制服たちの姿が見えなくなったあと、俺たちは海賊ギルドの扉を押し開けた。

「ようこそ、海賊ギルドへ‼　こちらは積荷の買い取り窓口です‼」

元気で愛想のよい受付嬢によって、手続きをしてもらい、大量の木箱はいつものように海賊ギルドの屈強な男衆によって中身がチェックされていった。

「今回の目玉商品はこれよ‼」

ラトリスはモフモフな尻尾を揺らし、得意げな顔で黄金の羊毛をカウンターに置いた。

受付嬢は目を丸くして「これは‼」と興味津々といった風に、モコモコの羊毛を手に取った。

併設されている酒場からも好奇の視線が集まっている。遠目にもわかる輝く羊毛、物珍しい品が持ち込まれたとみんな気づいているのだろう。

「黄金の羊毛、まさか実在していたとは」

受付嬢は冷汗を流しながら「しばしお待ちください」と、奥へ引っこんでいった。

しばらくのち、背の低いじじいを連れて戻ってくる。

「そのちっこいじじいさんは？」

「このお方は――」

「羊毛マニアと呼ぶといい。わしは古今東西、あらゆる羊毛の価値を見定めることができる」

流石は海賊ギルド。羊毛の専門家までいるとは。

「むむっ‼　こ、これは……‼」

羊毛マニアはカウンターの黄金の羊毛を見るなり、真剣な眼差しになった。

「この手触り、輝き、金色の色味、鮮やかさ、ほのかに香るレモンの匂い……間違いない、これは本物のレモン羊の羊毛じゃ。通称『黄金の羊毛』。半世紀以上前に流通していた伝説の品。黄金の羊毛はもうすべて加工されたものしかないと思っておったが、未加工状態とは驚いた」

「ふふーん、聞いて驚きなさい、それは先日、新しく刈り取られた黄金の羊毛なのよ」

「なんじゃと？　ありえない。レモン羊の羊毛はもう産出されていないはず……」

羊毛マニアは訝《いぶか》しむ視線をこちらに向けてきた。ラトリスは指をパチンと鳴らす。すると、セツとナッツが木箱をひとつカウンターの上に置いた。木箱には『レモン羊毛』と品名が書かれたラベルが貼ってある。

羊毛マニアは木箱を開けるなり仰天する。

「すべてレモン羊毛じゃと……っ、羊、４匹分はあるのか？　信じられん‼」

「だから言ったじゃない、これは新しく刈ってきた羊毛だってば」

「うーむ、どうやら信じるほかないようだ。もしこれがすべて本物なら伝説の復活を意味する」

羊毛マニアは興奮した様子でレモン羊毛を抱えたまま奥に戻っていった。

俺たちの間には、専門家を驚かせた気持ちよさと満足感がじんわりと漂っていた。

受付嬢は感心した様子でこちらをまじまじと見てくる。

「あなた方は先月、すごい光石をおろした方たちですよね？　高い実力があるようです」

称賛されている？　嬉しいな。

「あら、覚えていたの、ふふん、『ラトリス冒険団』、覚えておいて損はないわよ」

満ち足りた表情でそう言うラトリス。けれど、それにビクッと反応する者がいた。

「それ違ーう‼　あたしたちは『モフモフ海賊』だよ、ラトリス、話し合いで決めたじゃん！」

クウォンはラトリスの尻尾《しっぽ》を引っ張って訂正を要求する。誰かの要素を強く出さずに、俺たちの海賊パーティを表現した言葉として、『モフモフ海賊』は議会の承認を得たのだ。

何より他者からつけてもらった呼称のせいか、納得感があった。納得はすべてに優先する。ゆえに俺たちは『モフモフ海賊』を受け入れ、『モフモフ海賊』たることを決めたのだ。

「わかってるわ……こほん、えーと、ここの窓口でも海賊パーティ名の変更とかできたかしら？」

書類手続きをラトリスに任せつつ、俺たちは酒場に足を運んだ。

2

美味《うま》い飯と美味い酒ではしゃいだ翌朝は、気分の悪さと頭痛をともなうものだ。

昨日は積荷を査定所に持ち込んだのが遅かったため、査定結果が出るのが今日になるとのことだった。なので、今日は朝から海賊ギルドへ行かないといけないわけだが……ちょっとだるい。

ベッドのなかでウダウダしていると扉がノックされた。「先生も査定所に行きます？」ラトリスに誘われた。俺は「ごめん……」とだけつぶやく。「大丈夫です、先生。わたしひとりで行ってきますね」ラトリスは笑顔で言って、船を降りていった。あの子は本当に優しい子だ。

ラトリスに起こしてもらったあと、再び眠りにつくことはなく、俺は布団のなかでゴロゴロした。

個室でしばらく惰眠を貪《むさぼ》ったあと、朝風呂《あさぶろ》のために浴室へ向かうことにした。

「ぐがぁ～すぴ～、むにゃむにゃ」

浴槽の上では、クウォンが身体《からだ》を丸めて気持ちよさそうに眠っていた。お風呂《ふろ》には魔法の力で温かいお湯が張られているので、蓋《ふた》の上はさぞ温かくて気持ちがよいのだろう。

ここは彼女の臨時の個室だ。いじめているわけではない。リバースカース号はとても贅沢《ぜいたく》な船であり、乗組員それぞれに個室が与えられているわけだが、十分な部屋数があるわけではない。

個室（小）は全4室。内訳は、セツ、ナツ、ラトリス、そして俺。それで埋まっている。

ベッドの数も部屋の数しか存在しない。クウォンが乗組員に加わった日、これはひとつの議論を生んだ。誰かベッドを分けてやれよ、と。俺は一番に分けようとしたが、ラトリスの猛反対を受けて却下された。いわく一緒のベッドで眠ると『間違い』があるかもしれない、とのことだ。セツとナツは「ベッド奪われたくない‼」という姿勢を貫いた。ラトリスも「あんた寝相悪いからやだ」と、クウォンとの同衾《どうきん》を拒絶した。

あまりに可哀想《かわいそう》な扱いだったので、俺はいくつかの物件を見繕って紹介した。候補は船長室、通路、菜園、貨物室などなど。いくつかの候補地からクウォンが選んだのは浴室だった。

彼女にはいい物件を見抜く能力があった。浴室住まいは存外、快適だったようで、クウォンが船に乗りこんでから今日に至るまで、生活の改善を訴えるデモなどは起きていない。

「クウォン」「ぐがぁ～すぴ～」「……」「ぐがぁ～すぴ～、すぴ～」

目覚める気配がない。これほど気持ちよさそうに眠っている彼女を起こすのも忍びない。

俺は静かに浴室を出た。風呂ならいつでも入れる。心ゆくまでお眠り、クウォン。

上甲板に出ると船長室にラトリスの姿が見えた。

「帰ったのか。査定結果どうだった？　滞納金は？」

船長室に入るとラトリスはニコリと笑んで、一枚の紙きれを見せてくれた。

【今月の査定】
良質の羊毛　×400　平均価格3、200シルバー
黄金の羊毛　×4　　平均価格2、400、000シルバー
【合計】10、880、000シルバー

【当月返済額】5、000、000シルバー
【返済繰越額】7、830、000シルバー
【管理口座資産】16、200シルバー

思わず頬が緩みそうになる金額だった。

「今回の売り上げは四桁《けた》を超えたか。こいつはすごい」

「黄金の羊毛だけで1000万シルバー近い価値をつけてもらえました。レモン羊がビッグサイズだったこともあって、羊4頭分も羊毛がとれたのが今回の売り上げ額に貢献してますね」

ラトリスは査定結果が記された紙をひっくりかえして、裏面に当月返済額と返済繰越額などの数字を羅列し、計算をしていく。

「売り上げが1080万、毎月の返済が500万、繰越分が780万……」

「この前の査定書では、繰越分って720万くらいじゃなかったか。増えてないか？」

「ギルドから新しく借り入れたので。航海で消費する酒、食料、各種備品にあてる資金です。先月は60万シルバーほど借り入れたので、その分も繰越分に合算してもらってるんです」

言われてみれば、うちってすべてのシルバーを返済にあてているのだったな。手持ちの金がまったくない状態では、次の航海の準備すらままならない。海賊ギルドはそんな俺たちに追加で資金を融資してくれてもいたのか。うーむ、とことん世話になっているなぁ。

「ふふ、でも、これでようやく希望が見えてきました」

ラトリスは紙面に書かれた計算式の結果を◯でグルグルと囲んだ。

「今回は80万シルバーほど借り入れたので、これで次の航海の準備をします。うちの新しい乗組員が恐ろしいほど食べるので、費用がかさんでいますが、その分働かせるので問題はナシと」

「現時点での滞納金額は280万程度か。コウセキ島から帰った時の査定じゃ、滞納金だけで1200万あった気がするから、そう考えればずいぶんと前進したもんだ」

「次なるノルマは毎月返済分の500万シルバーと繰越額280万シルバー、あわせて780万シルバー。来月で売り上げがたてば、ひとまずはこの滞納金地獄から抜けだせそうです。予定通り返済できずに繰り越されると利息があがるので、これを消せるのはありがたいことですね」

利息は恐ろしいものだ。毎月、約束した分、払えないのが悪いとはいえ、数字がどんどん膨れあがっていって、債務者を絶望のどん底に落としてしまう。

俺たちは先月まで滞納の神に抱かれていたが、いまその暗い手を振りほどくとこまで来ている。

俺は船長室の戸棚に鎮座する果実酒に手を伸ばした。レモール島で餞別《せんべつ》にもらった品だ。レモンの切り身が入った黄金の液体を、2つのグラスに注いで、俺たちはコツンと叩《たた》きあわせた。

「くは～やっぱり、リキュールは美味いなぁ……で、次はどこへいくんだ？」

俺はウキウキした気分でたずねる。今度はどんな島にいけるのかな。

「それが困ったことに、情報屋からは特別に美味しい稼ぎを聞けていないんです」

「情報屋か。そういえばいつも稼ぎ所をそいつから仕入れているんだったな」

「信頼できる子ですよ。コウセキ島の情報も、黄金の羊毛も本当だったでしょう？」

「実績はあるな。今回はまだ穴場のホットスポットがないのか」

「1カ月で戻ってこれる範囲、積荷がかさばらない、十分な価値、あとわたしたちが楽しめる、そのほか条件つけて案件を探してるんですけど、なかなか」

「俺たちが楽しい、はちょっと甘え条件だから、必要によっては外さないとだな」

「最悪、コウセキ島へまた行くことになります。価格は以前より落ち着いてるとは思いますけど、それでもあの島なら十分に稼げると思うので」

「うーん、肉体労働はもう勘弁願いたいところだが、背に腹は代えられぬ、か…………ん？」

気配を感じて船長室の外へ視線を向けた。

小窓からは上甲板の様子が見える。いま埠頭《ふとう》からタラップをつたって、我らの上甲板に足を踏み入れた者の姿があった。この船の乗組員ではない。厚手のマントですっぽりと身体を覆い隠しており、手にはおおきなトランクをさげている。不審者である。

ラトリスは机のうえの剣を剣帯ベルトに引っ掛ける。こちらにうなずいた。グラスを机にそっと置いて、一緒に船長室を出る。不審者は扉の開いた音に反応してこちらへ振りかえった。

「止まって。あんた何で勝手に人の船にあがってるわけ？」威圧的に告げるラトリス。

「っ、これは失礼を。こちらを訪ねるように言われたので」

不審者の声には幼さがあった。両手をあげて、敵意がないことを示してくる。

少女だ。長い黒髪と蒼《あお》い瞳《ひとみ》。額には瞳と同色のちいさな石がある。コウセキ島にいたイノシシみたいだ。顔つきは警戒こそしているが人相は悪くない。一見して無害そう。

「このリバースカース号を訪ねるように？　誰に言われたわけ？」

少女は緊張した様子でラトリスを見る。視線から動揺が伝わってきた。

「いますぐに出航できる船。可能なら速い船。信頼できる船長と乗組員。そういう条件でギルドにて探していたら、リバースカース号という船を紹介されまして。この船であっていますよね」

少女は俺のほうを見ながらたずねてきた。俺はラトリスのほうを向いて「俺じゃなくてこっちに頼む」という風に、言外にたずねるべき相手を教えてあげる。

俺は確かに船長だが、航海術の知識もなければ、船の持ち主でもない。海賊パーティのリーダーでもない。お飾りの船長だ。だから、船を動かす方針決定などはラトリスに一任している。

「行き先は最悪、どこでも構いません。希望はホワイトコーストですが」

「急いでるみたいね。どうして？」

「それは……秘密、ではダメですか？」

「……。それじゃあ、あなたの名前は？」

「それも、言いたくないです」

ラトリスは眉《まゆ》をひそめると半眼になって「こいつ社会を舐《な》めてますよ？」と、小声で言ってきた。

気持ちはわかるが、そんな顔しないの。不機嫌が顔に出ちゃっているぞ。

「むぅ、オウル先生、どうしましょうか、このガキ」

ラトリスに投げた案件が戻ってきてしまった。困ったな。……俺から話してみるか。

「おほん。お嬢さん、この船は速い。飛びぬけて速い。船員も優秀。フットワークも軽い。なんせ無機物を合わせても、乗組員は7名しかいないからな。少数精鋭ってやつだ」

少女は「たった7名？」と驚いた表情になった。

「信頼できる船長と乗組員を探しているんだって？」

「はい。私は……見ての通り女ですし、ひとりなので」

なるほど。男衆が基本構成の海賊では、やりづらいことも多かろう。

「乗組員は信頼していい。女子が多い。俺の肩身が狭くなるほどにな」

「それは珍しい船ですね。よかったです」

「とはいえ、こっちがあんたを信頼するかは別だ。急ぎの理由もわからない、名前も教えない。行き先がどこでもいいなんて。何が目的なんだい？」

「その信用問題、お金で解決できますか」

少女の言葉に力がこもった。そこに自信があるとでもいうように。

ラトリスと顔を見合わせる。狐《きつね》の赤い瞳がシルバーマークになっている。俺もかな？

「ほう……？　お金で解決ね……いくら出せるんだ？」

「いくら欲しいですか」

「え？　言い値？」

「そ、それなら、８００万シルバーは欲しいわ。怪しい渡航者を乗せる費用としては妥当よね？」

ラトリスは興奮した様子で提示した。腰に手をあてて自信ありげな態度を示しているが、どう考えてもふっかけすぎである。船に乗せるだけで８００万シルバー取る気なのか、この子。

「その金額を支払えばすぐに船を出してくれますか」

「もちろんよ」

「行き先はホワイトコーストにもしてくれますか」

「あなたのためだけに船を動かすんだもの。行きたい場所に連れていってあげるわ」

「わかりました。では、８００万で手を打ちましょう」

まじかよ。それって個人で出せる金額なの？　８００万シルバーだぞ？　にわかには信じがたい取引が目の前でおこなわれている。現実離れした奇妙な気分だ。

「今日、船を出すことはできますか」

「急げば昼過ぎにはいけるんじゃないかしら。ちょっと頑張らないとだけど」

「昼に？　流石《さすが》はフットワークに定評がある船ですね。嬉《うれ》しいです」

少女は感心したように言うと「お金のやりとりをしましょう」と船長室を見やった。えー、すごいトントン拍子に話が進んでるんだけど、恐《こわ》くね？

3人で船長室に入る。ラトリスは椅子を引いて俺に船長席に座るように示し、少女は机の向かい側に自然と腰をおろした。俺だけだろうか。心臓がドキドキしているのは。

少女は机にトランクを置いて、革袋を取りだした。袋からつまんで取りだしたのは、金色に輝く硬貨だった。見たことのないコインだ。一般的な銀貨ではない。金貨だ。

「あっ」ラトリスは声を漏らして目を見開いている。

「どうやらこれの価値をわかっているようですね。話がはやくて助かります」

「それってルルイエール金貨？」

「その通り。一枚で40万シルバーはくだらない価値があります。これで支払います」

少女は金貨を10枚ほど取りだす、重ねて机に置いた。

「前金として半分、残り半分はホワイトコーストに送り届けてくれたら払います」

俺はラトリスと視線を交錯させたあと、手先が震えないように気をつけながら、金貨でできた小さな塔を掴《つか》んでこちらに引き寄せた。

「本物かどうか、海賊ギルドで確かめても構わないわよね？」

「それは……今はやめてほしいです。ルルイエール金貨は珍しいものですから、足がつきます」

まあいろいろ秘密があるようだし、注意を払っているのもわかるが。

「本物かどうか、この場ではわからないのか？」小声でラトリスに聞いた。

赤狐は難しい顔をして金貨を手に取って、重さを確かめたり、臭いを嗅《か》いだりしている。

「うーん、本物っぽいですけど、ハッキリとはわかりませんね」

となると、やはり、信用問題に戻ってくる。この珍しい金貨が偽物だった場合、俺たちは提示された報酬を受け取れない。そうなるとコトだ。こっちも返済日うんぬんという縛りのなかで、お金になりそうだから、この少女を運ぶ気になったのだから。

この少女、これまで話した感じ、不思議と邪《よこしま》な感じがしない。俺たちを騙《だま》そうとしていないのだ。

必死なせいかもしれないが、まっすぐ真摯《しんし》にお願いをしているのだと伝わる。

だからこそ、気になってきた。何をそんなに急いでいるのだろう、と。

「……わかりました、一枚だけ、シルバー硬貨と交換してもらって構わないです」

「ん、いいのか？　そこは譲れる条件？」

「一枚くらいなら持っている人がいることもあるでしょう。怪しまれることもない、と思います」

誰かに追われている、気《き》がする。ルルイエール金貨をたくさん持っていることで、身元が割れる危険性があって、それを危惧《きぐ》しているってところか……まぁ詮索《せんさく》するのはやめよう。機嫌を損ねられて「やっぱりほかの船を探します」とか言われたら、こっちも困るのだし。

というわけで、俺とラトリスはさっそく海賊ギルドの換金所に金貨を持っていくことにした。

船を離れるので、謎の少女の目付け役はミス・ニンフムにお願いした。

「この子……ゴーレムですか？」

「ミス、わたくしはゴーレム・ニンフム、しばし話し相手を務めさせていただきます」

「あっ、これは丁寧にどうも……私は……訳ありで名乗れません。すみません」

少女はずいぶん驚いていたようだった。外界から隔離された島育ちの俺は、初見でかなり異質な存在に映ったゴーレムだが、世間一般の人でも同様に、ゴーレムは異質に映るらしい。

換金所でしっかり調べてもらった結果、ルルイエール金貨は本物であることがわかった。

十枚のうちランダムに一枚だけ選んできたので、この一枚だけが本物で、ほかは偽物という説も薄い。となると、あの子には報酬支払能力があると信じることができる。

「ラトリス、これはすごい客が来たな」

「ええ、先生、人を送り届けるだけで800万なんて、こんな簡単な仕事ないですよね」

換金所で顔を見合わせ、互いにグフグフといやらしい笑みを浮かべた。悪い笑みだ。

「——それはルルイエール金貨だな？」

ドスの利いた声が響いた。バッと振りかえると、換金所の前に白い制服の男がいた。

側頭部を刈りあげたイカツイ男だ。体躯《たいく》はデカく、わりと高身長の俺よりも目線が高い。そのうえ身体《からだ》が分厚い。白い肩掛けマントの下にはサーベルと長銃を腰に差している。

昨日、査定所の前で見かけた海賊狩りだ。

「ふむ、興味深いものを持っているな、お前たち。それは古い時代の貨幣だ。すでに滅んだ国の特権階級だけがそれを利用したという。とても貴重なものだな。どこで手に入れた、海賊」

刈りあげの海賊狩りは、分厚い身体で換金所の入り口に蓋《ふた》をするようにしながら問うてきた。

「ちょっと、ちょっと、揉《も》め事《ごと》ならよそでやってくれないか？」

換金所のおっさんは焦燥感をもって震えた声を出す。

「すっこんでろ、じじい」

「ひい！」海賊狩りが一声あげれば、それっきり換金所のおっさんは口をつぐんだ。

「こいつはおばあちゃんが大事にしてたものでな。航海ではいつも俺たちを守ってくれた。でも、厳しい世の中だ。にっちもさっちも立ち行かなくなって、質にいれるしかなくなっちまった」

俺は換金所のテーブルで煌々《こうこう》と輝く金貨を見つめて、名演技を披露する。涙でも出れば完璧《かんぺき》だったが、俺は10秒で泣ける天才子役ではない。それらしく目を細めるほかない。

「ほう、祖母の形見、ねえ。それは泣ける話だぜ」

「そういうわけで。お勤めご苦労様です、海賊狩り殿。ほら、いこう、モフモフくん」

会釈して、分厚い身体の横を通りぬけようとすると、太い腕がズドンと壁に刺さるくらいの勢いで眼前に出され、行く手を塞《ふさ》いだ。腕とイカツイ顔を何度も見比べて、俺は肩をすくめる。

「情熱的なナンパだな。こいつは君に気があるみたいだぞ、モフモフくん」

「困りました。全然タイプじゃないです」

「懸賞金1000万の首がこの島にいる。額に宝石を宿す稀少《きしょう》な種族だ。黒髪、瞳は水色、まだ若い。魔法使いで、トランクを持っている。そいつはルルイエール金貨をいくらか持ち歩いている」

1000万の賞金首、ね。あの子が？　そうは見えないけどな。

「それは恐ろしい。で、何をしたんだ、そのうら若い魔法使いさんとやらは」

「違法な品を持ち歩いている。暗黒の秘宝だ。聞いたことはあるだろう」

「暗黒の秘宝……それって持ち歩いてたら悪いのか？」

「当然。魔族の遺産は海の脅威だ。所有は禁じられている。貿易会社には海の秩序を保つ使命がある。お前たちも暗黒の秘宝を見つけたのならば、貿易会社に届け出ることだ。それが海に生きる者の義務だ。義務を果たさなければ、絞首台で泣き叫び、命乞《いのちご》いをすることになる」

義務ね。それって、海の利権を独占したい貿易会社が勝手に言っているだけな気がするが。

所有しているだけで懸賞金をかけられて、絞首台送りになる。そのルールを押し付けてくる。

嫌われるわけだな、こいつらが。強い権力の傘のしたで、選択を迫ってくる。自由な海賊か、貿易会社への隷属か。――怪しい少女か、巨大資本の尖兵《せんぺい》か。俺の答えは決まっていた。

「ここは国じゃないだろう。法は存在しない。海は貿易会社の領地じゃない」

「なんだと？　その態度、評定に響くぞ、海賊」

「あんたらに海の法を決める力なんか本当はないはずなんだ」

刈りあげの海賊狩りは「ほう」と、眉尻《まゆじり》をあげ、嘲笑《あざわら》うように口元を歪《ゆが》めた。

「反抗的な態度、反貿易会社の思想か。秩序の崩壊に貢献しているな、海賊。チャンスをやろう、調査協力を要請する。拒否権はない。お前たちの船、検《あらた》めさせてもらおうか」

「拒否権はないって言ってるけど、あるだろうが、普通に。横暴な態度の人間には、協力する気は起きないな。俺たちはその賞金首とは無関係だ。ほかをあたってくれ」

「いいのか、後悔することになるぞ」

刈りあげの海賊狩りは腰に差してある長銃の尻《しり》に手を乗せた。

「暴力に訴えるのか。嫌いじゃないが、賢明じゃないぞ。こっちはふたり。そっちはひとりだ」

海賊狩りの背後から、白い制服の男たちが4名ほど湧いてくる。

「あー……5対2になっちゃった」

俺はラトリスと顔を見合わせる。我がモフモフくんは、平静な表情をしていた。耳も尻尾《しっぽ》もどこまでも平静だ。でも、赤い瞳には思考が見える。俺たちが同じことを考えているのがわかった。

「最初からあの子を信じるんだった」

俺はそう言って、掴んだ。換金所のテーブル上のルルイエール金貨を。

ラトリスも掴んだ。刈りあげの海賊狩りの髪の毛を。放たれるは飛び膝蹴《ひざげ》り。強烈だ。刈りあげの海賊狩りの巨体が表通りまで吹っ飛んだ。賽《さい》は投げられた。

3

俺とラトリスは銃弾の雨をかいくぐり、街中を駆け抜ける。

埠頭《ふとう》が見えてもうひと踏ん張り、最後の距離を走破して、リバースカース号に飛び乗った。

「まだ換金所の近くに伏兵がいたとはな‼　16対2は聞いてない‼　張り込みすぎだろうが！」

「はぁ、はぁ、緊急出航、緊急出航よ‼　ミス・ニンフム‼　すぐに船を出して‼」

ラトリスは荒く息をつきながら叫んだ。呼応するように船が唸《うな》り声をあげた。

帆が張り、縄が張り、風が吹き始めた。船を覆うようにマストから伸びている索具たちが動きだす。魔法の力で船の背中を押す追い風だ。ゆっくりと船が発進しだした。

「逃がすな‼」

叫び声が聞こえた。舷側《げんそく》から身を乗り出して船の後方を見やる。銃弾が飛んできた。手すりにパコン‼　木片が弾《はじ》けとんだ。埠頭から白制服たちが撃ちまくってきている。

とはいえ、豆鉄砲で船が止まるわけもない。間もなく銃声は止《や》んだ。リバースカース号は陸地から十分に離れた。ここまで来ればもう安全だ。

船長室の扉がキィーッと音をたてて開いた。ミス・ニンフムが少女をともなって出てくる。

淑女は平静な顔をしていたが、少女のほうは目を丸くしてひどく狼狽《ろうばい》していた。

「海賊狩りに見つかってしまったのですか？」

「どうだろうな。君がここにいることまではバレてないとは思うが」

「あいつら換金所でルルイエール金貨を張ってたみたい。あんたの追手たちは頭が回るわね。あんたが島を脱出するために、金貨を使うことに気づいていたわ」

張り込み方に気合入りすぎだし、ほぼ確信していたのだろうな。

「君が海賊狩りに追われてるとは思わなかったよ」

俺がそう言うと、少女は申し訳なさそうに眉尻をさげた。

視線には警戒の色が濃く宿っている。俺たちを疑っている目だ。

「あなた方は私を引き渡さなかった……どうしてですか？」

「オウル先生がそれを選んだからよ」

ラトリスは迷いなく答えた。疑いようがなくそれが正しいことであるかのように。

百歩譲って剣術には多少覚えはあるさ。料理にも。でも、そこまでだ。俺にカリスマ性があるとか、誰かに誇れるような判断力があるとか、そういう資質はまったくない。

非常に困った。わりとノリで海賊狩りに反発したなんて言えない。海賊狩りの言い分が正しくて、少女がとんでもない大罪を犯している可能性もあるのだから。

少女とラトリスとミス・ニンフムの視線がいっぺんに集まってくる。

「おほん。あー……本当の報酬を用意できていた時点で、俺たちは契約を完了していた。俺たちにはお金が必要なんだ。800万の報酬は惜しい」

「私の首にかけられていた金額は1000万シルバーだったはず。私を海賊狩りに渡せば、よりおおきなお金を手に入れることができましたよ」

「理屈っぽい子だな。俺たちが助けたことがそんなに不思議か？」

「すみません、助けていただいたのに。でも、どうにも不思議で。見ず知らずの私を助けるために、貿易会社に歯向かってくれたことが」

「難しい話じゃないよ。無法の世界にも人の道はある。君を助けるべきだと思った。それだけだ」

「それだけって……本当にそれだけですか？　私の荷物のことを知ってそれを強奪して、お金に換えれば1000万以上になると踏んだからではないですか？」

少女はいまも怯《おび》えた様子で、俺とラトリス、ミス・ニンフムを順番に見ている。

気持ちはわかる。俺は勇敢じゃなかったから。この子と同じだ。疑ってばかりだった。ブラックカース島を出て旅に出ることができなかったのは、己を信じることができなかったからだし。

「俺は——疑うより信じたかった。それじゃあダメなのか」

少女の警戒心が解けていくのがわかった。少しは信用してもらえたようだ。

ドタドタと足音が聞こえた。甲板の下で騒がしく動いたそれらは、階段をかけあがってくる。

クウォンが最初にあがってきてキョロキョロあたりを見渡す。セツとナツは遅れてやってきた。

「めっちゃ銃声してなかった⁉」「うわぁ‼　船が動いてるのです‼」「知らない人、いる」

クウォンとセツとナツは、上甲板にくるなり異常事態へ困惑を示した。

新しい獣たちの登場に、少女はビクンと跳ねて、俺の後ろに隠れた。

「明るい毛並みの背の高い子がクウォン。腕利きの剣士だ。桃毛と緑毛は双子で、あっちがセツで、あっちがナツ。船の掃除と洗濯をしてくれてる働き者たちだ」

ひとりずつ指差して順番に紹介する。紹介したあとで俺とラトリスを指差した。

「そういえば、俺たちの名前も伝えてなかったな。オウルだ。そっちはラトリス」

最後に少女のそばのミス・ニンフムと後部甲板で舵《かじ》を取っているミス・メリッサを示した。

「彼女たちはゴーレムだ。ミス・ニンフムは知ってるかな。あっちはミス・メリッサ」

俺は両手を広げて「これで全員」と、ごく短い紹介を終えた。

少女はみんなの顔を見渡したあと、恐る恐るといった様子で口を開いた。

「私はゼロです。先ほどは名乗りもせずに申し訳ありませんでした」

「格好いい名前だ。よろしくな、ゼロ」

俺は手を伸ばした。魔法使いの少女——ゼロは俺の手を取った。ちいさく華奢《きゃしゃ》な手はまだ震えていた。男を恐《こわ》がっていたから……何かあったのかもしれない。握手をしたのは失敗だったかな。おっさんなりに気を使い、「おほん。ラトリス、あとは任せる」と俺は菜園に逃げこんだ。

菜園への扉を開ければ、ピタッと揺れも音も遮断された。

はぁ、ひとりになると落ち着く。頼られたから一応、会話を主導したが……あの子を拾ったことが正解なのか、あるいは間違いなのか、俺にはまだ正確な判断がつかない。

若くまっすぐで、突っ走ることしか知らなかった頃なら、己の正しさを信じて突き進むこともできたのだろうが……そうあるには、俺は歳《とし》をとりすぎたのかもしれない。

「いいや、年齢の問題じゃあない」

菜園の奥、真水の湧きでる魔法の水瓶から水をすくって顔を洗う。パシャパシャ。冷たい水。頭が冴《さ》えてくる。頬をぺちんっと叩《たた》いて己に言い聞かせる。

助けたいと思った。信じることにした。だったら、それでまったくいいのだ。

4

聖暦1430年8月28日。緊急出航の翌日。

リバースカース号の後ろの海には今のところ船影はない。

「この船に追い付ける船は7つの海を見渡しても存在しませんよ」

これはラトリスの言だ。それが事実ならば航行している限り、追跡の心配がないということになる。

船のお客さんであるゼロは昨日の通り警戒心が強いため、常時気を張っているようだった。常にこちらの位置を気にしているのが視線の動きからわかるのだ。

ただ、そんな野生の獣みたいな彼女でも、唯一セツにだけは警戒心を緩めているようだ。昨晩も彼女の部屋で眠ったという。天真爛漫《てんしんらんまん》な子供は安心できるらしい。

「おはようございます、オウルさん」

「おはよう、お嬢さん」

朝、ゼロは挨拶《あいさつ》をしてくれた。個室前の廊下でのことだ。

彼女はマントを脱いでおり、トランクも持っていなかった。代わりにちいさな石鹸《せっけん》とタオルを抱きかかえていた。俺がそれに視線を落とすと、彼女の腕が力んだ。

「その、この船には浴室が備わっていると聞きまして……」

彼女は気まずそうに顔を伏せた。浴室を使うことへの後ろめたさを感じているのだろうか。あるいは廊下という限定的な空間でおっさんに会ったせいか。後者なら海に身を投げようと思う。

「おほん。そうか。狼《おおかみ》が寝ているかもしれない。気をつけろよ」

「え？　お、狼……？」

小首をかしげる少女。困った顔をしている。いい顔だ。

俺は皆まで言わず、上甲板へと続く階段に足をかける。

「あの、昨日は、ありがとうございました」

背後から声をかけられ、振りかえった。俺は首をかしげて視線で問いかえす。何のことだ。

「海賊狩りから助けていただいたお礼、まだ言っていなかったので……」

「そのことか。気にしなくていいさ。こっちで選んだことだから」

俺はそれだけ言って、手をひらひらと振って上甲板へとのぼった。しばらくして、床下から「きゃあぁぁぁ!!」と叫び声が聞こえてきた。どうやら狼を見つけたようだ。楽しそうでなにより。

上甲板では朝からセツとナツがブラシで甲板をこすっていた。ミス・ニンフムは舵を取っていて、ラトリスは船長室にいるのが見えた。俺は酒瓶を片手に船長室に足を向ける。

「おはようございます、オウル先生、船首方向に雲はなく、今日もいい天気が続きそうです」

「おはよう、ラトリス。いい朝だな。ゼロの顔色がよかった。よく眠れたらしい」

「セツが相部屋を受け入れてくれてよかったです」

「まったくな。クウォンの時はあんなに嫌がってたのに」

「一時のお客ですから、部屋を乗っ取られる心配はないと判断したのでしょう。クウォンは、ほら、なんかずっといそうな雰囲気あるじゃないですか。あいつ住み着くつもり満々ですもん」

俺は船長室の机のうえを見やる。地図が広げられ、羅針盤やら定規やらが転がっている。

「船は目的地までいけそうか？」

ラトリスは少し悩んで「嵐に捕まらなければ」と答えた。

「ヴェイパーレックスの渦潮からホワイトコーストまでは普通の船なら2週間、この船なら最高速度を維持できれば5日で足ります。現在、積荷には、食料も水もほとんどないですけど、航行日数も少ないですし、乗組員も極端に少ないので、我慢さえすれば、生きてたどり着けるかと」

「ストロングスタイルだな……あの出航の仕方にしては、目的地に着けるだけありがたいか」

「最高速度を維持するために、追い風の魔法を絶やすわけにいかないです。なので、ミス・ニンフムに頼んで、ほかの魔法の多くを止めてもらいました」

リバースカース号には多くの魔法設備が存在する。ゴーレムの魔法、船体を再生する魔法、菜園の水瓶で真水をつくる魔法、浴室のお湯をつくる魔法、個室にて揺れを軽減する魔法などなど。

毎日太陽の光から生み出される『陽の魔力』がなければ、リバースカースは魔法を使えない。なので一番大事な追い風の魔法を全開で使えるようにエコ生活をしなければいけないのだ。

「ん、待てよ、だとすると、浴室の魔法も切れちゃってるんじゃないか……？」

床下から「うわぁぁぁぁあ!?　つ、冷たっ、これ海水……!?」と、悲鳴にも似た声が響いてくる。

ラトリスと俺は気まずい空気のなか、視線を一緒に足元に向けた。時すでに遅し。

「あー……うちは女の子も多いし、お風呂《ふろ》くらいは復活させてもいいんじゃないか？」

「ミス・ニンフムのやつ、命のお風呂まで魔法を止めるなんて……抗議してきます！」

ラトリスは半眼になり、不満そうな顔で船長室を出ていった。

あの子は人一倍、お風呂好きだ。ミス・ニンフムはたびたび「陽の魔力が尽きました。浴室の使いすぎです」と船員を指導するが、たいていはラトリスの眼を見て話しているし。

午後になった。食料不足の対策として、俺は本日も釣り糸を垂らしていた。蒸留酒をチビチビと飲み、限られたベーコンをチビチビかじりながら、気持ちのいい風に身体《からだ》をあずける。良き時間だ。

ほどなくして隣に気配が座する。視線の端で窺《うかが》う。モフモフしてない。ゼロだ。彼女も釣り竿《つりざお》を持っている。慣れた手つきで餌を針に刺して、ひょいっと海に投げ入れた。

静かな時間が流れていく。俺と少女の間に言葉はない。せめて釣り竿に反応でも来てくれれば、多少はこの気まずさもどうにかなるのだろうが、浮きはウンともスンとも言わない。

「船上のお風呂っていいものですね」ゼロはボソッと言葉をつむぎだした。

「さっき悲鳴が聞こえたが」

「シャワーなるものから海水が出てきたので。少ししてからラトリスさんが『もう大丈夫』とわざわざ言いに来てくれて……時間をおいて入ったら、本当に温かいお湯が出たんです」

「はは、冷たい海水を浴びた時は、騙《だま》されたと思ったか？」

「正直、恨めしく思いました」ゼロはそう言って、薄く笑みを浮かべた。

「あと狼さんもいました。オウルさんの言う通りでした」

「そうだろう？　俺は嘘つかないことで有名なんだよ」

「ええ。服を脱いでから入ったのでびっくりしました。あんなところで寝ているなんて。……彼女はこの船で虐げられているのですか？」

「いや、そういうわけじゃないんだが。まぁいろいろあって。話すと長くなるよ」

「時間ならたっぷりありますよ」

ゼロは穏やかな海へ眼差しを向けながら告げた。俺は「それもそうだね」と納得した。クウォンが浴室で寝ている理由を話した。少女は黙って聞いてくれて、たまにクスリと笑った。クウォンの話はやがて、コウセキ島やレモール島での冒険の話に繋《つな》がった。

「こんなすごい船で自由に海を旅できるなんて羨《うらや》ましいです」

「債務返済のために東奔西走しなくちゃならんのが玉に瑕《きず》だけどな」

ちいさな島に閉じ込められていた時には想像もできなかった生活だ。仲間との自由な冒険。異世界転生し、二度目の人生が始まって以来、最大の青春がいま訪れている。やや遅い気はするが、まぁ、そこには目をつむるとして。いまの生活をすごく気に入っているのは事実だしね。

「債務はたくさんあるんですか？」

「毎月５００万シルバーを海賊ギルドに返済しないといけない。加えていまは滞納金もあってな」

「滞納金ですか。あまりお金を稼げていないんですか？」

「ここ数カ月は順調だ。そして、君を送り届ければ、確実に滞納金の連鎖から脱却できる」

「なるほど。８００万シルバーという提示金額はそこに理由がありそうですね」

「ほほう、なかなか鋭いな」

俺と少女は薄く微笑《ほほえ》みあった。

「オウル先生、見てください、おおきい魚が釣れました！」

ラトリスが釣果をひっさげて走ってくる。

「先生‼　見て、これすごいでっかいよ‼」

クウォンも同じようにして尻尾《しっぽ》を左右に振り乱して報告にきた。俺はゼロに「騒がしくなるから離れていたほうがいいかもよ」と警告をする。

案の定、赤い狐《きつね》と亜麻色狼の戦いが始まった。新しいお客を乗せてもこの船の日常が変わることはなかった。いつもの光景にひとり新鮮なメンバーがポツンと交ざっているだけだ。

穏やかな航海が続いた3日目。

総力をあげて釣りをガチっているおかげか、今のところ空腹に苦しんでいる者はいない。これもみんなの努力のおかげである。今日も俺は包丁を振るい、釣りあげられた謎の魚たちを調理する。

「お前はこの前見た子だな」

ぐったりした魚のエラを掴《つか》んで、俺は目線を合わせる。

海に出てから数カ月。いろんな海域で釣れる魚を経験だけでさばいていくなかで、知識が蓄積されてきた。俺の知らない謎魚のオンパレードだった食卓も、少しずつだが知っている顔ぶれが増えてきている。この歳になって成長を実感できる。最近のささやかな喜びだ。

「オウルさんは本当に料理がお上手《じょうず》なんですね」

「人間誰しも取り柄はある。俺の場合はそれが料理なんだ」

俺のさばいた魚たちはゼロの口にも好評だった。

「謎魚のカルパッチョ。オリーブとレモン、肝の叩き和《あ》えとともにめしあがれ」

「おじちゃん、これってレモンの木から採れたやつ？」

「その通り。菜園の魔法のおかげで、レモール島からヴェイパーレックスに帰るまでの間に、レモンの木が成長した。そして、この度、初の収穫と相成った」

採れたレモンの数は20個前後。今夜は初めてレモンを使った料理のお披露目会だ。

「この船は果実まで育てているのですか……？」ゼロは目を丸くしてたずねてくる。

「ゼロお姉ちゃん、畑のある船乗ったことないのー？」

「普通の船には畑はないと思うけれど……」

ゼロは自分の常識が信じられないという風に「私がおかしい……？　でも、樹はありえない、はず……？」と、ちいさく首を横に振っていた。

大丈夫。君は正常だ。お湯の出る浴室や果樹を備えている帆船は普通ではない。

ゼロを乗せてから5日目。もうすっかり彼女はこの船での生活に慣れていた。

朝は一緒に掃除をして洗濯物を取りこんで、昼は釣りをして己の食材を確保し、夜は船長室でギャンブルに参加する。このところのリバースカース号の一日の流れだ。

今夜は俺が４０００シルバーほど勝ち越した。上々の成果である。今夜の勝負はおしまいだ。

俺の一日はもう終わり。あとは船長室の後部窓の縁に座って、勝利の果実酒にしたつづみを打って、残業している勝負師たちを見守りつつ、眠たくなるのを待とうではないか。

部屋の中央に移動させられた机では、まだ勝負が続いている。ラトリスとクウォンは尻尾を揺らしながら延長戦に次ぐ延長戦を繰り広げる。熱き戦いの横では、セツが羽根つき帽子を被《かぶ》っていた。その隣で、ナツとゼロは行儀よく椅子に座り、子狐に身体を向けている。

「これはね、影の帽子って言うの‼　すごい魔法が使えるのですっ‼」

「暗黒の秘宝、ですか」

「ゼロお姉ちゃんには特別に教えてあげるのですっ‼」

セツが影の帽子をゼロの前で被っていることに、内心ではドキッとしていた。隠していた秘密がバレたような感覚だ。厳密に「影の帽子のことは黙っておこう」と、口裏を合わせていたわけじゃないので、そこまで重大な隠し事あつかいしていたわけではないが……。

「これすごいでしょ、もっとたくさん、召喚することもできるんだよっ！」

セツは影の子狐を両手に抱えて嬉《うれ》しそうに言う。モフモフがモフモフを抱っこしている。すごく平和な絵面だ。ゼロは微笑ましそうに「すごいです」とちいさく拍手をする。

その後もセツは様々な影の魔法を披露していた。ゼロのほうは手のなかに真っ白な雪を降らせてみたりして、セツを喜ばせてあげていた。不穏な感じはない。とても平和な時間だった。

夜も深まった頃、皆が退散したあとも、俺は飲みかけの酒を手に、船長室に残っていた。ロウソクの灯《あか》りがまだ残っていたのでもったいないと思ってのことだ。もっとも今すぐ火を消せば、次また再利用できるだろうが、そうするにはこのロウソクは短すぎる。微妙な長さだ。とても微妙だ。俺は2分ほど悩んだ結果、「もう2分悩んでるうちに火が消えそうだな」と判断し、こうして死にゆくロウソクに奇妙な哀愁を抱き、それを肴《さかな》に酒瓶を空にすることに決めたのだ。

「オウルさん、まだいらっしゃったんですか」

ゼロが窓の外に現れた。船長室の後部窓、そのすぐ外の通路をぐるっと回ってきたらしい。

彼女は通路側から窓辺へ、お尻《しり》をひょいっと乗せた。

「さっきのアレ。本当に魔法使いなんだな」

俺は拳《こぶし》を握り、手を天井に向けて「ぶわぁ」と効果音をつけながら開いた。

「ふふ、はい、雪の魔法です」

「あの魔法があれば食材を腐らせずに船で運べるだろうな。ビジネスの香りがする」

「画期的な使い方ですね。海に生きる者ならではの発想です」

「お嬢さんも海に生きる者だろう」

言ってから、少し後悔した。彼女は船乗りではない。船を乗り換えて旅をしている謎の少女だ。

これは彼女の過去に対しての詮索《せんさく》ととらえられてしまう。きっと返答に困るだろう。

「少し酔ってるかな。もう寝るとしよう」俺はそう言って腰をあげようとする。

「オウルさん、もう少し、お話ししませんか?」ゼロは透明な声でそう言った。「明日にはもうホワイトコーストに到着してしまうでしょう?」

俺は数瞬だけ悩んで、浮かせた腰をおろした。ゼロは上品に笑んだ。

「ゲームをしませんか」ゼロは突然切り出してきた。

「ほう、ゲームね。そりゃ一体どんな?」

「お互いに秘密を教えあうゲームです」

「秘密？　面白いとは思うが、どうだろう、俺には秘密があんまりなくて……お嬢さんの明かしてくれた秘密と為替《かわせ》レートのあった秘密を披露できるかどうか」

「では私のターンです。実はですね、私は商船を襲ったことがあります」

いきなり始まったな。俺は「……ほう」と低い声で相槌《あいづち》を打つ。動揺してないフリは得意だ。

「あれれ？　あんまり驚きませんでしたか？」

「安心してほしい。すごく驚いてるよ。すごい告白が来たなって。懺悔《ざんげ》でもする気か？」

「ふふ、そうではないです。ただ、知ってもらおうと思ったんです」

「若い子の考えることはよくわからないな。ところで、どうしてそんなことを？」

「もちろん、理由はあるんです。――オウルさんは奴隷をご存知ですか？　裕福な商人たちは未開の地へ船でやってきて、そこの人間に値段をつけて売るんです。遠くの大陸や島から連れてきた異民族であれば、物珍しさからより高い値段がつくらしいです」

「知ってるよ。……その、ラトリスがそうだったから」

あの日、ブラックカース島にラトリスを乗せた商船がやってきた。俺は檻《おり》のなかの彼女をどうすることもできなかったが、彼女は自ら逃げ出し、俺はそこへ手を差し伸べた。

海を越えて異なる世界が接触する時、そこには必ず強者と弱者が生まれる。搾取と植民地化、奴隷……そういったことはこの時代で当たり前におこなわれていることなのだ。

ゼロは驚いたような顔をして「そうだったんですか……」とこぼした。

「実はですね、私は生き別れた姉を探すために旅をしていましてね。お察しの通り、姉は商人に連れていかれてしまったんです。奴隷として。とても綺麗《きれい》な人でしたので」

俺は慎重に言葉を選んだ。

「それは……お気の毒に。商船を襲ったのはお姉さんを助けるために？」

「ええ。でも、その船には姉は乗っていなくてですね、だから私はいまも旅を続けているんです。奴隷を解放したので多少の鬱憤《うっぷん》は晴れましたけど、より厄介な敵を作ることになりましたね」

「それが海賊狩りってことか。でも、その船は別に貿易会社の船ではなかったんだろ？　貿易会社の牙《きば》である海賊狩りが出張ってくることはないんじゃないか」

「海域でかなり力のある商人だったようで、貿易会社と提携関係にあったんです。なので指名手配されてしまいました。暗黒の秘宝を持っていることも、目をつけられる原因ですね」

暗黒の秘宝……強力ではあるが、呑《の》みこまれる危険がある。どこへ行っても厄ネタだ。

ゼロはポケットから綺麗な装身具を取りだした。彼女はそれを月の明かりにさらす。透き通っているひたすらに純粋な結晶だ。短剣ぐらいのサイズで、先端は獣の牙のように尖《とが》っている。

「『氷瀑《ひょうばく》の牙』といいます。凍り付いた竜から抜かれた牙です」

「……へえ、それはまた逸品だな。見せてもよかったのか？」

「構いません。そうしたかったので。触ってみます？」

「いや、やめておこう。俺は魔力に縁がないし……急に暴れだして迷惑をかけたくない」

俺は手を突き出して丁寧に断った。暗黒の秘宝、みんなよく普通に触れるよな。

「どこでその綺麗なお守りを？　砂浜で拾えるわけじゃないだろう？」

「実は私の親は、故郷の有力者でして。なんでも王族の末裔《まつえい》なんだとか。親の代ではすっかり没落して久しかったようですけど……でも、家にあったコレと古い金貨はこの旅に役立っています」

どうりで金持ちなわけだ。王族の資産だったか。

「貿易会社は、島々と大陸を繋ぎ、航路を整備して、世を変えました。繁栄というのでしょう。きっといいことです。夢がありますし。でも……おかげで私の姉は遠くへ連れていかれた」

声のトーンが一段とさがった。静かながら激しい怒りを感じる。

「アテもないのか、お姉さんの行方《ゆくえ》」

「足取りはわかっています。姉を乗せた船は大陸に向かったようです」

「大陸か。だから、ホワイトコーストに行きたいのか」

ホワイトコーストはこの海最大の港湾都市。アンブラ大陸の玄関だ。

「ようやくここまで来たんです」

蒼《あお》い眼差しは細い月明かりに照らされる夜の海を見つめている。

意思を宿した瞳《ひとみ》だ。強い瞳だ。勇敢だ。羨ましいほどに。

「大丈夫、絶対に見つかるよ、ゼロのお姉さんは」

「本当ですか？」

「あぁ、約束する。海の女神に誓う。絶対に大丈夫だ。確定的に未来は明るいぞ」

「そんなに断言するなんて……ふふ、そうですね、絶対に見つかりますよね」

ジュッという音とともに温かい明かりが消えた。ロウソクは天寿を全《まっと》うした。

「オウルさんにそこまで言われたら、本当に大丈夫な気がしてきました」

年長者の言葉っていうのはある種の魔力を持っている。力強く「こうだ！」と言われれば、そう思えるのだ。俺も義父から根も葉もない理屈を信じさせられていたからよくわかる。

「夜も遅い。明日は港に着く。もう寝たほうがいい」

少女は「そうですね」と、ぴょんっと腰かけていた窓辺から飛び降りた。

「オウルさんは寝ないんですか？」

「俺はもう少しコレの面倒を見る」酒瓶を振る。残った酒がチャパチャパと音を鳴らした。

「あっ、待ってください、忘れていました」

ゼロはニヤリといたずらな笑みを浮かべる。

「オウルさんの特大の秘密を訊《き》いていなかったです」

「ちっ、思いだしたか。これがターン制バトルだということを」

「こうして私のこと話せただけでも、十分目的は果たせていますけど、せっかくですから、オウルさんの大事な秘密いただいちゃいます」

「そうは言ってもな……過去に商船を襲ってるお嬢さんに自慢できるものなんて……」

俺は顎《あご》をしごいて、自分に特別な秘密があるか、引き出しをひっくりかえす。

「うん、決めた。とっておきのやつ」

「自らハードルをあげるとは。自信家ですね」

「たぶんこれは世界で俺だけだ。そして、弟子の誰にもまだ話したことのないトップシークレット。これを知ったからには誰にも話しちゃいけないよ？」

「そんなにすごい秘密が……？」

先ほどまでの緩い空気感が張り詰めていく。ゼロの表情にも緊張が見える。

俺は周囲を確認するように首を大袈裟《おおげさ》に振ってから、少女の耳元に顔を近づけた。

「俺は異世界からの転生者なのだ」

ゼロは目を点にして、キョトンとする。静けさが訪れる。

「……。ぷぷ、そうですか、確かにこれはトップシークレットですね。ふふふ」

「誰にも話しちゃいけないぞ？　これを知られたら誰かに命を狙われるかもしれない」

「ええ、わかりましたとも。この秘密は誰にも話しませんよ」

ゼロはニヤけるような笑顔を見せてくれた。ツボに入ったのかな。

「それじゃあ、秘密を教えあうゲームは俺の勝ちということで」

「そうですね、船を襲うことくらい、異世界転生に比べればショボすぎる暴露でしたね」

「ああ、まったくだ。それくらいの暴露で勝てると思ったことを反省し、次回に生かしてほしい」

「ふふ……精進します。それでは、おやすみなさい、オウルさん。お時間取らせました」

「そんなことない。楽しかったよ。おやすみ、ゼロ、いい夢見ろよ」

少女が去ったあとには静寂が訪れた。

火の灯りはなく、月明かりだけが俺の腰から下を照らしている。

俺は足をぶらぶらさせながら、物思いにふけっていた。

おおきな海。数奇な運命。王族の末裔。その旅路はリバースカース号と一瞬だけ交錯した。

あの時、俺が海賊狩りに彼女を差し出していたら、あの子の旅はそこで終わっていた。

奇妙なものだ。あの子は絶対に幸福な結末を迎えるべき善良さを持っているというのに、俺みたいなやつが、ひとつ選択を間違えればその道を終わらせうることもあった。

「頑張るんだぞ、ゼロ。俺たちにできるのは、ホワイトコーストまでなんだ」

これからも試練はたくさんあるのだろう。俺たちは幸運を祈り、彼女を次へ送り出してやろう。

5

聖暦1430年9月2日。

「はぁ、今日であの子ともお別れなんですね」舵《かじ》を取るラトリスはつぶやいた。

「寂しいのか、ラトリス」

「そりゃあ、まぁ。寂しいですよ。いい子でしたし。うちの乗組員よりずっとお行儀がいいですし。問題起こさないですし。金払いはいいですし、仕事も手伝ってくれますし」

尻尾《しっぽ》がしおれていく。人間、誰しも感情に理由をつけがちだ。本当はもっとシンプルなのだ。もっと一緒にいたかった。それだけでいいが、ラトリスはそういう風には表現しない子だ。

「800万ももらうんですし、どこか遊覧航行でもしてサービスしてあげてもいいかもです」

「ふふ、悪くないアイディアだ。でも、別れは必ずくるものだぞ」

「……わかってますよ、先生、わたしだってそれくらいは」

ラトリスが寄りかかってくる。側頭部の重さを俺の胸に預けてきた。モフモフの赤耳が俺の顎をパタパタと攻撃してくる。俺は煩わしい赤耳を潰《つぶ》すように上から押さえつけ、ラトリスの頭をわしゃわしゃと撫《な》でた。うんうん、お別れは寂しいんだよな。わかるぞ。

昼下がり、ついに船はホワイトコーストを目視できる距離にまでやってきた。

「おお、なんだかすごい景色だな。海岸線が白く輝いてるように見えるんだが？」

「建物に使われている建材の色のせいですよ。交易で発展しだした時に、ある石切り場から生産された白亜の石材が、開発に使われていたらしくて、それが白い海岸線《ホワイトコースト》の所以《ゆえん》になったそうです」

ホワイトコーストに近づけば近づくほど、港湾内の船舶の多さに度肝を抜かれる。海賊ギルドもずいぶんな数の船があったが、ここは間違いなくあそこよりも船の数が多い。

港湾には無数の船が無秩序に入り乱れ、U字型の海と陸の隣接帯は、停泊スペースをめぐる船たちでミチッと密度が高い。この船は3本マストの大型帆船に比べると、ずいぶん背が低いため、密集されると、視界が制限される。人混みのなかで迷子になった子どもの気分で、1時間もさまよって、ようやく停泊スペースを見つけて潜りこみ、埠頭《ふとう》にタラップをかけることができた。

「うわぁーんっ‼　やっと上陸できたー‼　お腹空《なかす》いたー‼」

「肉、お肉、ちょーデカい肉！　たくさん食べるよー‼　がうううう‼」

セツとクウォンは慌ただしく駆けおりていき、ナツも尻尾を振りながらあとを追いかける。

ここ数日は我慢の日々だった。釣りによる食材調達が順調だった3日目まではよかったが、そのあと釣果が渋かった。4日目の昼には備蓄の飯が底をつき、飲み物も菜園の真水と、酒瓶が1本、レモン2個だけになっていた。『ババ抜き』によって物資配分を決めるくらい追い詰められていた。レモンを丸かじりする勇敢な狼《おおかみ》も現れたほどだ。

ただいま船長室では、俺とラトリスが最後の取引を遂行していた。

机を挟んで向かい側のゼロはルルイエール金貨が重なったタワーを懐から取りだした。トランクの中であらかじめ分けておいたのだろう。それを机に置いてスーッとこちらに移動させる。

ラトリスは金貨が10枚あることを確認し、革袋におさめた。

「前金と合わせてルルイエール金貨20枚ね。確かに受け取ったわ」

「これで俺たちの滞納金地獄も終わりだな」

「ええ、ついにです」

コウセキ島やレモール島に比べて、ずっと楽な仕事だった。船で海を渡っただけだ。

業務期間6日。最後はちょっと我慢したが、短期間で稼いだ報酬としては破格である。

「本当にこんなにはやく着くんですね。リバースカース、疑うことなく最速の船です。何から何までよくしてもらってありがとうございました。これで先に進めます」

「お礼はいらないわ。わたしたちは金払いのいいお客さんには優しいのよ」

「ラトリスはこんなこと言っているが、今朝は君との別れを寂しがってたんだ」

「ちょ、先生、それは言わないでください……っ⁉」

ラトリスの赤い耳が動揺に揺れてあたふたしだした。

「と、とにかく、契約はこれで完了よ。お金を払ったならどこへでも行ってしまうといいわ」

ラトリスは腕を組み、プイッと顔を背けて、気丈な態度でそう告げた。

「オウルさん、ラトリスさん、本当にお世話になりました。どうかお元気で」

ゼロは恭しく一礼すると、トランクを片手に船を降りていった。

船長室には冬の朝のような心許《こころもと》ない空気感だけが残されていた。

「飯でも食うか。ちいさい狐《きつね》たちと狼がどこかへ行く前に追いかけないとだ」

「ですね。はぁ、まったくあの子たちは。ゼロとのお別れもしないで。というか、セツとナツはまだしも、馬鹿狼はなんなんですかね。あいつはマジで馬鹿ですよ。想像を絶する馬鹿です」

別れの寂寥《せきりよう》感は妹弟子への苛立《いらだ》ちですぐに塗り替えられたようだ。

俺とラトリスは互いの腹がぎゅるるるっと鳴ったのを皮切りに船を降りることにした。

「ふたりとも遅い！　もうお腹空いてどうにかなっちゃいそうだよ‼」

「おじちゃん、そんなにのそのそしてたらご飯が逃げちゃうのですっ！」

埠頭に降りた途端、クウォンとセツは抗議の声を浴びせてきた。

その隣、無表情のナツは、気まずそうにはにかんでいるゼロの腕を掴《つか》んでいる。

「えっと、船を降りたところでナツちゃんたちに捕まりまして……」

「ゼロったら、ひとりでどっか行こうとしてたんだよ‼　だからナツに捕まえてもらったんだ～‼」

「初心者にホワイトコーストの歩き方を教えてあげるのですっ‼」

「私たちと船長は来たことある、からね。いわば専門家」

各々、勝手なことを言いだした。ゼロは意外そうにクウォンと子狐たちを見ていた。この子たちはゼロに別れの挨拶《あいさつ》をしなかったのではない。そもそも別れるつもりがなかったらしい。

「まったく仕方ないわね。それじゃあ、もう少しだけわたしたちに付き合いなさい、ゼロ」

ラトリスは「やれやれ」感を出しつつ肩をすくめる。尻尾は嬉《うれ》しそうに左右に揺れている。

「ええ、喜んで。美味《おい》しいお店を教えてください」

港の近くにはおおきな交易所があった。貨物を運ぶのは屈強な海の男たちだ。「えっさほいっさー‼」と掛け声が高らかに響き渡る。

目に入る種族の幅が広い。人間族だけでなく獣人族もそこそこいる。職業的な意味でも様々だ。身なりの良い商人、汗水垂らす労働者、冒険者、海賊、弦楽器を弾きならす演奏家——。

「賑《にぎ》やかな場所だ」

「この港にはアンブラ海中から物と人が集まってきますからね。アンブラ大陸の玄関の名は伊達《だて》じゃありませんよ。ここでなら欲しい物はなんでも手に入ります」

ラトリスは最後に「シルバーさえ払えば」と付け加えた。

俺の胸は高鳴っていた。この繁栄、この活気。少年オウルが求めたものだ。今、それが目の前にある。見るものすべてが新鮮で輝いている。あぁ、本当にすごい。

「オウル先生？　どうされました？」

ハッとすると、みんなが前を歩いていることに気づいた。

「おじちゃん、ぼーっとしているのですっ‼　シャッターチャンスっ！」

セツがカメラを向けてきてパシャッとフラッシュを焚《た》いた。

俺は生唾《なまつば》を飲みこみ、フラフラと歩きだした。

ホワイトコーストの街並みは都市と言われるだけあって、俺がこれまでに訪れたどんな場所よりも栄えていた。海から見た段階でわかってはいたが、通りを歩いてみると一層そう感じる。

交易所のすぐそばには市場があった。鮮魚を扱っている店の多さに目がくらむ。漁師たちが捕えた魚たちだ。リバースカース号で食べていた謎魚たちの姿もあった。

料理研究がはかどる気配がプンプンする。あとで戻ってこなければ。

人混みに紛れて歩いていると、広場っぽいところにたどり着いた。人口密度が高い。何事だ。なんか楽しいことでもやっているのか？　興味津々でみんなの視線が集まっているほうへ足を進める。

「オウル先生、あそこ」

ラトリスが指差すのは広場の中心だ。木製の台が目についた。その台の上には髭《ひげ》もじゃの男がいた。鉄枷《かせ》に手足を拘束されて。石台の上で首を横たえている。ちょー虚無顔だ。

すぐ横には巨大な斧《おの》を持った大男がいる。

「判決を読みあげる。度重なる海賊行為および度重なる殺人行為ならびに闇の魔法所持および乱用につき、海賊ユーゴラス・ウブラーを公開斬首刑に処する」

大声で読みあげるのは法服を着た男だ。読み終わるなり、紙を巻いて小さくした。

「この海賊はアンブラ海の平和を脅かし、罪なき人々を手にかけ、他者の財を奪って私腹を肥やしてきた。今日、貿易会社は悪を滅ぼす。言い残すことはあるか、ユーゴラス・ウブラー」

処刑台の上の海賊は虚ろな目をしながら顔をあげた。

偶然にも目が合った。やつの眼差しに生気が戻る。ひどい憎悪の焔《ほのお》が燃えあがる。

「あいつだ‼　このクソ女、ふざけるなッ‼　お前がいなければ、俺様はァ……‼」

「ふん、死の恐怖で錯乱しおったか。もうよい」

法服の男は大斧の男に厳かにうなずいた。処刑人はうなずき返し、ゆっくりと大斧を振りかぶり、そして勢いよく重たい先端をおろした。

「あんたのこと呪っていったわね」

「うわぁ、なんか最悪」

「クウォンさんがやっつけたっていう悪い海賊ですか。奇遇ですね、処刑に立ち会うなんて」

あの悪党の結末を見られたのはよかったが、食事前には勘弁してほしかったかな。

気分を新たに、俺たちは広場をあとにし、再び空腹を刺激する通りに戻ってきた。

とにかく人が多い通りには、美味《うま》そうな酒場が何軒も並んでいた。

「すごい名前のお店だね‼　オウル先生、ここにしようよ‼」

ホワイトコーストに上陸して最初の飯は『牛と酒』に決まった。店内で者どもは浴びるように酒を飲み、肉の脂で汚れた机で、香辛料の香りを暴力的なまでに纏《まと》った牛肉を噛《か》み千切っていた。

俺たちが席につくと、デカい図体の店主はさっと近づいてきた。セツとナツを見て、大変に満足そうな表情を浮かべる。よからぬことを考えているのか。密《ひそ》かに警戒していると、店主は簡素なメニュー表を指で穴を空けるような勢いで突き刺した。

そこには『13歳以下は無料』と書いてあった。

「よく来たね、たくさん食べるんだよ、お嬢ちゃんたち♪」

店主は蕩《とろ》けるような笑顔と、優しい言葉で子狐たちへ喋《しゃべ》りかけた。

「うわぁーん、『牛と酒』のサービスが進化しているのですっ‼」

「店主、非常に助かる、だよ」

喜ぶセツとナツ。しかし、俺は一層懐疑的になっていた。

「店主さん、気持ちは嬉しいが、ちょいと怪しいな。生肉を調理して出すだけでも高くついてるだろうに。サービスが良すぎだ。裏があるな？」

この世界には冷凍技術は存在しない。鮮度の問題から、肉は塩漬けか燻製《くんせい》で消費されるのが普通だ。ステーキという料理を提供できる環境は、ごく限定的なはずだ。

「『牛と酒』の使命はステーキという新しい定番を、金持ち連中の文化にとどめず、大衆へ普及させることにある。心配するなら死ぬほど食っていけや、旦那《だんな》」

うーん、ただのいい人だった。疑うことすら失礼にあたる。

厚意に甘えて俺たちはたくさんのステーキと酒を注文した。言うまでもなく料理は最高。肉の旨《うま》味《み》と脂で汚れた口で木杯から葡萄《ぶどう》酒をごくごくと喉《のど》に流しこむ。想像通りの美味さが、想像を遥《はる》かに超えて、細胞に染み渡ってきた。

「あまりにも美味しすぎるのですっ⁉」

「オウル先生も島でよく猪《いのしし》ステーキを焼いてくれたよね！　なんだか懐かしいや‼」

宴会は驚異的な盛り上がりをみせた。肉の脂と酒のコクに酔いしれ、互いがホワイトコーストでの展望を語り合った。夢を語り合うというのはいいものだ。

すっかり気分がよくなってきた頃、店の扉が開いた。視線を向けた先に、白い制服の——それも武器を備え、暴力の香りを放つ者たちがいれば、酔いもちょっと醒《さ》めてしまうものだ。

俺とラトリスは機敏に反応していた。ゼロもすでに気づいているようだった。なおセツとナツはすでにお酒で気持ちよくなってしまって半分瞼《まぶた》が落ちている。

「みんなどうしたの～？　ラトリスもゼロも、先生まで、そんなに向こう見ちゃってさぁ」

「こら、馬鹿狼、静かにしなさい。そんなにジロジロ見ない。ステーキまだ残ってるわよ」

クウォンはおおきなステーキを口に押しこまれ不満げにする。不憫《ふびん》なり。

海賊狩りへ意識を向ける。全員で6名ほどだ。仲良さそうに談笑しながら向こうで机を囲んでいる。やつらのなかで特に目を惹《ひ》くやつらがいる。2名だ。ともに巨漢だ。

ひとりは丸メガネを掛けた短い金髪の中年だ。屈強すぎる。身長2mくらいはあるだろうか。白い外套《がいとう》を羽織っており、剣帯ベルトには見慣れない銃器らしきものを差している。

もうひとりは、黒い長髪の男だ。二枚目の顔立ちには首筋から伸びる幾何学模様のタトゥーが刻まれている。こっちも筋骨隆々のマッチョマンで、同じように白い外套を羽織っている。

彼らは部下と思われる者たちへ穏やかな笑顔を向けながら、周囲へ警戒をみせていた。

「仲間とご飯食べに来ただけみたいだよ、もぐもぐ」

「そうみたいだわ。よかったわね、あんたのこと探してるわけじゃなさそうよ」

ゼロは緊張した表情を柔らかくし、ふーっと深く息をつき、胸を撫《な》でおろした。

「海賊狩りといえど、すべての賞金首の顔を頭に入れている人なんかいませんもんね」

「当たり前じゃない。この世界に悪党がどれだけいると思ってるのよ」

呆《あき》れたように肩をすくめるラトリス。この子も緊張していた気がするが。調子のいいことだ。

海賊狩りがこちらに意識を向けている雰囲気もなかったので、俺たちは話題を戻した。

「それでゼロはこのあとどうするんだ」

「ひとまずはこの都市で商人をあたってみようと思います。奴隷商の情報が掴めると思うので」

「ヴェイパーレックスの海賊狩りが追いかけてきてるかもしれない。時間は掛けられないぞ」

「オウルさんの言う通りです。時間が経《た》つほどこの都市にいづらくなるでしょうね」

ゼロは木杯に注がれた蒸留酒を見つめながら決意の眼差しをしていた。

「お姉ちゃんはレ・アンブラ王国のどこかにいるはず、必ず見つけだします」

人売りに攫《さら》われて生き別れた姉。見つけるために故郷を出て、船を乗り継いで旅をし、その過程で、義侠心《ぎきょうしん》から弱きを助け、強きを挫《くじ》いた。結果としてレバルデス世界貿易会社に追われることになった。その精神性は曇りない。黄金のように輝いている。誇るべきものだ。

でも、世界はこの子を悪者にする。そんなの俺は間違っていると思う。

俺は思案しながら蒸留酒にひと口。杯をかたむけると、こちらをじーっと見ているクウォンと目が合った。何か言いたげな目だ。続いて隣を見ると、ラトリスも俺のことを見つめていた。彼女たちの考えていることが何となくわかる気がした。

彼女たちもこの酒の席でゼロの数奇な運命については理解を深めている。

きっと俺と同じことを思っているのだろう。

「ゼロ、人手が必要なんじゃないか？」

俺はコトンッと音を鳴らして木杯を置いた。ゼロは虚を衝《つ》かれたような顔をしていた。

ラトリスとクウォンは我が意を得たりと、誇らしげな表情を浮かべる。

「そんな、これ以上、あなたたちを巻きこめないです」

「何を言ってるのよ、ゼロ。わたしたちは同じ船に乗った仲間じゃない」

「そうだよ、義侠心を持ち合わせているのはゼロだけじゃないんだよ。あたしなんて義侠一本でいろいろとやってきたんだから。オウル先生も同じ気持ちだよ」

クウォンは鼻を鳴らし、ふさふさの尻尾《しっぽ》をぶるんぶるんっと振りまわす。

「困ってる人がいたら助けるのは当たり前。仲間ならなおさらだよ‼」

「この馬鹿狼《おおかみ》はちょっとお人好しすぎるけど、でも、言ってることは正しいわ。仲間を助けるのに理由なんかいらないわ。そうですよね、先生」

お人好しなのはラトリスも同類だな。思わず頬が緩みそうになりながら「そうだな、その通りだ」と俺はうなずく。強く、聡明《そうめい》で、その上、勇敢で優しい――誇らしい子たちだ。

俺は瞳《ひとみ》を閉じてこれまでの旅で感じた奇妙な運命論に思いを馳《は》せていた。

広大な海。長い人生。ましてや俺は転生者。どういう確率の上に出会いが成り立っているのか。

旅に出て、船の上で海を見つめる時間が増えるほど、ロマンティックなことを考える。

それぞれの旅は違う目的地へ続いている。それは俺やラトリス、クウォン、セツにナツ、リバースカース号も例外ではないだろう。だからこそ、仲間と一緒にいられる時間を大事にしたい。

「皆さん……ぅぅ」

ゼロは口元を押さえてうつむく。漏れる嗚咽《おえつ》。温かい雫《しずく》が頬をつたう。

「ありがとうございます……っ、報酬は必ず、お支払いいたします」

彼女は目元を赤く腫《は》らしながら、絞りだすような声で感謝を繰り返した。

賞金首への積極的な助力。これは貿易会社の怒りを買う行為だ。俺たちも吊《つ》るし首かもしれない。

というか、ヴェイパーレックスで海賊狩りを張り倒した時点であとには引けない。なので俺たちの決断は、ある意味、いまさらヒヨっても仕方ないという開き直りに近いのかもしれない。

巨大な力が「それは正しくない」と言ったとしても、心を惑わされない。言うは易《やす》し。おこなうは難し。だからこそ勇気をもって選択しなくてはいけない。「正しさは自分が決める」と。

翌日、俺たちはホワイトコーストで捜査活動を始めた。ゼロの姉を見つけるために。

6

聖暦1430年9月2日。

アンブラ海最大の港、大陸の玄関、白い海岸線《ホワイトコースト》。

レ・アンブラ王国が世界に誇りし白亜の巨大港湾都市が窓の外に見える。

いい眺めを有するこの部屋は、レバルデス世界貿易会社ホワイトコースト支社の治安維持部執行課第三客員執行官執務室だ。長ったらしい名を持つこの部屋では、若き才女が机に向かっていた。

黄金に輝く美しい髪とサファイアのような蒼《あお》い瞳。白い豪奢《ごうしゃ》な制服の胸元には、すでに余人が生涯をかけても手に入れられない勲章が2つも並んでいる。傑物だけが袖《そで》を通すことができるそれはわずかでも着崩されておらず、揺らぐことのない意志が内から溢《あふ》れ形をもっているかのようだ。

彼女の名はシャルロッテ。レバルデス世界貿易会社の海賊狩りだ。

シャルロッテは机に広げた紙を眺めて、ちいさく息をついた。紙面にはレモール島で個人的におこなったいくつかの調査がまとめられている。島民への聞き取り調査、『モフモフ海賊』の足跡を追いかけスマルト谷に足を運び見つけたもの、そのほか些細《ささい》な気づきなど。

「ユーゴラス・ウブラーにおこなった尋問により、彼らと衝突した者たちは明らかになった。赤毛の獣人、無双のクウォン、桃毛の獣人、緑毛の獣人、そして、普通のおっさん……」

シャルロッテは聞き及んだ情報を鵜呑《うの》みにはしなかった。情報の裏付けのためにスマルト谷に足を運び、ご機嫌なレモン羊を見つけた。いくつかの死体も発見した。遺留品から『指狩りのシュミット』の死亡も確認した。また死体のなかに、斬殺されたものがないことから、ウブラーと敵対した者たちが、お人好し集団だともわかっていた。

すべての情報はひとつの事実を照らしだしている。

「…………オウル先生、生きていらっしゃったのですか？」

シャルロッテは瞼を閉じて、椅子に深くもたれかかる。彼女の脳裏にあるのは、泣き叫び、嗚咽を漏らす幼き日の自分。激しく波に打たれる船の上で、彼女は何もできず、遠ざかる故郷へ手を伸ばす。それは島民たちの罪。みんなが選んだ。英雄の犠牲で、自分たちだけが助かることを。

もう遠い過去の記憶だ。あれから長い年月が経った。一緒に暮らしていた親しき者たちはそれぞれの道を歩いている。各々の胸に失った大事なものを抱えて。

シャルロッテも同じだ。もうあの島のことは、古い記憶のなかにしかなかった。あの島での友人たちも、もう長いこと会っていない。連絡すらしていない。

だというのに、その瞬間は急に訪れたのだ。レモール島は薄れていた過去を呼び起こした。

レモール島からホワイトコーストに帰還し、今日に至るまでまともに眠れていなかった。常に過去に思いを馳せていた。いてもたってもいられなかったのだ。

仕事に集中できない。意識はすでにひとつのことに向いてしまっている。

確度の高い推測、証言、証拠、それでもまだ信じることができない。これまでまったく考えてこなかった可能性——あの呪われた島で、瘴気《しょうき》と怪物で溢れた地で、彼が生きていたなど。

確かめなくてはいけない。必ず会わなければいけない。

「ちーちーちー♪　ちーちー♪」

甲高い小鳥の鳴き声。シャルロッテは瞼を開けて、窓辺に視線を向けた。

宝石の輝きを持つ瞳でじーっと見ていると、一羽のシマエナガが飛んできた。窓近くの止まり木に着地。素朴な黒い瞳でシャルロッテを見つめかえしてくる。「ちーちーちー♪」

シャルロッテは腰をあげた。大人しくしているシマエナガに近寄り、しなやかな指を差し出してやる。ちいさな賢鳥はひょいっと彼女の白い指先に飛び乗った。

足にくくりつけられている手紙を回収する。

「ありがとうございます」

返事はいつでも「ちーちーちー」シャルロッテは感情を宿さない顔のまま、こくりとうなずき、シマエナガを止まり木に戻すと、手紙の内容をあらためた。

すぐのち今しがた手紙を運んできたシマエナガへ「オブシディアンとギードを呼んでください」と言って、メッセージを書いた紙を足にくくりつけた。

「ち〜」シマエナガは再び窓の外へ飛び立っていく。

「働き者ですね。とても偉いことです」

しばらくすると、客員執行官執務室にノック音が響き渡った。シャルロッテは「どうぞ」と許可を出して来訪者を室内に入れた。ペンを持つだけで進んでいなかった執務は完全に中断された。

やってきたのは2名の巨漢だ。丸メガネの短い金髪と、タトゥーの黒ロン毛。馴染《なじ》みの顔だ。

「お待たせして申し訳ありません、シャルロッテ様」

「部下と食事に行っていました。遅れてすみません」

ふたりは頭をさげてから、黙して上司の言葉を待った。

「けっこうです。急に呼び出して悪いと思っています。ですが、はやめに周知しておいたほうがいい案件ですので。……逃亡者ゼロがここへ向かっているようです」

男たちは表情を変えず傾聴する。

「担当執行官はヴェイパーレックスでゼロと接触したようですが、逃亡されました。逃亡する際、リバースカース号という快速帆船を使用した模様です。ホワイトコーストに向かっていたのなら、2週間程度の航海。あの速さなら10日を切るかもしれないとも言っています」

「ヴェイパーレックスからホワイトコースト間を10日？　かなり速いですな」

丸メガネの男は言いながら、肘《ひじ》を抱いて顎《あご》に手を添える。

「ただし、船は急いだ様子で出港した模様。どこかで補給する可能性が高いとのことです。その場合はホワイトコーストに着く時間はおおきくずれます。ゼロがリバースカース号に乗ったまま、ホワイトコーストを目指すかも不明です。そのうえ、本当にホワイトコーストを目指していたかも不明です。前提が間違えている可能性はあります」

シャルロッテは淡々と手紙の内容を部下に伝える。

「つまりはすべては可能性の話ですな」

「ええ、そうです。もしかしたらの話です。それでもホワイトコーストにゼロが来るかもしれないです。執行課総員にゼロの手配書を配布してください。そのうえで市井《しせい》にも意識を高めてもらいます。ゼロの手配書の掲示数を増やす。私たちが備えられるのはこのあたりでしょう」

話は終わりだ、という空気が部屋に漂い始めた。

「了解いたしました。手配書の件、お任せください、シャルロッテ様」

ロン毛タトゥーの男はそう言って恭しく一礼する。

「ゼロは確かリブル三席執行官《サードオーダー》が追っていたと記憶していますが」

丸メガネの巨漢は腕を組んで、訝《いぶか》しむ表情をしていた。タトゥーの男は横目に相棒を見やる。

「あの人はできる。接触したのなら取り逃がすとは思えません」

「リブル執行官はあなたの元上司でしたか、ギード」

「はい、そうです。彼は実力がある海賊狩りですよ。頭もキレる。逃亡者の心理を理解している。罠《わな》をはり、追いこみ、最後にはその首根っこを掴《つか》んで引きずりまわす……そういう男です」

緊張した空気。束の間の静寂。窓辺のシマエナガがちーちーちーと気の抜けた声で鳴く。

海賊狩りは中指で丸メガネの位置を直し、改まった様子で続けた。

「魔法使いだろうと素人《しろうと》相手に後れはとらない。用心棒がいたのやも。それも腕利きの」

問いかけるような眼差し。シャルロッテはそれを受けて、郵便で届いた手紙へ視線を落とす。

「ゼロに協力者はいません。ただ、逃走を手助けした船には、剣士がいたようです。赤い毛並みの獣人と人間。獣人は若い女、人間族のほうは男で……年齢は三十代だそうです」

シャルロッテは言葉尻《ことばじり》の勢いを衰えさせながら言った。

上司の珍しい様相に、ふたりの巨漢は顔を見合わせる。

「彼らにリブル執行官はやられたのですか？」

「文面を見る限りでは戦闘行為があったわけではないようです。あくまで逃走と追跡だけ。その末に逃げられたと。あなたも見ますか、ギード」

シャルロッテの手から手紙を受け取り、丸メガネの男は慎重な眼差しであらためる。

「とはいえ、信じすぎるのもよくないと、最近の私も学びました」

「シャルロッテ様？」

「執行員と違い、現場指揮官である執行官にとって失態は減点対象です。自分の失敗を隠したがる同僚は何人かいました。そのせいで正しい情報共有がなされなかったこともありました」

「それではリブル執行官は故意に不十分な情報を送ってきたと、そうお考えなのですか」

「どうでしょう。私は情報に違和感を持ちませんでした。逃がしてしまうこともありますから。戦闘行為に発展しなかった可能性も大いにあります。疑いで物事を測りたくはないです」

サファイアの視線がタトゥーの男へ向けられる。

「それに用心棒がいたとしても問題はありません。秩序ではなく、混沌《こんとん》に加担するのであれば、まとめて正すまで。その意味で、リブル執行官が嘘をついているかどうかには興味がないです」

タトゥーの男は目を細めた。身体《からだ》が芯《しん》から震えていた。寒さを感じているわけではない。

全身が粟立《あわだ》つような感覚だ。肌をじりじりと焼くそれは、高揚と畏敬《いけい》、それと興奮だ。

敵がひとりだろうが、ふたりだろうが、10人だろうが関係がない。秩序の極光を背に、正義のつるぎで悪を断つ。すべての不義が彼女の前では正される。彼女こそが孤高の秩序なのだ。

シャルロッテは懐中時計を取りだし、時間を確認すると、スッと腰をあげた。

「市場開拓部より護衛の要請がきています。数時間、課を離れます」

「シャルロッテ様に護衛を？　それは一体……」タトゥーの男は怪訝《けげん》な表情になった。

「ある商人との取引の場に居合わせてほしいと」

「取引？　主席執行官《ファーストオーダー》様が出張られるほどの案件とは思えませんが」

「その話は小耳に挟みました。相手はきな臭い噂《うわさ》がある商人でしたか。リーバルトとかいう。大方、虎の威を借る狐《きつね》といったところでしょう。主席執行官の名をいいように使いたがってる」

「火急の用件はありません。ホワイトコーストで待機することが我々の今の仕事。であれば、このいとまに多少の用を引き受けることもやぶさかではありません。市場開拓部に恩を売れますしね」

「シャルロッテ様は人がよすぎますすな」

最初にシャルロッテが退出し、丸メガネの男とタトゥーの男が続いた。扉が閉められ、鍵《かぎ》がかけられる。あとには「ちーちーちー」という愛らしい鳴き声だけが執務室に響いていた。

7

ホワイトコーストに来て5日目。

いまだにゼロの姉メイズの手がかりは見つかっていない。ホワイトコーストでゼロの姉を売った奴隷商人を探す――このミッションは想像通り大変なものだった。

まずは奴隷商人を見つけることから始まる。これがすでに難しかった。なんでも奴隷はレバルデス世界貿易会社が近年禁止した取引品目なのだとか。7つの海をまたぐ巨大企業が「NO」と言えば、それはNOだ。貿易会社を通じて取引をしたい商人たちは、クリーンである必要があるため、表立って黒いことはしない。

調査初日、手分けして交易所に足を運んで、商人っぽいやつを捕まえては、奴隷取引をしているやつを知らないか聞いてみたが、ほとんどが協力的な態度をみせてくれなかった。

奴隷、人身売買、人売り、こうした単語を聞けば商人たちは決まって顔をしかめた。「うちは関係ない。よそをあたってくれ」と皆が俺たちを追い払った。

それでも、進展はあった。思わぬ場所での進展だったが。

調査2日目のことだ。思わぬ情報源となったのはなんと『牛と酒』の店長だった。

彼の人柄に期待して、ダメもとで行方《ゆくえ》不明者を探していることを伝えてみた。すると、店長は難しい顔をしながら、同情の意を示し、とある情報をくれた。

「商売柄、酒飲みたちの話を耳に挟む。毎日毎日、いろんな客の話を聞いていれば、そのなかに耳を塞《ふさ》げばよかったと思うような話題もあったりする。奴隷を買ったとかそういう話さ。――噂によればリーバルトとかいう男が、女の奴隷を扱っているらしいぞ」

店長はカウンター席で蒸留酒をたしなむ俺にこっそりと教えてくれた。

キーワードは『リーバルト』。その名前は奴隷関連の話でたびたび出てくるようだ。

そういうわけで、俺たちの調査対象はリーバルトという商人になった。

交易所で「奴隷商人知りません?」ではなく「リーバルトという商人をご存知で?」という聞き方をすれば、さして嫌がられることなく彼のことを教えてもらえた。

彼はホワイトコースト商人ギルドに属している二等商人とのことだった。

「筆頭商人がギルドの代表者クラス。都市長とかだ。一等商人はひとつしただが、みんな豪邸をいくつも持ってる。二等商人はもうひとつしたの等級だが、それでも屋敷を持ってる本物の金持ちたちさ。二等以上は格が違うね。どうすればあんなに儲《もう》かるんだか」

交易所で聞きこみに協力にしてくれた商人ギルド所属三等商人は嘆くように教えてくれた。

調査3日目はリーバルト本人に会うために商人ギルドに足を運んだ。本人には会えなかった。

調査4日目の今日、リバースカース号の船長室にて、リーバルトと接触することを目標に作戦会議がおこなわれていた。いまは船長机を囲んでみんなで、策士ラトリスの案に傾聴しているところだ。

「現状掴めている情報によれば、リーバルトはすごく金持ちの二等商人。商人ギルドの商館へ行けばリーバルトと取引をしたいという人間を繋《つな》いでくれるらしいけど、実際はほとんど会えない。それなりに格がないと話をすることすらできない。これだけね」

金持ちの時間は貴重ってことだ。よく言うやつだ。あの有名人は1秒間に数百万稼いでいるだとか、そういうの。その意味でいえば会う人間を選ぶというのは普通のことである。大企業の重役にいきなり会わせろと言って会えることのほうが少ない。

「リーバルトはわたしたちが掴めている唯一の手掛かりよ。どうしても会わないといけない。リーバルトが噂通りの奴隷商人なのか、そうだとしたらゼロの姉メイズを知っているのか……すべて空振りに終わる可能性もあるけど、それでも近づいて確かめてみないことにはわからないわ」

「でも、会ってくれないのならこの線で追うのは無理なんじゃない～？」

「普通の手段ならね。ふふん、昨晩、わたしはベッドのなかで頭が痛くなるほど考えたのよ。奇策を。そして見いだしたの。メイズへと至るリーバルト誑《たら》しこみ作戦を」

「「リーバルト誑しこみ作戦ー？」」クウォンとゼロは首をかしげた。

ラトリスは腕を組んで得意げな表情で答える。「そうよ。リーバルトが商人なら、こちらも商人として接触すればいいのよ。昨日は海賊として接触してしまったのがよくなかったわ」

「商人として接触すればいいって言っても、あたしたち海賊じゃん？」

「まったくわかってないわね、これだから馬鹿狼《おおかみ》は」

「なにをー‼　この意地悪狐‼」

「身分なんてものは服装を変えれば手に入るものなのよ。防具を着れば冒険者に、変な帽子を被《かぶ》って弦楽器を弾いてれば音楽家、ブラウスに綺麗《きれい》なニットジャケットを着こめば貴婦人よ」

クウォンは手をポンッと打ちながら「おお、なるほど‼」と感心した様子だ。

「変装で格のある商人になりすまし、メイズの情報を探る。これが作戦の全容か」

「どうでしょうか、このアイディア」

「いいんじゃないか？　リーバルトと面と向かって話をできそうだ」

それにスパイ映画みたいで楽しそうだ。と内心思っていたりする。

「それじゃあ、あたしが変装するよ！　なんだか面白そう‼」積極的な狼。

「あんただけはないわ、クウォン」否定的な狐。

「また独占するつもり⁉　ラトリスだって無理だよ、無法者がモフモフにまで染みついてるもん」

「まぁわたしは一流の無法者であることは認めるけど、商人になろうと思えばなれなくはない……でも、今回はわたしの出番じゃないわ。獣人だとちょっと不利だもの」

ラトリスは涼しげに赤い髪を手で払い、こちらを見てくる。俺は足を組んで椅子に座したまま、酒瓶をかたむけていたので、視線で「え？」と問いかえす。

「いろいろ考えたけど、やっぱりオウル先生以外に商人役はありえないわ」

自信満々にラトリスは言った。俺は酒瓶を口元から離し、居住まいを正した。

そして「いろいろ考えた」部分についての説明を求めた。

8

世界からヒトとモノとカネが集まる港湾都市には、とても裕福な者たちがいる。

新しい時代、新しいやり方で力をつけている者たちの名は商人だ。

貿易を上手《うま》く利用することで莫大《ばくだい》な富を築いた彼らは、決まって小綺麗《こぎれい》な格好をしている。

決して汗の滲《にじ》んだ着古したシャツなど着ていない。冒険者みたいに革鎧《よろい》を着ていることもない。

靴の汚れにだって気を使い、帽子を被り、おしゃれに気を使っているのだ。

——その日の商館はいつもと変わりなく忙しかった。

「失礼、お嬢さん、二等商人のリーバルト殿にお会いしたいのだが」

そうやって声をかけるのは訪問者だ。商館の訪問客用の窓口でペンを走らせていた受付嬢は作業を中断させ、新しく受付にやってきた人物に対応しようとする。

受付嬢はギョッとした。受付前に立っていた人物のその奇抜な装いのせいだ。

おおきな羽根つき帽子を被り、丸型サングラスのレンズに瞳《ひとみ》をすっぽりと隠し、自信過剰なほどの笑みを張りつけていた。黄と赤のチェック柄ジャケットは目に痛々しい。下が暗色のスラックスであることだけが救いだろうか。先が尖《とが》った革靴はピカピカに光っている。

彼は美しい娘をはべらせていた。胸元の開いたブラウス、腰までスリットのあるスカート、やたら蠱惑《こわく》的な狐人族だ。彼はその娘の腰に手をまわした状態で、まったく恥ずかしがる素振りもなく、それが日常であるかのように平然と受付嬢のリアクションを待っていた。

奇抜な訪問者――オウル・アイボリーは此度《こたび》の作戦が上手くいかない気がしてならなかった。

（ラトリスに悪の商人に扮《ふん》してほしい、と言われた時は明確なヴィジョンがあったんだ。奇抜、自信家、大胆、美女をはべらせてる、それらが必要であると。でも、準備を進めるとコレジャナイ感が増した。原因は明らかだった。俺は前世の知識から、映画のなかの悪のカリスマを目指していたのだ。奴隷取引の邪悪な響きが俺をおかしな方向へ走らせてしまったのだ、すまん、許せ）

少しずつおかしくなっていく歯車は、しかし、オウルの力ではもう止められなかった。支持者たちが、キラキラした目で彼を見つめだしてしまったせいだ。

「おじちゃん、すごい‼」「これは間違いなく大悪党、だね」「流石《さすが》は先生、これほど邪悪な商人はいないよ‼」「悪党同士は惹《ひ》かれあいます。この悪党っぽさで間違いないです」「オウルさんは悪への造詣《ぞうけい》が深いのですか。その格好、振舞い、アイディア、すべてが天才的です」寄せられる期待、感心、尊敬――。ゆえに師は「そう、だろう……？」と、引きかえせず期待に応えた。自分は何をしているのだと嘆きながら。

ラトリスはオウルにしなだれかかった。「ダーリン、つまらないわ、もっと楽しいところに行きましょっ」と、甘えた声を出す。黒いビジネスに興味のない悪党の愛人そのものだ。

「え、ええっと……」受付嬢は訪問者たちの『濃さ』に気圧《けお》されながらも、ギルドの顔として、動揺を見せることはなかった。「こほん」咳払《せきばら》いをひとつ、気を取り直して変なやつらに応じる。

「ようこそ、ホワイトコースト商人ギルドへ。リーバルト様にお会いしたいと？」

「あぁ、そうだよ、一番イケてる商人のリーバルトだ。彼に会いたいのだが？」

「えっと、まずはお名前をお伺いしてもよろしいですか、ミスター」

「構わないが？　オウル……いや、ポウルだよ、ポウル・アイボリーだ。帝国海を越えて、ルーボス大陸はミヌースから遥々《はるばる》やってきたのさ。知らない？」

「あぁ……申し訳ございません、存じ上げません」

「そう？　それは残念だ！」言ってオーバーリアクションで天を仰ぐ訪問客。

「えーっと、ご用件をお伺いしてもよろしいですか、ミスター・ポウル」

「そりゃあ、商談さ。商人がふたり集まってそのほかに何をするというんだい？」

受付嬢は「ですよね」と言いつつ、メモに訪問者名と用件を書き留めた。

「商談内容を簡易的にお伝えいただけると、リーバルト様が対応しやすくなると思われますが」

「そうかぁ……なら、そのメモを少し借りても？」

オウルは受付嬢からメモを受け取り、ペンもつまむように奪うと、ササッと書き足した。

メモを返された受付嬢は一瞬固まった。表情こそ変えなかったが。

紙面には「獣人（狼）、氷人族、暗黒の秘宝」と書き加えられていた。

「君、くれぐれも内密によろしく頼むよ、このポウルから、リーバルト殿へ」

「リーバルト様へのメモを作成いたしました。また明日、こちらへお越しください。都合によってはリーバルト様がお会いになられない可能性もありますが……たぶん、大丈夫でしょう」

オウルは笑顔を張りつけたまま、満足げにうなずく。そのサングラスの下で受付嬢の顔を品定めでもして、値踏みでもしているのかと思うほどじーっと見つめつつ、うなずきを繰り返している。

受付嬢は居心地が悪くなって「どうされました？」と聞いた。

オウルは丸型サングラスの位置をずらす。その視線は受付嬢ではなく、彼女の後ろを見ていた。

「さっきからずっといるのだが。彼がリーバルト？」

受付嬢はハッとして背後を見やる。数メートル後ろ、カウンターの奥の柱の陰、壁によりかかるようにしながら、煙草《たばこ》を吸っている男がいた。

初老の男だ。白い長髪に立派な髭《ひげ》。商人らしからぬ筋肉質な体型。屈強な身体《からだ》を押しこめているのはピチピチのジャケットとスラックスだ。帽子を洒落《しゃれ》た感じで斜めに被っており、顔の上半分が隠れるようにしている。帽子の陰から鋭く一眼の視線を通し、オウルのことを見つめていた。

「驚いた。私に気づくとは」

煙草をくわえた伊達《だて》初老はスラックスのポケットに手をつっこんだまま受付嬢のすぐ後ろまでやってきた。その眼差しでカウンター前にいる奇人としか形容できない男を見つめる。

伊達初老は「ふむ」と何か納得したようにすると、今度はオウルがはべらせている狐人族《きつねびと》の娘に視線を向けた。綺麗な娘であった。目鼻の整った顔立ちに優美な眼差し。艶々《つやつや》した赤い髪に、ふわふわの耳、健康的な白い太ももの間からはモフモフの赤い尻尾《しっぽ》が揺れていた。

今度はオウルと彼女の背後、トランクを持っているマントを羽織った少女へ意識を向けた。通りを歩けば男たちが感嘆の声をあげながら振りかえる容姿の持ち主だ。

（相当な面食いだな、この男）

伊達初老は受付嬢からひったくるようにメモを奪って紙面をあらためる。口元に笑みが浮かんだ。納得した風にメモを丁寧に折りたたみ胸ポケットにしまう。

「私がリーバルトです。ミスター・ポウル、取引の話がしたいようですね。歓迎しますよ」

伊達初老――リーバルトの握手を求める手。オウルは怪しげな笑みを張りつけたまま、その手を取り、固く握手をかわした。オウルは内心で思う。

（上手くいくんかい。この服装がウケたのか？　方向性は間違えていなかった？）

他方、本物の商人は、ただならぬものを目の前の変なやつから感じ取っていた。

（この服装、この振舞い、この笑顔、この陽気、この自信、そして私に気づく注意力とこの硬い手……私の商人としての勘が言っている。ポウルという男、只者《ただもの》じゃない、と）

視線を切り、仕立てのよいジャケットのポケットから懐中時計を取りだした。時間を気にする素振りを見せたあと「失礼、このあと予定がありまして」と言葉を続けた。

「私の屋敷のほうで商談がありましてね。相手は大手なので遅れるわけにはいきません。ですが、あなたともぜひ話をしてみたい。どうですか、ミスター・ポウル、私の屋敷にいらっしゃってそこで商談をするというのは。そこでなら私の時間も融通が利きます」

「まさか二等商人殿が招待までしてくださるとは。光栄だよ、ミスター・リーバルト」

リーバルトが指を鳴らすと付き人がサッと登場した。腰に剣を差しており、ベルトには銃が挟んである。用心棒であった。「では、いきましょう」自然な笑顔でリーバルトは言った。

オウルとラトリスとゼロは商人に連れられて商館をあとにした。彼の屋敷は歩いてもいける距離にあった。ほんの5ブロックほど港方面に移動するだけだ。

綺麗な街並みのホワイトコーストでも、その周辺は特別に景観がよかった。レ・アンブラ王国の職人がつくりあげた伝統的様式の建築物は、かつては貴族だけのものだったが、いまは港湾都市で財を築いた商人たちの手にも届くようになった。それゆえ新築の屋敷がずらりと並んでいるのだ。

オウルは高級住宅地に圧倒されていたが、委縮をおくびにも出さず、常に余裕を感じさせる動きと、怪しげな笑顔を絶やさなかった。笑顔は動揺を隠す効果的な武器だ。

リーバルトの屋敷にたどり着き、エントランスを抜けて、こぢんまりとした客間に通される。扉がパタリと閉じられると、遮音の魔道具の力により、外の音は聞こえなくなった。

机を挟んで対面する形でふたりはそれぞれのソファに深く腰掛ける。

リーバルトは酒瓶を手に取る。「ウォッカは？」「ありがとう、いただくよ」ロックグラスへ琥珀《こはく》色《いろ》の液体が注がれる。ふたりはグラスを軽やかに叩《たた》きあわせた。

「ミスター・ポウル、どちらからいらしたのですか。この辺りでは見ない御顔ですが」

オウルは美しい酒精をグラスの底で転がしながら怜悧《れいり》な眼差しをかえした。

「ミヌースだよ、ミスター・リーバルト」

「ほう、ミヌース、ですか……」

(設定は作ってきた。ミスター・ポウルは遠い異国からやってきた謎の商人だ。素性に付けいる隙があってはいけない。相手の知っている土地だと、ボロが出る可能性がある。ミヌースはラトリスが過去に訪れた遠い大陸の街の名だ。敏腕商人だろうと外国の街までは網羅してないはずだ)

「ミヌースですか……ルーボス大陸にそんな名前の地名があったような……」

リーベルトはこめかみを押さえながら記憶の深いところから情報を拾いあげる。

オウルは優雅に口へ運んでいたウォッカを吹きだしそうになる。隣の狐も少しだけ顔が引《ひ》き攣《つ》ってしまう。だが、悪のカリスマ商人は寸前でとどまった。笑顔を崩さず「すごい、よく知ってる、流石はミスター・リーバルト」と称賛へ切り替えることでピンチを脱する。

「いえ、取引先の情報のなかでチラッと見ただけです。知っているというには、知らなすぎますよ。しかし、ずいぶん遠い場所からお越しになったのですね」

オウルはホッとしつつ、意気揚々とあらかじめ用意していた設定に沿って話を進めた。

「市場開拓さ。遠い場所からモノを運んでくれれば、こっちでは高く売れる。ごく当たり前の道理だろう？　僕はこっちでパートナーを見つけたいんだ。頼れるパートナーを」

「パートナー、ですか」

「そのための手土産《てみやげ》もある。これは影の帽子だ。以前の所有者が誰かはご存知かな？」

オウルは被っている羽根つき帽子を撫《な》でて、影の魔法を少しだけ解放してみせた。黒い靄《もや》がフワリと揺れた。リーバルトは口をあんぐり開けて、くわえていた煙草を落としそうになる。

「まさか……ユーゴラス・ウブラー？　先日処刑された、あの海賊」

「大正解だとも。面白いアイテムだから、僕が独自のツテで継承することにしたのさ」

「い、いや、待ってください、暗黒の秘宝は貿易会社が回収したがるはず……ましてや彼らのもとで処刑された海賊の財産は、貿易会社に帰属するのでは？」

「だからってどうってことないさ。僕は欲しいものは必ず手に入れるんだ。でも、もう影の帽子はいいんだ。飽きたから。これは君へお近づきの印にプレゼントするつもりだよ」

「……っ」

鋭い眼差しがオウルをとらえ続けていた。煙草の先からのぼる紫煙がゆらりゆらりと揺れている。緊張感のなかで誰にも気をつかっていないのはこの煙柱だけだろう。

（格のある商人として振舞ってみたが……暗黒の秘宝のプレゼントはやりすぎたか？　怪しい？）

訪れた静寂でオウルは己の言動を反省していた。何事もほどほどがいいな、と。

もっともリーバルトはオウルの正体を疑っているから静かになったわけではなかった。

彼のなかにあったのは奇妙で強烈な魅力を放つ異邦の商人ポウルへの関心だ。

(処刑された海賊の遺品を横領できるだけのコネと力があることは間違いない。この男、すでにそれだけここに根をおろしている。私が知らないだけで相当な大物ということか)

すべてが大物に見えてきていた。陽気で自信家、派手な振舞い、謎に満ちた素性。ダークな取引の香り。何もかもがリーバルトを惹きつけた。この男はすごい。そう思わせる凄《すご》みがある。

なかでももっともリーバルトを惹きつけた要素は隙のない姿勢だった。それは気迫ともいえる。それは商人ポウル——否、剣士オウル・アイボリーの持つ油断のなさからくるものだった。

いつでも攻撃に転じ、いつでも回避ができ、いつでも防御に徹することができる、そうした隙のなさが、相手を見定めようと集中しているやり手の商人に尋常ならざる人物として映ったのだ。

(先ほど柱の陰にいた私に気づいたのも偶然ではない。この男、やはり只者じゃない。ふざけた格好に、ヘラヘラした態度、女をはべらせる軽薄さ。しかし、その本質は蛇。これは擬態だ。真に賢い者は己の爪を隠す。これほどの実力者がパイプを求めて海の向こうからやってきた)

リーバルトは内心でほくそ笑む。自分は幸運だと。目の前の男が求めているものを提供できるうえに、この男のほうから接触してくれたことを喜んでいたのだ。

「暗黒の秘宝はけっこうです。魅力的な品ですが、私は臆病《おくびょう》なものでして、それを所有する勇気もなければ、ましてや使用する度胸もありません」

「いいのかい？　珍しい品なのに？　あぁそう。ならミスター・リーバルト、商売の話をしよう。

僕は迂遠《うえん》なやりとりが苦手でね。単刀直入にやりたい。何事も最短距離がいい。そうだろう？」

「ええ、そうですね。互いのご機嫌取りに時間を浪費するのは一流とは言えない」

「やっぱりそうだ、君とは気が合う。では、率直に。——僕はホワイトコーストで奴隷を卸せる動線が欲しい。こういう話はその道のプロフェッショナルに相談するのが一番だと思っている」

「その考えには全面的に同意しますよ。ええ、奴隷ならもう何度も取引していますとも。現地での誘拐から輸送、品物の卸先との交渉まで、すべてを私の商会でとりおこなえます」

リーバルトは自慢げに言った。積みあげた財、実績、能力を見せびらかすかのように。

オウルはラトリスと視線を少しだけ交錯させた。観察力に優れる商人は、その何気ない所作に何かしらの意味を感じ取った。というより、先ほどから見ていて気にならないわけがない。

「失礼ながらミスター・ポウル、お連れの方々は……どういう関係なのですか？」

「あぁもちろん、僕の奴隷ちゃんだ。僕は獣人が大好きでねぇ。特に狐人が好きなんだ。わかるだろう、僕はあなたと同じ奴隷商人なんだよ。向こうでならけっこう名が知れているのだがね」

オウルはそう言って、ラトリスの頭を撫で撫でする。ダークサイドであることをアピールするためにここまで露骨にはべらせているわけだが……当の役者であるラトリスは実に満足げだった。

「ダーリン、わたしのこと愛してるー？」

「え？　……あぁ、もちろんだよ、モフちゃん、わざわざ言葉にするまでもないじゃないか」

「うーん、好き好き、好き好き、ダーリン、くんくん」

ラトリスはオウルに深く抱きついて、顔を押し付ける。豊かな双丘がへにゃんと潰《つぶ》れる。表情は恋する乙女《おとめ》そのもの。熱に浮かされている。オウルは困ったように眉《まゆ》をひそめながら（アドリブかな？）と想像を超えた女優力を見せた一番弟子に感心する。

「ダーリン、たくさんペロペロしましょ～？」

狐は顔を近づけて、オウルの唇を奪わんとする。しかし、すごいパワーだ。滝を手で止めるような所業だ。

潰すように頭を押さえ逃れんとする。オウルは顔をのけぞらせ、モフモフのお耳ごと
「くっ‼　くぅっ‼　お、落ち着こうか、モフちゃん、ここじゃダメだよ……っ‼」

「んーん‼　ペロペロしたい、ダーリンのいけず‼」

オウルはどうにかラトリスの暴走を押さえきった。ラトリスは不満げに口を尖《とが》らせ「既成事実をつくれると思ったのに……」と、獲物を逃したことを残念そうにする。

その様を見てリーバルトは感心したようにゆっくり何度もうなずいた。

「こんなに良好な関係を築けるものなのですね……」

「はぁ、はぁ、え？　あぁ、まあね……ちなみに後ろで荷物を持ってくれてるこの子も奴隷だよ」

肩で息をするオウルがそう言うと、マントを羽織ったゼロは一礼してみせた。

リーバルトは眼前の商人たちのことを奇妙に感じていた。彼の経験上、奴隷と仲良くなるなんてありえないことだ。奴隷は虐げるもの、売るものでしかなく、たとえ自分で使うとして、それの容姿が気に入ったとして、どうして奴隷側からの好意や愛情が受け取れるだろうか。

だというのに、眼前のトンチキな格好の怪しい商人はそれを成し遂げているように見える。

（奴隷の調教……？　この方は相当な変態、いや、凄腕《すごうで》の調教師だな）

リーバルトでさえ、世の中には手に入らないものも存在する。奴隷の心だ。労働させることはできても、リーバルト自身を愛させることはできない。表面上では振舞わせられても、真の意味で奴

隷の心までは掌握できない。

だが、目の前の変なやつはどうだ。彼の腕のなかにいるこの狐人の娘は。美しく、愛らしく、モフモフで、瞳《ひとみ》には光があり、彼女の意思で主人の腕のなかにいる。他人であるリーバルトが見ても一目瞭然で主人のことを愛している。心からだ。それは偽物ではない。本物の愛だ。

「あぁ……なんという……あなたは先生なのですか……？」

オウルは最初、聞き流していたが「ん？　先生？」と聞き間違いを疑う。

吸っている煙草《たばこ》を灰皿に押し付けて潰し、リーバルトは居住まいを正した。

「私にはとてもノウハウがない。恐らくあなたは調教分野において遥《はる》か先にいます」

「調教分野……？」

困惑するオウル。リーバルトは至極真剣な表情で見つめつづける。真摯《しんし》に。誠意をもって。分野の先端を走るこの男へ懇願するように。やがて彼は誠意が足りないのだ、と思い至った。

「なるほど、そういうことですか。確かに筋が通っている。欲しいものだけねだるのは子どもすること。私たちは商人でしたね。価値があるのならば取引しなければならない」

「ふぅん、まぁ、そういうことだよ……（訳：話の流れが見えんのだが）」

頬を紅潮させるリーバルト。慣れた手つきで懐中時計を取りだして時間を確認する。

「初対面とは思えない。我々はずっと昔から友だったようにさえ思えます。同好の士、ミスター・ポウル、地下室へ案内します。私のコレクションをお見せいたしましょう」

奴隷商人についていき客室をあとにする一行。何重にも施錠された扉を開け、さらにその先で扉を開けて、ようやくたどり着いた空間は、暗く汚れた地下室ではなかった。ホテルの廊下のように立派だ。左右には部屋が並んでいる。異様なのは扉がすべて鉄格子になっていることだ。

鉄格子の向こう側には、十分豪華な部屋が広がり、そこには子どもがいた。獣人だった。オウルには獣人への知見があったので、閉じ込められているのが猫人族だとすぐにわかった。

「……可愛《かわい》らしい子だ。して、ミスター・リーバルト、これは？」

「私のコレクションですとも。そちらは奴隷商である証《あかし》をすでに見せている。腹の内を見せてもらったのならば、こちらも共有しなければ真の信頼関係は築けませんから。これが誠意です」

（なるほど。奴隷商である証を見せて、運命共同体になろうというわけだ）

鉄格子さえなければ金持ちの子ども部屋に見える。でも、子どもたちは皆、暗い表情をしている。その異様さが、空間の贅沢《ぜいたく》さと合わさって不気味だった。

廊下の真ん中に立てば、そんな異質な子ども部屋が左右にズラリと並んでいるのが見えた。

廊下の一番奥には扉があった。オウルは施錠されたその扉を指差して「ここは？」とたずねた。

「ただの裏口ですよ。港と商品奴隷を保管している牢《ろう》に続いています。この屋敷は奴隷を運びいれやすくするために、地上ではないルートを複数もっています。これはそのひとつ」

リーバルトは自慢げに「貿易会社に密告されると困りますから」と笑みを深める。

（ミスター・ポウルに私が信頼できる商人だと示したい。運命共同体だ。どちらかが当局に咎《とが》められれば、もう片方の足を掴《つか》んでひきずりおろされてしまう。商売には何よりも信頼が大事。こと奴隷取引はパートナーがへまをしない抜け目ない人間であることは必須《ひっす》条件だ）

リーバルトとしては格上の商人に、自分がデキる人間だというアピールをしたつもりだった。

「素晴らしいですな、ミスター・リーバルト。これで貿易会社の目を誤魔化すのですか」

「これだけじゃないですとも。細かいノウハウが私にはたくさんあります。レ・アンブラ王国での立ち回りも深く心得ています。私ならあなたが奴隷を卸す先として最適ですよ」

「やはり、あなたを選んで正解だったようだね」

「ホワイトコーストの奴隷商で私以上の選択肢はありません。物好きの顧客情報もあります。同好の士たちのコミュニティにも素早くアクセスできます。このリーバルトならね」

オウルはこめかみをトントンする。思案しているのだ。どのタイミングがいいか。目的のために特定の情報を引きださないといけない。その大事なカードを切る時、それは踏みこむ時だ。

オウルは沈思黙考の末に（今なら自然な話題転換だ）と本題へと切りこむことにした。

「ミスター・リーバルト、ひとまず僕は獣人と氷人を売りたいのだが。とても綺麗《きれい》な子たちだ。これはビッグビジネスになる。可能ならオークションを開いて値をつりあげたい」

「なるほどなるほど、かなり自信があると。高級な奴隷かは種族と顔で判断できますが……」

リーバルトはオウルの背後へ視線をやる。オウルも同じように眼差しを送った。

ゼロは緊張した様子で一歩前に進み出ると、フードをそっと脱いだ。白玉の肌、幼さの残る顔つき、額の宝石が露わになる。リーバルトは見るからに表情を一変させた。

「どうだい、彼女が氷人族だ。世にも珍しいだろう？　獣人でも十分に価値があるだろうけど、この氷人族は比べ物にならないほどに稀少《きしょう》価値がつくはずだ」

オウルは両手を掲げた。とっておきを見せて、心の底からはしゃいでいる子どものように。

（ゼロの種族は稀少とのことだ。であるならば、ゼロ自身を踏み絵に使える。さて、どうなる？）

オウルは笑顔を張りつけたまま相手方の反応を待った。ゼロのほうも表情ひとつ変えない。自分のことを凝視してくるリーバルトのことをひたすら見つめかえしていた。

奴隷商人は目を細めて遠くを見やる。深い記憶を探る旅に出ているようだ。

「その額の宝石……氷人族で間違いなさそうですね」

「どうされた、ミスター・リーバルト、あまり驚いていらっしゃらない様子だが？」

「いえ、驚いていますとも、ミスター・ポウル。ただ、私は氷人族の取引は初めてではないのです。あの娘はおおきな取引になりましたとも。いまだ鮮明に記憶に残っているほどに」

ゼロは眉根《まゆね》をピクッとさせた。オウルは表情を崩さず「ほう」と関心と感心を示した。

「流石《さすが》はホワイトコースト一番の奴隷商人。その氷人族、どこで手に入れたか聞いても？」

「うちの商会は数年前に皇帝海へ市場開拓に行きましてね。私は遠征に参加しませんでしたが。そこでうちの商会の者が見つけたのです。スルウという群島海域で攫《さら》ってきたとか」

「スルウ……か」

「おや、ご存知ないですか、ミスター・ポウル」

「え？　あぁ、ちょっと記憶が不確かなんだ、いろんな場所に行ってるからさ……げふんげふん、ところでその奴隷、おおきな取引と言ったが、いくらになったんだい？」

「3億2000万です。いまでも覚えてる。あれはすごかったので」

「3億、2000万……っ⁉　それは確かにすごい。どこの誰がそんなに出してくれるんだい？」

「あぁ、その手には乗りませんよ、ミスター・ポウル」

オウルは肩を震わせ、ドキッとする。緊張感が増していく。

「私を試していらっしゃるのでしょう？　顧客情報はそう迂闊《うかつ》に漏らしません。私は信頼のできる商人なので。うっかり口を滑らせることはありません」

リーバルトは言って、笑顔を深め、閉じた唇を指でなぞる。緊張がほぐれていく。オウルは「あぁ、そういうことね」と取り繕ってから「流石だ」と称えた。

「しかし、実際、気になるところだよ。その、ほら、うちの子もすごく美人だろう？　今回も負けず劣らずおおきな取引になるよ。以前、その氷人族を買った顧客にはぜひ目を通してもらいたい」

「いかにも。その通りです。時が来て、向こうに意欲があれば繋《つな》がせていただきます」

リーバルトは懐中時計を取りだして、視線を落とす。話はこれで終わりとばかりに。

先ほどからしきりに時計を気にしていることから、彼がこのあとの用事に意識が向いているのはオウルにもわかっていた。ゆえに彼は逃がすまいと一押しした。

「どういう層が買ってくれるのか興味がある。僕はミヌースの富裕層には造詣《ぞうけい》が深いのだが、レ・アンブラ王国の金持ちはよくわかっていないのだ」

「勉強家ですね。そうですね、実際、私も購入した方にはお会いしてません。あのおおきな取引をしてくださったのは内陸から来たお使いの方でしたから。雰囲気から考えるに、まず王侯貴族の使いでしょう。そのうえで財力から推し量るに、第一等貴族以上……でしょうね」

「第一等貴族……なるほど、そこを相手に売りこめれば利益をおおきくできると。いやはや。ミスター・リーバルト、大変に勉強になった」

オウルは最後まで表情に心の内を出さず、ゼロをちらりと見やった。彼女の表情は平静を装っているが、目の前の男にいまにも掴みかかりそうなほどの迫力だった。

（情報を引きだせるのはここまでだ。これ以上は話を蒸しかえすことになる。ゼロの忍耐力も限界が近いし。成果は十分だ。リーバルトは確実にクロ。こいつからゼロの姉を追えるはずだ。顧客情報がまとめられた資料でも見つけられたらいいんだろうけど……簡単じゃないよなぁ。他人の家を漁《あさ》って望みの情報を得るのは、スパイ映画みたいには上手《うま》くいかないと思うし）

「ミスター・ポウル、失礼ながら、先約の商談の時間がきてしまいました」

「あぁ‼　すまない、すっかり熱中してしまったよ‼」

オウルは表情をおおきく変えて、大袈裟《おおげさ》に申し訳なさそうにした。

「あなたと私はとても相性がいい。商談の続きをしたい。ですので、もしお時間が許すのであれば、当屋敷の客間でお待ちいただくこともできます。用事が終わり次第、続きをいたしましょう」

オウルにとって願ってもいない提案だった。

（ゼロとラトリスと作戦会議をしよう。このまま情報を引きだすか、それとも手荒な手段を使うか。ここで終わりにするには惜しい。上手くいけばゼロの姉の所在まで掴めるかもしれない）

「では、ぜひ、そうさせてもらおう。僕はモフちゃんたちと待っていることにするよ」

リーバルトはご機嫌そうにうなずき、そばに控えている用心棒へ「客間にご案内しろ」と短く告げた。そろって地下室をあとにする。オウルは去り際に鉄格子の前で立ちどまった。獣人の子どもは不安を色濃くした表情でオウルのことを見つめかえしてきた。

（この子たちをこのままにはしておけない……）

オウルは何か思いついたように「モフちゃん、こらこら、ここじゃダメだ」と言いながらラトリスを抱きよせた。深い抱擁。突然の愛情表現。ラトリスは驚いた様子だったが、意図を察すると師に抱きついて尻尾《しっぽ》をフリフリし始める。耳元で囁《ささや》かれる言葉に意識は向いていた。

「こほん、よろしいですかな？」リーバルトは懐中時計を片手に、いちゃつく男女へ言った。

オウルは油断していた笑顔を取り直して、「失礼、モフちゃんは仕方のない子なんだ」とラトリスを撫《な》でて、深い抱擁を終わらせた。道すがらの話題を振る。再び先の話題に戻るには不自然なため、オウルはスマートに別の話題を選出する。

「そうだ、次の商談相手というのはどういう方なんだい？」

「貿易会社の商人ですよ」リーバルトの声の調子が低くなっていた。

「あまり乗り気じゃなさそうだが？」

リーバルトは煙草をくわえ、火をつける。「わかりますか？」と、言葉を続けた。

「やつらは強硬で好きではありません。ホワイトコースト商人ギルドを乗っ取り、完全に支配下におこうとしている。できると思っている。やつらにとっては、私の商会すら羽虫と同然。誠実さがない」

(思ったより嫌っていそうだな、貿易会社のこと。同調しとくか)

「まったくだ、やつらは気に喰《く》わない。自分たちが法だと勘違いしている」

「その通り、まったくその通りなのです。今回の商談だって、私への圧力掛けです」

「そうなのかい？」

「ジャベリン半島を通って皇帝海へ繋《つな》がる販路を貿易会社に捧《ささ》げさせようとしているのです。うちの大型商船も欲しいのだと。血のサインで服従を求めているのです。態度が気に喰わないので、この商談は延期しました。本来は４日前に予定していましたが、リスケさせたのです。あぁ、もちろん、誠意のない相手にだけですよ、こういうことをするのは」

不機嫌につらつらと語ったあと、リーバルトはポウルへ親愛の笑みを向けた。

思ったより噴出してくる不満に、オウルは「そうです、か」と、やや引き気味だ。

屋敷の奥まったところに地下室へ続く通路はあった。そのため奥から客間へ向かうと、屋敷の入り口方面からやってくる者たちとは相対する形となった。

正面から歩いてくる者たちがいた。白い服装の者たち。彼らを案内する使用人。オウルは先ほどの会話から客人の正体を知っていたため、制服たちが「貿易会社の人か」と思うだけだった。

「……え？　そんな……」

怪訝《けげん》な声を出したのはオウルではなかった。豪商のはべらせる愛人としての役目を務めていたラトリスだ。彼女の歩みは遅くなり、無意識のうちにオウルの手を引いていた。

異変を感じ取るオウル。「どうしたんだい、モフちゃん」オウルは怪しげな笑顔のままたずねた。

ラトリスは口を半開きにし、驚愕《きょうがく》に目を見開いて、正面を見つめていた。

「シャル……？」

つぶやかれるのはひとつの名。それは人の名。ラトリスにとって意味のある名だった。

9

廊下の先からやってくるのは3名だ。

一人目は屋敷の使用人。この悪徳商人リーバルトの家で働いている人だ。二人目は白い服を着てカバンを片手にさげている。理知的で計算高そうな顔。話にあった貿易会社の商人かな。

三人目はちょっと変わっている。輝く金色の美しい長髪、瞳《ひとみ》はまるでサファイアのよう。とても美人だ。羽織るのは豪奢《ごうしゃ》な白いマント、被《かぶ》っているのはつばのある帽子。腰には刺突剣を2本も差している。重心移動、まるで隙がない。相当な使い手だと遠目でもわかる。

そんなことを思っていると、隣のラトリスが足を止めた。

「シャ、シャル……？」

見るからに動揺した様子で、赤い瞳を震えさせ、正面を見据えていた。

「ラトリス……？」

次に困惑した声を出したのは、不覚にも相手方だった。金髪の美女は目をおおきく見開いて、俺が肩に手を添えているラトリスのことを凝視していた。

なんだこの空気は。もしかして知り合いなのか。ラトリスの交友関係をすべて把握しているわけじゃないから、俺の知らない友達もいるだろう。でも、こんなタイミングで再会するのか。なんという奇遇。これはマニュアルにない。どうするのが適切だ？

俺の灰色の脳細胞が高速で回転し、潜入調査と旧友との再会などを織りこんで、どう立ち回るのが正解なのかを導き出そうとしていると——ピタッと計算が止まった。

我が頭脳の処理能力のほんの片隅でおこなわれていたちいさな計算が、ある答えを弾《はじ》きだしてしまったからだ。わずかな違和感。金髪少女への既視感。「シャルって懐かしい名前だな」という感想。それらを計算機に入れてちょっと待ってみた結果の解答だ。

俺にはかつてシャルロッテという名の弟子がいた。例のごとくブラックカース島に漂着した子どものひとりだ。アイボリー道場でひきとり、育て、剣を教えた。金色の髪。蒼《あお》い瞳。長く尖《とが》った耳。

白い肌と高貴な顔立ち。よく教えを聞き、ルールを守り、剣に熱心な子だった。

ラトリスの口から「シャル」という単語がでた時、関連ワードとしてほんのわずかに想起した程度の可能性が、1秒ごとに確信へと変わっていく。

十年。子どもの容姿が変わるには十分すぎるほどの時間。

俺は口をあんぐり開けたまま、言葉を紡ぐことができず、行動することもできなかった。

「これはこれは、ご足労いただきありがとうございます。先日は急用が入ってしまいまして、商談をリスケしていただき大変に助かりました」

「いえいえ、リーバルト殿、お気になさらず。お屋敷にお招きいただきありがとうございます」

リーバルトと貿易会社の男が挨拶《あいさつ》を始めた。

「ゼロ……」呟かれる厳粛な声音。あぁ……シャルロッテの声だ。

蒼い宝石の視線が俺の背後に向いている。彼女はやたらと驚いた様子だ。ん？　いまゼロの名を呼んだ？　もしかして知っている？　いや、待てよ、待て待て待て。俺の脳がこの場がとても危険な状況にあるのかもしれない可能性を算出した。この服装……もしシャルロッテが――――、

「っ、その階級章……もしや、そちらの女性は……」

露骨な動揺を見せるリーバルト。くわえている煙草《たばこ》が緩んで、こぼれ落ちそうになる。対する貿易会社の社員は、ニヤリと笑みを深め、虎の子を披露するかのように得意げに口を開いた。

「ご存知でしたか、リーバルト殿。彼女は当社の治安維持部執行課シャルロッテ主席執行官殿《ファーストオーダー》です。凶悪な海賊から海の平和を守っている英雄です。今回はただ警護をしていただいております。貿易会社と貴社の繋がりをよく思わない者もいるやもしれない。貴社との取引はとても大事なものと考

えております。何か間違いがあったらいけないので同席していただいているのです」

長々と話す内容は俺の頭には入ってこなかった。ただひとつ治安維持部執行課という言葉だけは耳に残った。それは貿易会社の海賊狩りを示す言葉にほかならない。

「ミスター・リーバルト、そちらの女性はどちら様でしょうか？」

シャルロッテの声。隣の商人に冷や水でも浴びせるかのように、彼女は言葉を差しこんだ。

この場のみんなが「え？」という顔になり、彼女の視線の先、ゼロのほうを見やった。

「彼女は懸賞金をかけられている犯罪者とよく似ているようですが」

言いながらシャルロッテはラトリスのほうを睨《にら》みつけていた。

「あぅ、えっと……」

言葉に詰まるラトリス。賞金首ゼロの情報がシャルロッテの頭のなかにある。俺は知っている。この子は秩序を何よりも重んじる子だと。あれから十年経《た》ち、海賊狩りになっていたのなら、きっと友との再会より、犯罪者の捕縛を優先するだろう。そう感じた。

事実、シャルロッテは次の瞬間には動いていた。そして消えていた。蒼雷を残して。否、消えたのではない。目で追えなかった。彼女の身のこなしがあまりに速すぎるばかりに。

ヂィッという空気が焦げる音、迸《ほとばし》る蒼雷の尾──彼女もまた魔力の覚醒《かくせい》者。英雄の器。ある時から彼女は雷の魔力を操るようになり、アイボリー道場でもっとも速い剣士になった。

それが十年前の出来事。真面目な彼女が十年間研鑽《けんさん》を積んでいたとしたら──。

全身の毛穴から嫌な汗が滲《にじ》みだす。予感の告げるままに、俺とラトリスはバッと振りかえる。

──シャルロッテはゼロを背後から羽交い絞めにしていた。

「シャル、待ちなさい‼　その子は悪党なんかじゃないわ‼」

「理由は社で聞きます。あとラトリス、こんなところであなたは何をしているのですか？」

シャルロッテは軽蔑《けいべつ》した眼差しでラトリスと俺を見比べてくる。

「男に媚《こ》びて生きることにしたんですか。しかもこんな変なのが好みですか。変わりましたね」

「いやっ‼　あんた誰に向かって……⁉」

「た、助けて、くださぃ……っ」

ゼロは怯《おび》えた表情でもがく。拘束は1ミリも緩まない。

「とにかくゼロを放しなさいよ‼　話はそれからよ、堅物エルフ‼」

「それはできません。この少女は1000万の賞金首です。この場にいる者、皆、動かないでください。犯罪者をかくまっていた可能性がある以上、全員から話を聞く必要があります」

「いっ‼　そ、それは……」

ラトリスがこっちを見てきた。それはまずい。そう言いたいのだろう。俺もそう思う。

俺たちはすでにゼロを守るためにヴェイパーレックスでひと悶着《もんちゃく》起こしている。詳しく調べられれば、それこそ俺たちの犯罪が露呈してしまう。それだけはできない。

俺たちに取れる選択肢はグッと狭まった。何よりもまずはシャルロッテを説得することだが……

何はともあれこの状況は非常によくない。タイミングが悪すぎる。

「ん？　待ってください、そっちの変な格好をしている方……」

俺？　ついに気づいたか？　気づいてくれた⁉　そうだよ、俺はお前の後見人で剣の師オウル・アイボリーなんだ‼　嬉《うれ》しいな。これが絆《きずな》か。どんなに時間が経とうともわかってくれるのだな。

「その頭の帽子……ウブラーの影の帽子では？　邪悪な魔力を感じます」

「いや、そっちかい！」

「なぜそれをあなたが……はぁ、事情を説明してもらう方がまた増えましたね」

そっか、暗黒の秘宝って所有しているだけで犯罪だったっけ。

シャルロッテはゼロを解放する。涙目のゼロは「へ？」と呆《ほう》けた表情。バシッ。鈍い音。ゼロの身体《からだ》から力が抜けて崩れ落ちる。首裏への恐ろしく速い手刀。一撃で意識を刈り取った‼

シャルロッテが再び動く。俺の懐にするりと入りこんでくる。間合いは近距離よりも狭い超近距離。掌底で放つのはコンパクトな左フック。狙いは俺の顎《あご》。正確で素早い。

シャルロッテの掌底左フックを、彼女の左肘《ひだりひじ》関節に俺の腕をつっかえさせて、一呼吸分の時間だけ打撃タイミングをずらす。一呼吸分の時間でのけぞり、攻撃からかすめるように逃げた。

攻撃は終わらない。続く右拳《こぶし》のコンパクトな打撃。体勢が悪く受け切れない。俺は十字ガードを固めた。打たれる。すごい衝撃力だ。砕け散りそうだ。流石《さすが》は魔力の覚醒者。まともに受けてはいけない。俺は脱力で衝撃を逃がした。俺の身体がふわっと浮いた。

浮いた身体が背後の人間にぶつかる。「ぐぁあ‼」と悲鳴があがった。リーバルトが巻き添えになったようだ。白目を剝《む》いて伸びてしまう。脱力で衝撃を逃がしていたせいで、リーバルトにシャルロッテのパンチの威力が流れたようだ。可哀想《かわいそう》に。

さらなる追撃が来た。容赦がなさすぎでは。俺は帽子を押さえながら床のうえで無様に後転し、どうにか姿勢を立てなおす。顔をあげる。シャルロッテへリーバルトの護衛が掴《つか》みかかっていた。

「貴様、リーバルト様の客人へなにをする‼」

「執行妨害は罪にあたりますよ」

厳粛な声による警告。護衛は構わず拳を振りぬく。シャルロッテは真正面からそれを掴んで止めた。その行為が用心棒を刺激したのか、彼は諦《あきら》め悪く、膝蹴《ひざげ》りをお見舞いしようとした。シャルロッテは肘を打ちおろして、用心棒の膝を砕いて迎撃する。「ぐぁあああ⁉」護衛の悲鳴。それだけにとどまらず彼女は護衛の襟を掴んで片手で背負い投げし、床に叩《たた》きつけた。

叩きつけられた身体がバウンドして俺のほうへ飛んできたので、頭を伏せて避《よ》けた。背後でまた「ぐあぁ‼」という悲鳴が聞こえた。今度は貿易会社の商人が巻き添えを喰らったようだ。こちらも一撃で失神している。当たれば俺がそうなっていただろう。恐ろしいことだ。

使用人が叫び声をあげて逃げていくなか、俺は変装を脱ぎ捨てた。

「シャル、落ち着け。久しぶりだな。俺のこと覚えてるか？」

空気が変わった。動揺を感じる。よかった。変装がなければ流石に気づいてくれるか。

「そういうことですか……どうりで凌《しの》がれるわけです」

シャルロッテは落ち着いた表情に戻り、深く息を吸って吐いた。

「先生、お久しぶりです。生きている噂《うわさ》は聞き及んでいました。まさかこんな形で再会するとは思いもしませんでした……いろいろとおたずねしたいことがありますが、ひとまずはこちらの犯罪者を連行する必要があります。どうかご協力ください」

シャルロッテは倒れているゼロをチラッと見やる。

「それなんだが、その子を連れていかないでくれないか？」

「なぜです？」

「情状酌量の余地があるからだ」

「では、その説明は社で聞くことにします。先生がそこまで肩入れする理由も社で聞きます」

「先生！　この堅物エルフを説得するのは不可能です。考えを改めてるとこ見たことがないです」

ラトリスは不満げに言って眉《まゆ》をひそめた。それに対してシャルロッテは目元に影を落とし、侮蔑《ぶべつ》に近い視線でラトリスをキリッと睨んだ。

「こいつはルールがどうとか、平等がどうとか、そんなことばかり言って。結局は暴力に頼ってみんなからすっごく嫌われてて。それで余計、拗《す》ねて不和をばらまく。最低のカスエルフです‼」

「無法狐《きつね》が私に説教ですか？　いいご身分ですね。いつもみんなに迷惑かけて、先生を困らせては、謝ってもらっていたのに。あと私は別にみんなに嫌われてなかったです」

「迷惑をかけてたのは愛情表現よ。あとあんたは嫌われてたわ。話が通じないもの」

「話にならないです。この議論にも意味がない。昔の話をいまさら持ち出しても不毛です。大人になったらどうですか、ラトリス。無駄に成長したのは身体だけですか？　あと嫌われてないです」

双方一歩も譲らない攻防。この感じ、懐かしい。昔からこのふたりは馬が合わなかった。

ラトリスは昔から不良気質だった。真面目に無法者を目指していた。道場の食糧庫を漁《あさ》ったり、外で喧嘩《けんか》をしてきたり、漁師の仕掛けた罠《わな》を壊してみたり、寄港した商船から物を盗んできたり、ほかの子の尻尾《しっぽ》をひっぱってからかったり、それはもうやりたい放題だった。

一方、シャルロッテは警察だった。アイボリー道場にはラトリスを筆頭にいたずらな子たちがいたのだが、そういう子を取り締まるのがシャルロッテだった。「先生の顔に泥を塗ることはゆるされないです。同門として恥ずかしい」「クズは破門にします。私が」とか言って、俺がこんな性格だから、甘やかしてしまうところを、シャルロッテが代わりに注意してくれていた。

「犯罪者の逃亡幇助《ほうじょ》もまた罪ですよ、無法狐。まったく、海賊になるなんて。あれほど止めたのに。結局は悪の道に堕《お》ちましたね。いつかこうなると思ってました」

「うるさい、別に悪になんか堕ちてないっての。どっちかといえば堕落したのはそっちよ。いまでは貿易会社の忠犬じゃない。わんわん‼　ばうばう‼　ずいぶん出世したみたいだけど、どうせわたしたちみたいな冤罪《えんざい》者をたくさん吊《つ》り首にして築いたキャリアなんでしょ」

「根も葉もない批判。論ずるに値しません。客観的に見て、どちらが世のため人のためになっているか、議論の余地はないです。オウル先生、その無法狐と一緒にいたら百害あって一利なしです。モフモフだけが唯一の取り柄。どうぞこちら側へ」

澄ました顔で言うシャルロッテ。ラトリスは額に青筋を浮かべて飛びかかった。

シャルロッテは、空飛ぶ狐をキャッチして、勢いのままに壁に叩きつけた。

「いっだぁ⁉」ラトリスは苦悶《くもん》の声を漏らす。

シャルロッテは満悦の表情で、手をパンパンッと叩き、一仕事終えたように微笑《ほほえ》む。

「愚かなり、無法狐。執行妨害に数えておきます。どんどん罪状が増えていきますね」

「先生、この堅物エルフ、意地悪に磨きがかかっています……‼」

「負けたからって先生に泣きつくのは卑怯《ひきょう》者のすることですよ。きゅぇえ、きゅぇえ」

「ムカつく‼　鳴きマネしないでよ‼　まだ投げられただけだから‼　勝負はこれからよ‼」

ラトリスは尻尾の毛をぶわーっと逆立てて、眉をピクピクさせて威嚇する。

シャルロッテは両手を構えていつでもかかってこいと挑発した。

「やめてくれ、喧嘩なんて。ラトリス、落ち着けよ、家族だろう？」

「こんなやつ家族じゃないですよ」ムッとするラトリス。

「癪《しゃく》ですけど、その意見には同調します」澄ました顔のシャルロッテ。

「初めて気持ちが一致したな。これは仲直りまで秒読みか？」

「先生、誤魔化そうとしても無駄です。こちらはいくつかの犯罪の証拠を押さえています。ヴェイパーレックスで逃亡者ゼロを手助けし、船でホワイトコーストまで移送しましたね？」

「……っ、そこまでわかってるのかよ」

「いまのはカマをかけただけなのですが……残念です、先生にもすでに罪があるのですね」

シャルロッテは悲しげな顔をして、首を横に振った。やっちまった。ラトリスが「何してるんですか！」みたいな顔で見てくる。ごめんよぉ。簡単に引っかかって。

蒼《あお》い宝石の瞳《ひとみ》が周囲で倒れている者たちを見やる。皆、白目を剥いて気絶している。

「……。先生、ラトリスだけに罪を背負わせる選択肢があります」

「それは……俺が助かる道筋の話をしているのか？」

「はい。私は先生のことを知っています。あなたは秩序を重んじ、公正で優しく、正義を歩む人です。犯罪を重ねるような人じゃないです。幸い、この場にはほかの耳もありません。私の力があれば先生の罪を揉《も》み消すことくらいは簡単でしょう」

俺のことを気遣ってくれているのか。優しい子だ。

「ありがとな。その優しさをさ、少しだけラトリスに分けてやれないか？」

「それはできません。この提案は、私の信念に背くもの。先生だからこそ提示している例外中の例外。海の秩序を守るには、悪を取り締まらないといけません。いま海には悪党が溢《あふ》れかえっているんです。無法の世界で自分たちのルールで物事を進める。だから衝突が絶えない。犠牲になるのはいつだって弱者。誰かが秩序をつくらないと。手遅れ狐のことは見捨てるしかないのです」

「だから、手遅れじゃないってば‼　わたしは誇りのあるアウトローなのよ‼」

「静かに、無法狐。いま私と先生が話をしているんです。邪魔しないでください」

シャルロッテは不機嫌にラトリスを睨んだ。こちらへ向き直ると穏やかな顔に戻る。

彼女は何も変わっていない。あの頃のままだ。優しいがゆえに厳しさを貫ける子なのだ。

「ラトリス、先生を助けたいのなら、あなたが進んで罪を背負いなさい。たくさん面倒を見てもらった恩があるでしょう？　処刑台で首をくくることくらいなんだと言うのです」

「嫌に決まってるでしょ。あんたが首をくくりなさいよ。先生と離れ離れになったら意味ないわ」

「では命くらいは助けてあげます。同門のよしみで。特別ですよ」

「ふん、偉そうに。いま決めたわ。死んでも投降しないってね‼」

ラトリスは「それに――」とつぶやき、サッと飛び起き、転がるようにゼロのそばにいく。

「この子も渡すつもりないわ‼」

シャルロッテは深いため息をついた。目を細め、腰のレイピアに手をかける。

空気が張り詰めていく。ラトリスの目にはすでに覚悟の色が宿っている。

「ラトリス、シャルを刺激するんじゃない。彼女は本気を出せる子だ」

「だからこそ、こっちもやらないといけませんよ、先生」

「俺たちは剣もないんだぞ？　シャルがその気になれば」

俺は手で首を裂くジェスチャーをして「一瞬だ」と告げた。

「流石にそんなことはしませんよ。丸腰の先生を斬るなんて」

レイピアの柄《つか》に置かれていた手がスッとおろされる。空気に緩和が戻ってきた。

「先生とはたくさん話をしたいことがあります。本当にたくさん……でも、犯罪者の味方をするようでは、私も自分の望みを抑え、大事な使命のために動かないといけません」

「先生、一緒にこいつを押さえこみましょ。先生相手に剣を抜けるわけないです（小声）」

「聞こえてますよ、ラトリス。あなた相手なら剣を抜けることを忘れないように」

ジトッとした眼差しで見下ろすシャルロッテ。ラトリスは「きゅえ……」と狐ぶる鳴き声をあげることしかできない。逆立っていた尻尾もしおれてしまう。恐《こわ》いねえ。

「俺だって話をしたい。だが、ゼロを連行して吊り首にし、ラトリスも牢屋《ろうや》にぶちこまれるとなると、そうは言っていられない。わかるだろう、シャル、俺は見捨てたくないんだ」

板挟みだ。ゼロを守りたい。ラトリスも守りたい。でも、それはシャルロッテと敵対したいなんて意味じゃあない。この子も俺の大事な弟子だ。この再会をもっと純粋なもので迎えたかった。

シャルロッテは怜悧《れいり》な眼差しで俺を見つめ、次にラトリスを見やる。瞼《まぶた》を閉じ、深く息を吐きながら沈思黙考、しばらくしてゆっくりと目を開けた。

「……秩序を守ることは何よりも大事です。それはあなたから教わったことです」

シャルロッテは意を決した顔つきをしていた。足の角度を広く取り、俺とラトリス、どちらへも対応できるような位置取りへゆっくり移行していく。心を決めたのか。

「全員、ひっ捕らえます。そうすればみんなずっと一緒ですよ」

「恐い冗談を言うんじゃない。――ラトリス、逃げろ‼　奴隷解放作戦だ‼」

俺は叫んだ。同時に踏みこんだ。シャルロッテはこちらへ反応した。

ラトリスは「お任せください‼」と叫んでゼロを拾いあげると、屋敷の奥方向へ消えていく。

シャルロッテの意識が俺から外れた。いまだ。手を伸ばし、白い制服の襟を掴む。ストンッと体重を直下に落とし、落ちる力で彼女を投げる。――否、投げようとした。彼女は動かなかった。

重心が落ちていた。俺が体重を落としたのに合わせて、彼女もストンッと急激に。位置エネルギーで投げる技だ。相手の位置が合わせてさがったら無効化される。これでは投げは通らない。

「あっ、バレてる」「当たり前ですよ、先生」

シャルロッテは誇らしげに言うと、右手で俺の手を打ち払う。打ち払われた俺の手は、彼女の左手でキャッチされ、怪力で引きあげられ姿勢が持っていかれる。彼女は背後。俺はバレリーナ講師に美しい舞い方を指導されるがごとく上方へ吊りあげられてしまう。

アイボリー流柔術『吊り投げ』。シャルロッテの技選択。悪くはない。

「だが、力に頼りすぎじゃないか？」

俺を吊りあげる力のベクトル。シャルロッテが掴んでいる俺の手首から伝わるその方向を斜め下へ、曲線的に編集し、背後で指導してくる彼女を、彼女の力で放りだした。

アイボリー流柔術『合気投げ』。俺のオリジナルではない。前世で培った技術だ。

シャルロッテは慌てた様子で足から着地、側転のような綺麗《きれい》な姿勢だったが、勢いあまってバランスを崩し、壁に激突、ゴンッ‼　と勢いよくおでこをぶつけた。

「あっ、大丈夫か、シャル‼」

すごい音だ。それに顔面からいった。女の子の顔に傷がついたら大変だ。

シャルロッテは壁に手をついて立ちあがる。こちらへキリッと振りかえった。おでこが赤くなっているが血は出ていなかった。かなり痛かったのか、蒼い瞳には涙が溜《た》まってウルウルしていた。

「うぅ……全然、平気です……ぐすん」

「あぁ……ごめん」

「勝負はこれからですよ。――さぁ始めましょう、本気の戦いを」

シャルロッテは洟《はな》をすすり、涙をぬぐうと、細く長く息をはき、構えを取り直した。

「先生の理合術がまだ活《い》きているようで私も嬉《うれ》しいです」

「当たり前だろ。誰に言ってるんだ、シャル、その技を教えたのは俺だ」

シャルロッテは薄く笑みを浮かべ、間合いをはかり、組みかかるタイミングを狙いだした。

俺は油断なく構え、じりじりと迫ってくる彼女の間合いに押されるように後退する。

こちらの間合いより、彼女の間合いのほうがずっとおおきい。実際に倒すつもりで相対すると、差は歴然だ。これは彼女の手足が長いこともあるが、最大の違いは運動量の差だ。

シャルロッテは魔力の覚醒者《かくせい》。身長も腕も足も、俺のほうが高く長いが、掴《つか》みかかるまでに必要な距離、ステップひとつの歩幅、速さなどから、間合いがおおきく見えるのだ。俺の目には。

「シャル、圧すごいって……そんなジリジリ来るんじゃあない」

「では、もっとリラックスしてください。隙を生んでくれればすぐ終わりますよ、先生」

「俺は手加減できんさ。そっちはもっと手加減してくれよ。相手は年老いた師なんだぞ？」

「嫌です。ようやくこの時が来たんです。先生が私だけを見てくれる時が。全霊でなければ失礼でしょう」

サッと踏み込んでくる。俺は手を払いのけ、逆に掴みかかる。手を弾《はじ》かれた。

間合いが重なった瞬間から攻防は加速した。

俺は2回の投げ技をかけ、理合によるカウンター投げは30回試みた。カウンター投げが成立したのは19回。思ったより技を抜けられた。ここまで対応されるとは……かなり成長している。

シャルロッテは56回の打撃と34回の投げ技、理合によるカウンター投げ&カウンター打撃は12回。やりとり全体を通して、2回殴られたけど、投げ技は全部抜けることができた。ただ、戦闘のテンポが速すぎて、ついていくのが大変だ。ずっとシャルロッテのターンって感じ。

「くっ……私はまだ先生に追い付くことすら……っ」

「ふぅ、やっと一息つくか？　はぁはぁ、シャル、とんでもなく強くなったな」

「………そうですか？　まぁ、私はあなたの弟子なので、強いのは当たり前ですが」

満更でもなさそうな顔だ。ちょっと嬉しそうにしている。

こんなことを思うのはいけないのかもしれないが……すごく楽しい時間だ。ただの稽古《けいこ》であればここまでの緊張感はない。負ければ牢屋にぶちこまれるリスク。ハラハラするじゃないか。

全霊をぶつけられる戦い。絶対に負けられない戦い。こんな戦い、人生で何度も味わえない。

「先生の動きは思いだしてきました。次は捕らえます」構えるシャルロッテ。

「もう休憩終わりか？　仕方のないやつだな」俺も応えるように構えた。

再び互いの円が触れ、間合いが重なる。

ぶつかる。来る。その瞬間はすでに目の前に――――。

「あ、白いふくのひとだ……‼」

「いたよ、あのひとに違いないよ‼」

緊張の糸が切れた。俺もシャルロッテも、突然聞こえてきた無邪気な声に視線を向けた。

屋敷の奥からたくさんの子どもたちがわらわら湧いてきた。みんなモフモフしている。この子たちは……地下室で閉じこめられていたリーバルトの奴隷たちだ。俺はニヤリと笑みを深める。

「流石《さすが》は一番弟子だ、よくやった‼」

俺は駆けだした。子どもたちとすれ違うように廊下の奥へ走った。虚を衝《つ》かれた風にシャルロッテは「ふえ？」と声を漏らし、すぐに慌てて追いかけようとしてきた。

「せ、先生、真剣勝負は⁉」

「悪いが、お預けだ。今回はシャルの勝ちでいいぞ」

「そんなの納得できません、逃げるなんて卑怯です‼」

獣人の子どもたちはシャルのもとにダーッと大集合し、涙目で彼女にすがりついていく。

「ねえ、白いふくのお姉ちゃん、たすけて……‼」

「ひぐっ、うぐっ、私たち、ここの地下室に閉じこめられてて……っ」

「おうちに帰りたいよぉ……っ」

考えたなラトリス。ただ獣人の子どもたちを解放するだけでなく、『白い服のお姉ちゃん』を盛りこんだのか。救済を求める子どもたちの声をあの子が無視できるわけがないからな。

魔力の覚醒者である彼女ならば、その気になればどうとでも振り払えるであろう子どもたちの包囲網は、しかし、完全にシャルロッテを足止めすることに成功した。

「わかりました、わかりましたから……っ、ちょっと通してください、先生、ひどいです‼」

困った表情で子どもたちをなだめ始めるシャルロッテ。

「その子たちはこの屋敷の主人、二等商人のリーバルトの奴隷たちだ。地下室を調べろ。調べればそいつが奴隷商人だってわかるはずだ。それじゃあ、その子たちのことは任せたぞ‼」

「ちょ、オウル先生‼　待ってください、こんなたくさん、こんなの私ひとりでどうしろと⁉」

厳粛でいつでも冷静な彼女にしては珍しく取り乱している。いいものが見られて満足だ。

俺は駆け足でその場をあとにし、屋敷の奥、地下室へと向かった。

案の定、地下室の扉は破壊されていた。蝶番《ちょうつがい》の部分が、焼き切れていたのだ。ホテルみたいに豪《ごう》奢《しゃ》な通路まで来た。左右、鉄格子の部屋がいくつもあったが、そのすべてが破壊されている。一様に蝶番の部分を高温で破壊する方法で。

地下室の奥、施錠されていた扉も破壊されていた。俺はその扉の先へと進んだ。

数分走ると、波の音が聞こえてきた。暗い廊下の先に光が見え始める。

地下港とでも言えばいいのだろうか。たいした規模ではない。せいぜい手漕《こ》ぎボートが8艘《そう》ほど停泊できる程度のスケール感。入り口もまた小舟が通れる程度の広さである。

「リーバルトの秘密港ってわけか」

波に揺られている小舟に飛び乗り、漕ぎだすと、すぐに海に出た。

澄み渡る蒼空《そうくう》。白い雲。帆船の群れのせいで真上以外の視界が著しく悪い。

この帆船の密度。ホワイトコーストのすぐ近くなのは間違いない。あとはリバースカース号を探すだけだな。俺は頑張って手漕ぎして、どうにかうちの船を見つけだした。

「おじちゃんまで海から帰ってきたのですっ！」

「おかえり、だよ」

リバースカース号の近くまでいくと子狐《こぎつね》たちのほうが俺を見つけてくれた。小舟を乗り捨てて、埠頭《ふとう》にあがる頃にはラトリスもクウォンも集まっていた。

「ふふふ、オウル先生、どうでしたか？　言いつけ通りに奴隷解放作戦を発動できましたか？」

「完璧《かんぺき》だった。シャルのやつ困ってたぞ？」

「ふふ、見てみたかったです。オウル先生が無事で嬉しいです」

「いやいや、優秀な一番弟子のおかげだよ。よーしよしよしよし～」

「きゅえ～、もっと撫《な》でてください‼」

赤くておおきなモフモフ耳を潰《つぶ》すように撫でくりまわした。ラトリスは尻尾《しっぽ》を激しく揺らし、喉《のど》の奥から狐の声を漏らしつつ、目を細め、大変に満足そうにする。

「いいなーなんだか大冒険があったみたい。やっぱり、あたしも潜入調査したかったよぉ‼」

「クウォンはまた今度な。機会はきっとあるさ。それよりゼロはどうだ？」

セツの個室に向かうとゼロがグーグーと眠っていた。気持ちよさそうに寝ているので怪我《けが》などはなかった。シャルロッテは力加減を心得ているようだ。

ほどなくしてゼロは目を覚ました。俺たちはあの場からどうにか脱出できたことを伝えた。

「主席執行官《ファーストオーダー》は最強の海賊狩り……もうダメかと思いましたよ。切り抜けるとは流石ですね」

ベッドに横たわるゼロを囲む形で潜入調査の成果を共有しあった。

俺たちのユニークな作戦に意味はあったのか、それとも骨折り損のくたびれ儲《もう》けに終わったのか。

それを判断できるのはゼロ本人だった。

「リーバルトの顧客名簿を手に入れることができれば一番でしたが、貿易会社があの屋敷をこれから調査するとなると、これ以上は追えませんかね。でも、今回のことで十分な情報が得られたと言えます。私のお姉ちゃんを売った相手は第一等貴族という話でしたから。数は絞られますし」

ゼロは確かな手ごたえを感じた風に白いシーツをギュッと握った。

「本当に、全部、あなたたちのおかげです。主席執行官に捕まった時、もうダメだと思いました、ひぐっ、うぐっ、助けだしてくださって、なんとお礼をすれば……」

「いいのよ。先生もわたしも何も気にしてないわ。今はとにかく休みなさい」

ラトリスは優しい手つきでゼロの髪を撫でた。続いてモフモフな乗組員たちが彼女のベッドに寄り添い「よーしよし、大丈夫だよ～」「もう泣かなくていいのですっ‼」「ここは安全、だよ」と、みんなでゼロの頭をポンポン撫で始めた。ゼロは泣きながらも薄く笑いだしてしまう。

俺は少し離れたところで腕を組んで眺める。なんて微笑《ほほえ》ましい光景なのだ。

10

翌日。ホワイトコーストの郊外には一台の荷車が停車していた。優しそうなおっさんが馬たちの手綱を握り、港湾都市で積んだ荷台の商品たちを内陸の街に行って商いをするそうだ。

行商人のおっさんが荷物の最終チェックをしている一方で、ゼロはトランクを荷馬車へ「よいしょ」と積んでいた。俺とラトリスとクウォンはそれを見守る。

荷物の積みこみが終わり、ゼロは荷台にひょいっと飛び乗った。

「ラトリスさん、ちゃんと確認しましたか？」ゼロは心配そうにたずねる。

「当たり前じゃない。そう心配しなくても平気よ」

「もう一回、確認したら、ラトリス？　８００万シルバー分の金貨だよ？」

「うるさいわよ、馬鹿狼《おおかみ》、もう確認したってば。あんたとゼロに何度も言われてね」

一番弟子が持つちいさな革袋が、チャリッと音をたてる。

「報酬は確かにお渡ししましたからね」

「ふふふ、毎度あり。あんたは一番のお客さんだったわ。金払いが特に最高だったわね」

そう言うラトリスへクウォンは「別にいつも誰かの依頼をこなしてるわけじゃなくない？」と首をかしげる。俺たちの本業がお悩み解決ではないのは確かである。

「でも、ピッケルを連日連夜振りおろしたり、伝説の怪物を探すよりもこっちのほうが楽だと思わない？　誰かの役にも立てるんだし」

「そうでもないかな。せっかくできた仲間とお別れになっちゃうじゃん」

クウォンが肩をすくめてみせると、ラトリスは「……確かに」と珍しく同調した。落ちこんだ表情で彼女はゼロのほうを見やる。ゼロは薄く笑みを浮かべて、狐と狼のやりとりを温かく見守っていた。ラトリスは洟をすすり、黙したままそっとゼロにハグをした。クウォンはそのうえから抱擁するように抱きしめる。寂しいけど、これぱかりは仕方のないことだ。

「本当に、ありがとうございました、皆さんのおかげです」

「泣かないでよ。このままあんたのこと船に連れて帰りたくなっちゃうじゃない」

「うわぁぁぁぁあ、じぇろぉ、やっぱり、もうちょっと船にいない？」

号泣するクウォン。「やれやれ、ゼロを困らせないの」と、ラトリスは狼を引き離す。この子も泣きたい気分だろうに、仕方ないという風に大人になってくれた。

「はぁ……それじゃあ、これにてゼロからの追加の依頼は完了よ。契約はすべて履行されたわ」

「うわぁあ、ゼロぉぉ、どうして行っちゃうの～‼」

「行かなければならないからです。クウォンさん、互いの道に戻りましょう」

広い海、俺たちの旅路はただ一時だけ交差した。ゼロの旅はこの先に続いている。俺たちの旅は別の方向に続いている。それだけの話なのだ。

ゼロはむせび泣くクウォンを撫で撫でしてあやす。年下とは思えない包容力。

「感傷にひたっているとこ悪いが、そろそろ馬車を出してもいいかい？」

行商人はパイプを吹かした。御者台に退屈そうな顔で待機している。

ゼロは「すみません、あと少しだけ」と言い、最後に俺へ視線を向けてきた。笑みをつくり、俺はうなずいた。「君なら大丈夫だ。絶対に。俺が保証する」

俺は手を軽く振る。ゼロはちいさく噴きだして、微笑んだ。

「ふふ、そうですよね。オウルさんが言うなら絶対です。――では、そちらもどうかお元気で」

馬車が動きだした。ゼロは荷台の後ろからこちらへ手を振る。俺たちも手を振りかえした。そして手を振り続けた。彼女の姿がちいさくなり、丘の起伏の向こうに消えるまで。

「行っちゃいましたね」

「そうだなぁ」

「うぅ、もう二度と会えないよ……」

「別れとはそういうもんだ。さぁ俺たちも船に帰ろう。セツとナツがワイナリーで高級葡萄酒《ぶどうしゅ》を買って、たーんと積んでくれてるはずだ。ワクワクが止まらないぜ」

「オウル先生、もっとゼロとの別れを悲しんであげてよ～‼」

「悲しむより酒のほうが好きなんだ。自分に嘘はつけん」

「そう言う割にはオウル先生、泣いてませんか？」

「少し雨が降ってきたかな？」

クウォンは手のひらを空に向け「雨、降ってないよ？」と首をかしげた。

「はぁ、戻るか。俺たちも」「ですね」「うん、戻ろっか‼」

人気《ひとけ》のない郊外から港湾都市の喧騒《けんそう》のなかへ帰ってきた。

ちなみにだがセツとナツは先にゼロとの別れの挨拶《あいさつ》を済ました。理由としては俺たちがすぐにホワイトコーストを離れたいことにあった。俺たちはもう相当なお尋ね者になってしまったためだ。

しかし、ヴェイパーレックスから緊急脱出した関係上、船に物資が積まれていない。流石に物資ゼロの状態で出港するわけにはいかない。そのため、積みこみ作業をする者が必要だった。

でも、積みこみのために買いだしすると、必然的にリスクを抱えることになる。シャルロッテに遭遇してしまうリスクだ。このリスクを回避できる船員が買いだし任務を遂行することができる。それがセツとナツだ。このふたりはシャルロッテからマークされていないはずだ。逆に俺とラトリスは先日の事件の追及を受けるだろうし、クウォンもまたシャルロッテと旧知の仲だ。芋づる式に俺たちにたどり着けるだろう。ゆえに子狐たちのステルス性能がここで活躍するのだ。

「80万シルバーを渡しましたけど、ちゃんとお買い物できているかしら」

船への帰路でラトリスは不安そうにこぼした。お母さんかな。

「無駄遣いしてないといいけど……」

「葡萄酒を買いこむようにお願いしておいたけど、ちゃんと買えただろうか」

「ねえねえ、ラトリスと先生はシャルに会ったんでしょー？　あたしもシャルロッテと会いたいなぁ。久しぶりにあの子の耳くにくにして遊びたいなぁ」

「絶対に後悔するわよ。あいつはもう貿易会社の忠犬なの。同門のわたしの言葉はおろか、オウル先生の言葉さえ耳に入れないんだもの。そのうえ昔の意地悪な性格のまま大人になってるし」

「えー？　シャルって別に意地悪じゃなかったよ？　ラトリスのほうが全然性悪じゃん」

「何言ってるのよ、ちょー嫌われてたじゃない。あとわたしは性悪じゃないわ」

「そうかなぁ？　昔から独占しがちだし、意地悪だし、ずっと性格悪かったって」

「いやいや、いまシャルの悪口を言うターンでしょ？　わたしのはいらないのよ」

そんなことを話しながら、俺たちの足は自然と『牛と酒』にやってきていた。

「あれ？　おかしいな、無意識のうちにこんなところに……」

「えへへ、ダメだよ先生、セツとナツが船で待ってるよー？」

「まったく本当に仕方のない人ですね、先生は。ササッと食べてすぐ帰りますからね？」

白々しい狼と狐は俺をまったく止める気がなかった。こうしてセツとナツには内緒という約束のもと、ホワイトコーストで最後の美食を味わうことにしたのだ。やはりここしかない。

活気ある店内。ステーキと酒の香り。それさえあればほかには何もいらない。

美味《うま》いステーキを注文して、料理の到着を待つ。俺は机のうえに置いてあった紙束を手に取った。紙面には文字がずらっと並んでいた。これは新聞か？

「ブラックカースには新聞なんてなかったのに……すごいなぁ。シマエナガ新聞っていうのか」

「あぁ有名な新聞社ですね。シマエナガ郵便社と並んで貿易会社の資本下にあるおおきな会社ですよ。貿易会社はクソですけど、新聞は便利ですよね。世の中の出来事を知れますし」

ラトリスとクウォンに挟まれながら新聞を広げた。ふたりとも顔を乗り出してくる。新聞に興味津々だ。紙面が見えない。モフモフのデカ耳も俺の顔をぺちぺち叩《たた》いてきて、わずらわしい。俺はおおきな耳たちを潰すように押さえて紙面に書かれた見出しに目を通した。

「ホワイトコースト商人ギルドの二等商人リーバルト、違法な奴隷取引、発覚……とな？」

「今朝の一面みたいですね。あのクズが捕まったみたいで清々しました。シャルもたまにはいいことしますね。あいつが賞金首を取り逃がしたこともどこかに書かれてたりしませんか？」

「どうだろうなぁ。貿易会社傘下の新聞社なら不利なことは書かないいんじゃないかなぁ」

ガチャリ。店の扉が開く。頭を突き合わせて新聞へ注いでいた視線を入り口へ向けた。

金髪の美少女と目が合った。白い制服の男たちを従えていた。屈強な男たちだ。彼らはガヤガヤと楽しそうだ。「ぜひ執行官様にも『牛と酒』のステーキを味わっていただきたく――」などと金髪の美少女へ話しかけていた。だが、当の本人はまったく意に介さない。

その宝石のような瞳《ひとみ》がムッとした瞬間、俺は新聞を放り捨てて、窓を突き破って店の外へ、そのまま労働者で溢《あふ》れかえる通りを「逃げろぉぉ‼」と叫びながら駆け抜けた。

ラトリスもクウォンも割れた窓から飛びだしてきた。最後にシャルロッテが出てきた。幸いこの人混みだ。どれだけ速い彼女でも、こんな場所で魔力を解放した機動力は生かせない。

「あーもう、誰だよ、ばったりシャルに会うことなんてそうそうないとか言ったやつ」

「『牛と酒』に自然に足を運んだのはオウル先生だよ‼」

「いいからさっさと前行きなさいよ、馬鹿狼‼　後ろ詰まってるわ‼」

「止まりなさい、無法狐、そっちの馬鹿狼もです、これ以上罪を重ねるつもりですか……‼」

静止を呼び掛けてくるシャルロッテの言葉に従ってやるわけにはいかない。クウォンだけは「ああ言ってるし、話聞いてあげない？」みたいな空気感を出していたが、どう考えてもいまじゃない。

「セツ、ナツいる⁉　いたら返事っ‼」

リバースカースに飛び乗るなり、ラトリスは叫んだ。元気のいい「いるのですっ‼」「待機中、だよ」という声が聞こえたのち「緊急出航ォ‼　ミス・ニンフムゥッ‼」と叫び声が響き渡った。

リバースカース号はすぐさま動きだした。埠頭から十分に離れる。

舷側《げんそく》から港を見やれば、埠頭に十数人と集まる海賊狩りたちの姿があった。

「じゃあな、シャル。次はゆっくり話せるといいな」

白亜の都市がつまめそうなほどちいさくなるまで、俺は海岸線を見つめていた。

11

聖暦１４３０年9月18日。

リバースカース号はヴェイパーレックスの渦潮に帰ってきた。

一抹の不安として海賊狩りがまだいるかとも思ったが、ラトリスが知り合いの海賊に確認をしたところ、どうやら3週間以上前にどこかへいってしまったとのことだった。

俺たちは逸《はや》る気持ちのままに査定所へ革袋一杯のルルイエール金貨を持っていった。

「こ、これはぁ⁉　いにしえの国で流通していたという伝説の金貨‼」

硬貨マニアを唸《うな》らせるとても貴重な金貨たちの査定結果は次のようになった。

【今月の査定】
ルルイエール金貨　×40　　平均価格413、000シルバー
【合計】16、520、000シルバー
【当月返済額】5、000、000シルバー
【返済繰越額】2、840、000シルバー
【管理口座資産】11、252、200シルバー

俺たちは査定所の入り口で飛び跳ねた。

今回の航海は過去最大の売り上げを記録した。喜びあった。この幸せを。ついに俺たちは滞納金を一掃することに成功した。それどころかかなりの額の貯金までできたのだ。

「ここまで長かったのです、ナツっ‼」

「感動、だね、お姉ちゃん」

モフモフ海賊一同、お互いの健闘を称えあう。本当によく頑張ったと称賛の言葉を交わす。

そんな空気感のなかにあって、我が海賊パーティの長《おさ》はすでにペンと紙で何かを計算している。

「何しているんだ、ラトリス？　こっちでお祝いをしないか？」

「ちょっと待ってください。先に借金がいくら残っているのか、計算しておきたくて」

彼女はこれまでに返済した金額を記しつつ、筆算で残りの借金を算出した。

俺は数字を見て、目をしばたたかせる。意味がよくわからなかった。

「それって……俺たちの借金なのか？」

ラトリスの手元の紙に並んでいる文字列の意味をそのまま受け取るとすると。

残り借金『23億7000万シルバー』——ということになる。

「借金総額です。毎月500万シルバー返済の40年ローン。ここに利息がつきます」

うっ、ラトリス、俺のためになんという業を背負っていやがるんだ。

俺たちが乗り越えた試練の名は滞納金。これは序章に過ぎない。

どうやら俺たちはまだまだ頑張る必要があるみたいだ。

あとがき

こんにちは、作者のムサシノ・F・エナガです。

WEB小説ではファンタスティック小説家を名乗り活動しております。

第一巻はこれにて終幕となります。オウルとモフモフな仲間たちの旅、その慌ただしい序章、楽しんでいただけたでしょうか？　物語はまだまだ始まったばかりです。

この物語はオウルという男の、夢の続きの物語です。読後感としては、借金返済物語だろ！　と思われるかもしれませんが、この世知辛いテーマはカバー裏に隠しておくといたしましょう。

さてオウルは少年時代、大志を抱いていました。大志とは夢です。彼はその夢をありし日のなかにとっくに忘れてきてしまいましたが、運命は動きだし、情熱は再び燃え上がりました。皆さんにもありましたでしょうか？　自分の好きなことで世界一になる。それで名を馳《は》せる。そんな夢が。

私にはありました。小学校5年生の頃、ドラマ『のだめカンタービレ』に影響され、親にヴァイオリンをねだりました。首と肩ではさんで支え、ペグを回して調弦していると、今から素晴らしい演奏ができる気になれるのです。高名な音楽家になることを疑いもしませんでした。

夢を叶《かな》えるには、多くの場合において、懸命な努力と、一握りの勇気が必要になります。自分を信じる勇気です。言うは易《やす》し、行うは難し。幼い日にこの事実に気づいていたら、あるいは人生は変わっていたのかなぁと、時々考えることがあります。

いいえ、何も遅くはないのかもしれません。情熱の焔《ほのお》は、種となり、息をひそめているだけなのかもしれません。しかるべき時に芽吹くように大事に握っておけばあるいは――。

さて、それらしいことを書いて余白を埋めることに成功しましたね。

ここからは関係者の皆様へ謝辞を贈らせてください。

編集の伊藤《いとう》様、異なる視点から助力いただいて本作はより洗練されたことと思います。おかげで素晴らしい一冊になりました。感謝を申し上げます。

絵師のＫｅＧ様、最高の絵の数々‼　モフモフの可愛い子たちが溢《あふ》れてもうたまりません‼　またこちらの要望にも丁寧に対応してくださりありがとうございました‼

最後に読者の皆様、この本を手に取っていただきありがとうございます。また最後まで読んでくださり嬉《うれ》しく思います。ＷＥＢから作品を追ってくれている読者さんには、あなた方のおかげで世に本を出せていることについて、深く感謝を述べさせてください。

２巻を出せたら良いなと思いつつ、今回はこのあたりで筆を擱《お》くことにします。

腰痛の予感に襲われ、良い椅子を買おうか迷いながら、埼玉県辺境にて。

二〇二四年十月　ムサシノ・Ｆ・エナガ

お便りはこちらまで

〒102－8177
カドカワBOOKS編集部　気付
ムサシノ・F・エナガ（様）宛
KeG（様）宛

カドカワBOOKS

島《しま》に取《と》り残《のこ》されて10年《ねん》、外《そと》では俺《おれ》が剣聖《けんせい》らしい
世界最強《せかいさいきょう》の剣士《けんし》と愛弟子《まなでし》たちの、異世界島《いせかいしま》めぐり

2024年12月10日　初版発行

著者／ムサシノ・F・エナガ

発行者／山下直久

発行／株式会社KADOKAWA

〒102-8177
東京都千代田区富士見2-13-3
電話／0570-002-301（ナビダイヤル）

編集／カドカワBOOKS編集部

印刷所／暁印刷

製本所／本間製本

Printed in Japan
ISBN 978-4-04-075714-8 C0093

新文芸宣言

かつて「知」と「美」は特権階級の所有物でした。

15世紀、グーテンベルクが発明した活版印刷技術は、特権階級から「知」と「美」を解放し、ルネサンスや宗教改革を導きました。市民革命や産業革命も、大衆に「知」と「美」が広まらなければ起こりえませんでした。人間は、本を読むことにより、自由と平等を獲得していったのです。

21世紀、インターネット技術により、第二の「知」と「美」の解放が起こりました。一部の選ばれた才能を持つ者だけが文章や絵、映像を発表できる時代は終わり、誰もがネット上で自己表現を出来る時代がやってきました。

UGC（ユーザージェネレイテッドコンテンツ）の波は、今世界を席巻しています。UGCから生まれた小説は、一般大衆からの批評を取り込みながら内容を充実させて行きます。受け手と送り手の情報の交換によって、UGCは量的な評価を獲得し、爆発的にその数を増やしているのです。

こうしたUGCから生まれた小説群を、私たちは「新文芸」と名付けました。

新文芸は、インターネットによる新しい「知」と「美」の形です。

2015年10月10日

井上伸一郎